HOBBIT PRESSE IM
ERNST KLETT VERLAG,
STUTTGART

der Schmetterling

W0305487

PETER S. BEAGLE

DAS LETZTE EINHORN

Molly

AUS
DEM AMERIKANISCHEN
ÜBERTRAGEN VON
JÜRGEN SCHWEIER

DIE ORIGINAL-
AUSGABE ERSCHIEN
UNTER DEM TITEL
„THE LAST UNICORN"
BEI Mc INTOSH &
OTIS INC., NEW YORK
© 1968
BY PETER S. BEAGLE
ÜBER ALLE RECHTE
DER DEUTSCHEN
AUSGABE VERFÜGT DER
ERNST KLETT VERLAG,
STUTTGART.
FOTOMECHANISCHE
WIEDERGABE NUR MIT
GENEHMIGUNG DES
VERLAGES.

PRINTED IN GERMANY
1975
GRAPHISCHE GESTALTUNG:
HEINZ EDELMANN,
DEN HAAG
GESAMTHERSTELLUNG:
HIERONYMUS MÜHLBERGER
KG, AUGSBURG
ISBN 3-12-900740-7

Prinz Lír

ZUM ANDENKEN

AN DR. OLFERT DAPPER, DER IM JAHRE 1673 IN DEN WÄLDERN VON MAINE EIN WILDES EINHORN SAH, UND FÜR ROBERT NATHAN, DER EINS ODER ZWEI IN LOS ANGELES GESEHEN HAT.

Das Einhorn lebte in einem Fliederwald, und es lebte ganz allein. Es war sehr alt, ohne etwas davon zu wissen, und es hatte nicht mehr die flüchtige Farbe von Meerschaum, sondern eher die von Schnee in einer mondhellen Nacht. Seine Augen aber waren frisch und klar, und noch immer bewegte es sich wie ein Schatten über dem Meer.

Es hatte keine Ähnlichkeit mit einem gehörnten Pferd, wie Einhörner gewöhnlich dargestellt werden; es war kleiner und hatte gespaltene Hufe und besaß jene ungezähmte, uralte Anmut, die sich bei Rehen nur in schüchternscheuer Nachahmung findet und bei Ziegen in tanzendem Possenspiel. Sein Hals war lang und schlank, wodurch sein Kopf kleiner aussah, als er in Wirklichkeit war, und die Mähne, die fast bis zur Mitte seines Rückens floß, war so weich wie Löwenzahnflaum und so fein wie Federwolken. Das Einhorn hatte spitze Ohren und dünne Beine und an den Fesseln Gefieder aus weißem Haar. Das lange Horn über seinen Augen leuchtete selbst in tiefster Mitternacht muschelfarben und milchig. Es hatte Drachen mit diesem Horn getötet und einen König geheilt, dessen vergiftete Wunde sich nicht schließen wollte, und für Bärenjunge reife Kastanien heruntergeschüttelt.

Einhörner sind unsterblich. Es ist ihre Art, allein an einem Ort zu leben, gewöhnlich in einem Wald, in dem es einen klaren Teich gibt, worin sie sich spiegeln können; sie sind nämlich ein wenig eitel, wohl wissend, daß sie auf der ganzen Welt die schönsten Geschöpfe sind, und zauberische obendrein. Sie haben nur selten Junge, und keine Stelle ist so wundervoll wie die, an der ein Einhorn geboren ward. Viel Zeit war verflossen, seitdem es ein anderes Einhorn gesehen hatte; und damals hatten die jungen Einhörner, die hin und wieder zu Besuch kamen, eine Sprache gesprochen, die ihm fremd war. Doch eigentlich konnte es sich Monate, Jahre und Jahrhunderte gar nicht vorstellen, nicht einmal Jahreszeiten. In seinem Wald herrschte immer Frühling, weil es dort lebte. Den ganzen Tag wandelte es unter den großen Buchen umher und hütete die Tiere, die in Nestern und Höhlen, in Büschen und Bäumen hausten. Geschlecht auf Geschlecht jagten und liebten sie, hatten Kinder und starben, Wölfe wie Hasen; und weil das Einhorn nichts von all dem tat, ward es nie müde, ihnen dabei zuzuschauen.

Eines Tages ritten zwei Männer mit langen Bogen auf der Jagd nach Rehen durch seinen Wald. Das Einhorn folgte ihnen so behutsam, daß nicht einmal die Pferde es bemerkten. Der Anblick von Menschen erfüllte es mit einer uralten und ahnungsvollen Mischung aus Zorn und Zärtlichkeit. Wenn es irgendwie vermeidbar war, zeigte es sich den Menschen nicht, aber es bereitete ihm Freude, sie vorüberreiten zu sehen und sprechen zu hören.

»Dieser Wald gefällt mir überhaupt nicht«, brummte der ältere der beiden Jäger. »In einem Einhornwald lernen alle Tiere mit der Zeit ein wenig Zauberei — vor allem, was das Verschwinden angeht. Beute machen wir hier keine.«

»Einhörner gibt es schon längst nicht mehr«, sagte der andere Mann, »wenn es sie überhaupt jemals gegeben hat. Das hier ist ein Wald wie jeder andere.«

»Und warum fällt hier weder Blatt noch Schnee? Ich sage dir, *ein* Einhorn gibt es noch auf der Welt — ich wünsch' dem armen alten Ding viel Glück —, und so lange es in diesem Wald lebt, wird kein Jäger auch nur mit einer Maus als Beute am Sattel nach Hause reiten. Reit nur zu, du wirst schon sehen. Ich kenne sie, diese Einhörner!«

»Aus Büchern«, erwiderte der andere. »Nur aus Büchern und Balladen und Märchen. Drei Könige haben geherrscht — und in dieser ganzen Zeit hat man weder in unserem noch in irgendeinem anderen Land auch nur den Schatten eines Einhorns gesehen. Du weißt über Einhörner nicht mehr als ich, denn ich habe die gleichen Bücher gelesen und die gleichen Geschichten gehört, und gesehen habe ich auch noch keines.«

Der erste Jäger schwieg eine Weile, und der andere pfiff griesgrämig vor sich hin. »Meine Urgroßmutter hat mal ein Einhorn gesehen«, sagte der vordere Reiter. »Als ich ein Kind war, hat sie mir oft davon erzählt.«

»Wirklich? Und hat sie es mit einem goldenen Zaum gefangen?«

»Nein. Sie hatte keinen zur Hand. Um ein Einhorn zu fangen, braucht man nur im Märchen einen goldenen Zaum. In Wirklichkeit muß man bloß ein reines Herz haben.«

»Das glaub' ich auch«, lachte der jüngere Mann. »Und ist sie dann auf ihrem Einhorn geritten? Ohne Sattel, wie eine Waldnymphe in grauer Vorzeit?«

»Meine Urgroßmutter fürchtete sich vor großen Tieren«, sagte sein Kamerad. »Sie ritt nicht auf ihm, sondern blieb sitzen, ohne sich zu rühren, und das Einhorn legte seinen Kopf in ihren Schoß und schlief ein. Meine Urgroßmutter hat sich nicht bewegt, bis es wieder aufgewacht ist.«

»Wie hat es ausgesehen? Plinius beschreibt das Einhorn als ein äußerst wildes Tier, mit dem Kopf eines Rehes, den Füßen eines Elefanten und dem

Schwanz eines Bären; im übrigen soll es einem Pferde ähneln. Es heißt, es habe eine tiefe, bellende Stimme und ein schwarzes Horn, zwei Ellen lang. Und die Chinesen ...«

»Meine Urgroßmutter sagte nur, das Einhorn habe gut gerochen. Sie konnte den Geruch von Tieren auf den Tod nicht ausstehen, nicht einmal den einer Katze oder einer Kuh, ganz zu schweigen von dem eines wilden Tieres, aber den Geruch des Einhorns, den hat sie geliebt. Einmal hat sie sogar geweint, als sie mir davon erzählte; sie war schon eine sehr alte Frau und weinte über alles, was sie an ihre Jugend erinnerte.«

»Laß uns umkehren und woanders jagen«, sagte plötzlich der jüngere Jäger. Das Einhorn schlüpfte lautlos in ein dichtes Gebüsch, als die Männer ihre Pferde wendeten; es folgte ihnen erst wieder, als sie schon ein gutes Stück voraus waren. Die beiden Männer ritten wortlos dahin, bis sie sich dem Waldrand näherten. Da fragte der zweite Jäger nachdenklich: »Warum sind sie bloß fortgegangen, was meinst du? Wenn es sie überhaupt je gegeben hat?«

»Was weiß ich! Die Zeiten ändern sich. Glaubst du, das heute sei eine gute Zeit für Einhörner?«

»Nein, aber ich weiß nicht, ob es überhaupt schon einmal einen Menschen gegeben hat, der dachte, seine Zeit sei für Einhörner die richtige. Und gerade kommt es mir so vor, als hätte ich darüber Geschichten gehört — aber da war ich müde vom Wein oder hab' an etwas anderes gedacht. Ach, lassen wir's. Wenn wir uns beeilen, dann reicht das Licht noch zur Jagd. Komm!«

Sie brachen aus dem Wald, spornten ihre Pferde zum Galopp und preschten davon. Als sie gerade noch zu sehen waren, schaute der ältere Jäger zurück und rief — grad so, als könne er das Einhorn sehen, das sich im Schatten barg: »Bleib, wo du bist, armes Geschöpf! Diese Welt ist nichts für dich. Bleib in deinem Wald und halte deine Bäume grün und deine Freunde lang am Leben. Hör nicht auf junge Mädchen, denn aus ihnen werden höchstens törichte alte Weiber. Viel Glück!«

Das Einhorn stand reglos am Waldrand und sagte laut: »Ich bin das letzte Einhorn auf der Welt.« Das waren die ersten Worte, die es seit mehr als hundert Jahren gesprochen hatte.

›Wie kann das sein?‹ dachte es. Allein zu leben, ohne je ein anderes Einhorn zu sehen, das hatte ihm nie etwas ausgemacht, denn es war immer überzeugt gewesen, daß es noch mehr von seiner Art gebe, und mehr Gesellschaft braucht ein Einhorn nicht. »Aber wenn alle von uns verschwunden wären, dann könnte ich doch auch nicht mehr da sein: mir widerfährt, was ihnen widerfährt.«

Die eigene Stimme erschreckte es, und es wollte laufen, nichts als laufen. Leichtfüßig und leuchtend jagte es die düstren Waldwege entlang, überquerte jäh auftauchende Lichtungen, blendend helle oder schattensanfte, und es war eins mit allem ringsumher, mit den Kräutern, die seine Fesseln streiften, und mit dem blauen und silbrigen Flirren, wenn der Wind die Blätter hob. ›Nie könnte ich das hier verlassen, nie; und wenn ich das allerletzte Einhorn wäre. Hier bin ich zu Hause, weiß, wie jedes Ding ist, wie es riecht und schmeckt. Was könnte ich in der Welt suchen, wenn nicht das, was ich hier schon habe?‹

Als es die wilde Jagd beendete, stillstand und den Krähen und einem Hähergezeter über sich lauschte, da dachte es: ›Und wenn sie irgendwo in der Ferne alle zusammen umherschweifen und auf mich warten?‹

Von diesem ersten Augenblick des Zweifels an fand es keine Ruhe mehr. Seitdem es sich zum ersten Mal vorgestellt hatte, seinen Wald zu verlassen, konnte es an keinem Ort sein, ohne sich an einen anderen zu wünschen. Ruhelos und unglücklich trabte es an seinem Teich auf und ab. Entscheidungen fallen Einhörnern schwer, es sagte ja, und es sagte nein, Tag und Nacht, und zum ersten Male fühlte es die Minuten wie Würmer über sich kriechen. ›Ich bleibe hier. Wenn die Menschen eine Zeitlang keine Einhörner gesehen haben, dann bedeutet das noch lange nicht, daß alle meine Gefährten verschwunden sind. Und selbst wenn es so wäre, würde ich nicht gehen. Ich lebe hier.‹

Doch dann erwachte es inmitten einer warmen Nacht und sagte: »Jetzt aber los!« Es lief durch seinen Wald und gab sich große Mühe, nichts anzusehen und nichts zu riechen, versuchte, die Erde unter den gespaltenen Hufen nicht zu spüren. Die nächtlichen Tiere, Eulen, Füchse und Rehe, hoben die Köpfe, als es vorüberkam, doch das Einhorn schenkte ihnen keinen Blick. ›Ich muß mich beeilen, damit ich bald wieder zurück bin. Vielleicht ist es nicht sehr weit. Aber ob ich die anderen finde oder nicht: Ich werde schnell zurückkommen, so schnell ich nur kann.‹

Die Straße, die am Waldrand vorüberführte, glänzte im Mondlicht wie Wasser, doch als es sie betrat, spürte es, wie hart sie war und wie lang. Fast wäre es umgekehrt, dann aber sog es die Waldluft tief ein und behielt sie im Mund wie eine Blume, so lang es nur ging.

Die Straße führte nirgendwohin und hatte kein Ende; sie lief durch Dörfer und kleine Städte, über Berg und Tal, durch steiniges Brachland und Wiesen, die sich hinter Felsen ausbreiteten. Die Straße aber gehörte nirgendwohin und rastete nie; sie zog das Einhorn mit sich, zupfte und zerrte an seinen Füßen wie die einsetzende Flut, ließ ihm weder Zeit noch Ruhe, wie gewohnt dem Winde zu lauschen. Seine Augen waren jetzt voller Staub, und seine schmutzige Mähne war steif und schwer.

In seinem Wald war die Zeit an ihm vorübergegangen, ohne es zu berühren, aber jetzt mußte es durch die Zeit hindurchgehen. Die Farben der Bäume wechselten, und den Tieren wuchsen dicke Pelze und dann wieder dünnere. Die Wolken krochen oder jagten dahin vor den wechselnden Winden, waren rosa und golden in der Sonne, oder bleifarben vor dem Sturm. Überall suchte das Einhorn nach seinen Gefährten, aber nirgends fand es auch nur eine Spur von ihnen, und in all den Sprachen, die es unterwegs hörte, gab es nicht einmal mehr ein Wort für sie.

Eines Morgens, als es sich gerade zur Ruhe legen wollte, sah es einen Mann, der in seinem Garten Unkraut jätete. Anstatt sich zu verbergen, blieb das Einhorn stehen und schaute ihm bei der Arbeit zu, bis er sich aufrichtete und es erblickte. Er war fett, und seine Wangen hüpften bei jedem Schritt. »Oh!« rief er, »oh, bist du schön!«

Als er hastig seinen Gürtel abnahm, eine Schlinge hineinmachte und schwerfällig herankam, da machte das dem Einhorn mehr Spaß als Angst. Der Mann wußte, was er da vor sich hatte, und er wußte auch, was er selbst war: jemand, der Rüben hackte und hinter etwas herjagte, das glänzte und schneller laufen konnte als er. Das Einhorn entzog sich seinem ersten Angriff so federleicht, als hätte der Luftzug es davongeweht. »Man hat mich schon mit Gerten und Geißeln gejagt«, sagte es zu ihm. »Und die Jäger wußten, daß sie mich nur dann fangen würden, wenn sie die Jagd so erregend und wunderlich führten, daß ich aus Neugier in ihre Nähe käme. Und selbst so bin ich kein einziges Mal gefangen worden.«

»Ich muß ausgerutscht sein«, sagte der Mann. »Ruhig, ganz ruhig, hübsches Ding.«

»Ich habe nie verstanden«, grübelte das Einhorn, während der Mann sich mühsam aufraffte, »was ihr mit mir tun wollt, wenn ihr mich gefangen habt.« Der Mann sprang wieder vor, und es entglitt ihm wie Wasser zwischen den Händen. »Ich glaube, ihr wißt es selber nicht.«

»Brrrh, bleib doch stehen!« Der Mann hatte ein schwitzendes, verschmiertes Gesicht und war außer Atem. »Hübsche«, keuchte er, »hübsche kleine Stute!«

»*Stute?*« Das Einhorn stieß das Wort so schrill hervor, daß der Mann seine Verfolgung aufgab und sich die Ohren zuhielt. »Stute!« rief das Einhorn. »Ein Pferd soll ich sein? Seh' ich so aus? Glaubst du das wirklich?«

»Gutes Pferd«, schnaufte der dicke Mann. Er lehnte sich an den Zaun und wischte sich das Gesicht ab. »Ich werde dich striegeln und rausputzen, wirst weit und breit das schönste Pferdchen sein.« Er holte wieder mit dem Gürtel aus. »Und dann verkauf' ich dich. Komm nur her, Pferd.«

»Ein Pferd wolltest du also fangen, ein Pferd!« sagte das Einhorn. »Eine weiße Stute mit einer Mähne voller Kletten!« Als der Mann heranschlich, stieß es sein Horn durch den Gürtel, riß ihn aus seinen Händen und schleuderte ihn über die Straße hinweg in ein Büschel Gänseblümchen. »Ein Pferd bin ich?« schnaubte es. »Ein Pferd!«

Einen Augenblick lang war der Mann dem Einhorn sehr nahe, und dessen große Augen starrten in die seinen, die klein und müde waren und voll Erstaunen. Dann machte es kehrt und jagte die Straße hinauf und davon; und so schnell war sein Lauf, daß alle, die es sahen, ausriefen: »Seht! Dort läuft ein wahres Pferd!« Und ein alter Mann sagte zu seiner Frau: »Das ist ein Araber. Ich bin einmal mit einem Araber auf einem Schiff gewesen.«

Von da an mied das Einhorn selbst bei Nacht alle Ortschaften; dennoch wurde es immer wieder von Menschen gejagt, aber diese Jagd galt immer einem streunenden weißen Pferd, und niemals war sie heiter und huldigend, wie es sich geziemt. Sie versuchten es mit Seilen und Netzen und Zuckerstückchen, sie pfiffen ihm und riefen es Nellie oder Bess. Manchmal rannte das Einhorn nicht gar so schnell, damit die Pferde es wittern konnten, und sah dann zu, wie sie sich aufbäumten und ausschlugen und mitsamt ihren entsetzten Reitern davonstoben. Die Pferde erkannten es immer.

»Wie kann das sein?« fragte es sich. »Ich könnte ja noch verstehen, daß die Menschen uns Einhörner vergessen haben, oder daß sie sich geändert haben und uns jetzt hassen und jedes Einhorn töten wollen, das sie sehen. Aber sie erkennen mich ja nicht einmal, sie sehen mich an und sehen etwas ganz anderes! Wie mögen sie da erst für einander aussehen? Wie sehen da wohl Bäume in ihren Augen aus, oder Häuser, oder wirkliche Pferde, und wie ihre Kinder?«

Und manchmal dachte es: ›Wenn die Menschen nicht mehr erkennen, was sie erblicken, dann kann es ja auch noch andere Einhörner geben; vielleicht leben sie irgendwo und sind froh darüber, daß man sie nicht erkennt.‹ Aber dann kehrte jedesmal die schmerzliche Gewißheit zurück, daß sich die Menschen und die Welt verändert hatten, weil die Einhörner verschwunden waren. Und dann zog es wieder weiter auf seiner beschwerlichen Straße, obgleich es jeden Tag ein wenig mehr wünschte, seinen Wald nie verlassen zu haben.

Eines Nachmittags flatterte der Schmetterling aus einer Brise und ließ sich auf der Spitze seines Hornes nieder. Er war sammetschwarz, mit goldenen Tupfen auf den Flügeln, und er war so zart wie ein Blütenblatt. Er grüßte mit seinen bebenden Fühlern und tanzte auf dem Horn. »Ich bin ein fahrender Sänger. Wie geht es dir?«

Das Einhorn lachte zum ersten Mal auf seiner Wanderung. »Schmetterling, was machst du an so einem windigen Tag im Freien?« fragte es ihn. »Du wirst dich erkälten und lange vor der Zeit sterben.«

»Der Tod nimmt dem Menschen, was er gern behielte, und läßt ihm, was er gern verlöre«, erwiderte der Falter. »Blas, Wind, bis dir die Backen platzen! Ich wärme mir die Hände am Feuer des Lebens und schaff' mir vierfach Erleichterung.« Auf dem Horn sah er aus wie ein samtener Schatten.

»Weißt du, wer ich bin, Schmetterling?« fragte das Einhorn voller Hoffnung, und er antwortete: »Bestens! Du handelst mit Fischen. Puppchen, du bist mein Augenstern, ich hab' dich zum Fressen gern, du bist alt und grau und voller Schlaf, schwindsüchtige Mary Jane.« Er flatterte heftig, um nicht vom Wind davongeweht zu werden; dann sagte er leichthin: »Dein Name ist eine goldene Glocke in meinem Herzen. Ich würde mich in Stücke reißen, wenn ich dich ein einzig Mal bei deinem Namen nennen dürfte!«

»Dann sag meinen Namen!« bat das Einhorn. »Wenn du meinen Namen weißt, dann sprich ihn aus!«

»Rumpelstilzchen!« rief der Schmetterling fröhlich. »Einen Orden kriegst du nicht!« Er tanzte und torkelte und sang aus Leibeskräften: »Wer wird denn weinen, wenn man auseinandergeht, wenn an der nächsten Ecke schon Schneewittchen steht! In der Nacht, wenn meine Frau erwacht! Jüngelchen, mach' Feuer an, daß ich meine Federn wärmen kann!« Seine Augen glühten im milchigen Glanz des Hornes.

Das Einhorn seufzte und trottete weiter; es war enttäuscht und zugleich belustigt. »Geschieht dir recht«, sagte es, »wie kannst du von einem Schmetterling erwarten, daß er deinen Namen kennt! Sie kennen sich mit Liedern und Gedichten aus und mit allem, was sie so hören. Sie meinen es gut, aber sie bringen alles durcheinander. Und warum auch nicht? Sie sterben ja so bald.«

Der Falter gaukelte vor seinen Augen und sang: »Lirumlarum Löffelstiel, schöne Frauen kosten viel! Frohsinn, führ' mir ein Heer von grimmigen Grillen her. Der Kuckuck und der Kolibri, das sind die Herren Musici! Ich liebe, liebe, liebe dich, aber nach dem Schlußverkauf hört auch unsre Liebe auf! Und aus ihrem Hexenhaus, schaut heut' Frau von Holle raus! Ich liebeliebeliebedich!« Seine Worte klimperten in des Einhorns Kopf wie fallende Silbermünzen.

Er begleitete es, bis es Abend wurde; als die Sonne unterging und der Himmel voll rosiger Fische stand, flog er vom Horn ab und schwebte und schwankte über ihm. »Ich muß den D-Zug noch erwischen«, sagte er höflich. Seine samtigen Flügel waren von einem Netzwerk zarter dunkler Adern durchzogen.

»Leb wohl«, sagte das Einhorn. »Ich hoffe, du wirst viele neue Lieder hören.« Das dünkte ihn das Beste, was man einem Schmetterling zum Abschied sagen kann. Anstatt davonzufliegen, flatterte er weiterhin über ihm, in der bläulichen Abendluft wirkte er plötzlich weniger kühn und etwas nervös. »Flieg fort!« drängte das Einhorn. »Es ist schon viel zu kalt für dich.« Der Falter blieb, wo er war, und summte vor sich hin.

»Auf seinem Pferde ritt Mazeppa«, stimmte er zerstreut an; und dann sagte er laut und klar: »Einhorn. Lateinisch *unicornis*, Altfranzösisch *Licorne*, wörtlich: einhörnig, *unus* für eins, und *cornu* das Horn. Ein Fabeltier, das einem Pferd mit einem Horn ähnlich sieht. John Maynard war unser Steuermann, dem keine Frau vertrauen kann. Heinrich, der Wagen bricht!« Er schoß ausgelassen hin und her, und die ersten Leuchtkäfer blinkten erstaunt und entrüstet.

Das Einhorn war so überrascht und glücklich, endlich seinen Namen zu hören, daß es die Erwähnung des Pferdes gerne verzieh. »Oh, du kennst mich also!« rief es, und sein entzücktes Schnauben blies den Falter zwanzig Schritte davon. Als er zurückgeflattert kam, flehte das Einhorn: »Schmetterling, wenn du wirklich weißt, wer ich bin, dann sag' mir, ob du irgendwo meinesgleichen gesehen hast; sag', wo ich meine Gefährten finden kann. Wo sind sie geblieben?«

»Glühwürmchen, Glühwürmchen, glimm're«, sang er in der Dämmerung. »Wir lagen vor Madagaskar und hatten Rapunzeln an Bord, versoffen unser Oma klein' Häusel, und wollten nicht mehr fort!« Er setzte sich wieder auf das Horn, und das Einhorn spürte, wie er zitterte.

»Bitte«, sagte es, »ich will doch nur wissen, ob es irgendwo in der Welt noch andere Einhörner gibt. Sag' mir, daß es noch meinesgleichen gibt, und ich glaub' dir und geh' zurück in meinen Wald. Ich bin schon so lange in der Fremde und wollte doch so bald daheim sein.«

»Mit fünfundsiebzig die Fahrt begann, zurück kam nur ein einziger Mann, ja, ja, der Alkohol! Der Mond, der scheint so helle, die Toten reiten so schnelle!« Plötzlich hielt er inne und sagte mit fremder Stimme: »Nein, nein, hör zu, hör nicht auf mich, hörst du! Du kannst deine Gefährten finden, wenn du tapfer bist. Sie sind vor langer Zeit vom Roten Stier davongetrieben worden, er rannte dicht hinter ihnen her und verwischte mit seinen Hufen ihre Spuren. Das kann doch einen Seemann nicht erschüttern!« Seine Flügel streiften das Einhorn.

»Der Rote Stier?« fragte es. »Wer ist der Rote Stier?«

Der Falter fing wieder zu singen an: »Folge mir! Der Rote Stier? Folge mir! Folge mir! Das böse Tier!« Aber dann schüttelte er heftig den Kopf und deklamierte: »Als Kalb war er schon ein riesiges Tier, und seine Hörner so gewaltig wie die des Auerochsen. Und mit diesen Hörnern wird er alle Sünder in den Pfuhl des Verderbens stoßen. Hör, hör zu, hör gut zu!«

»Ich hör' doch zu!« schrie das Einhorn. »Wo sind meine Gefährten, und wer ist der Rote Stier?«

Der Schmetterling schoß lachend an seinem Ohr vorüber. »Ich hab' Albträume, wenn ich an die Erde denke«, sang er. »Hunde bellen und bellen mich an, die Schlangen sie fauchen und schleichen heran, die Bettler verlassen die Stadt.«

Noch einen Augenblick lang tanzte er in der Dämmerung vor ihm her, dann verlor er sich in den violetten Schatten am Wegesrand. »Du oder ich, Motte!« sang er herausfordernd, »Arm in Arm in Arm . . .« Das letzte, was das Einhorn von ihm sah, war ein schwaches Flattern zwischen den Bäumen, und das konnte eine Täuschung sein, denn die Nacht war jetzt voller Flügel.

›Wenigstens hat er mich erkannt‹, dachte es traurig. ›Immerhin etwas.‹ Aber dann gab es sich selbst die Antwort: ›Nein, das hat gar nichts zu bedeuten, oder höchstens, daß irgend jemand einmal ein Lied oder ein Gedicht über Einhörner gemacht hat. Aber der Rote Stier? Was hat er damit gemeint? Wahrscheinlich auch nur ein Lied.‹

Es zog langsam weiter, und die Nacht brach über ihm herein. Der Himmel hing tief und war beinahe pechschwarz, bis auf einen Fleck gilbenden Silbers, dort, wo der Mond hinter den Wolken dahinzog. Das Einhorn sang leise ein Lied, das ein junges Mädchen vor vielen Jahren in seinem Wald gesungen hatte:

Katzen und Spatzen in meinem Schuh
leben eher zusammen als ich und du;
die Fische kommen zu Fuß aus dem Meer,
bevor ich erleb' deine Wiederkehr.

Es verstand die Worte nicht, mußte aber voller Sehnsucht an seine Heimat denken; es war ihm, als hätte der Herbst die Buchen in seinem Walde zum ersten Mal geschüttelt, als es diese Straße betrat.

Endlich legte es sich ins kalte Gras und schlief ein. Einhörner sind die scheuesten aller Geschöpfe, ihr Schlaf aber ist tief und fest. Es träumte, daheim zu sein, und aus diesem Traum konnten es nicht einmal das näherkommende Rasseln von Rädern und das Geklingel von Glöckchen reißen, um so weniger, als die Räder mit Lumpen gedämpft und die Glöckchen mit Wolle umwickelt waren. Es war weit fort, weiter, als die leisen Glockentöne reichten; es erwachte nicht.

Jeder der neun schwarz verhüllten Wagen wurde von einem mageren schwarzen Pferd gezogen, und jeder von ihnen bleckte vergitterte Seiten, wenn der Wind die Vorhänge verschob. Der Wagen an der Spitze wurde von einem vierschrötigen alten Weib gelenkt; auf beiden Seiten trug er in großen Buchstaben die Aufschrift:

MAMMY FORTUNA'S MITTERNACHTSMENAGERIE

und darunter stand in kleinerer Schrift: *Kreaturen der Nacht, ans Licht gebracht.*

Als der Wagen sich der Stelle näherte, wo das Einhorn lag und schlief, brachte die alte Frau das schwarze Pferd zum Stehen. Auch die anderen Wagen hielten und standen geräuschlos da, während das alte Weib mit einer verblüffend anmutigen Bewegung vom Kutschbock sprang. Sie ging behutsam zu dem Einhorn hinüber und blickte lange zu ihm hinab. Dann sagte sie: »Der Teufel soll mein altes Lederherz holen! Und ich hab' gedacht, die gäb's schon längst nicht mehr!« Ihre Stimme hinterließ in der Luft einen Geschmack von Honig und Schießpulver.

»Wenn der das wüßte«, sagte sie, und entblößte kieselige Zähne. »Ich werd's ihm kaum sagen.« Sie blickte zu den schwarzen Wagen hinüber und schnalzte zweimal mit den Fingern. Die Fahrer des zweiten und des dritten Wagens stiegen ab und kamen herüber. Der eine sah so finster und vierschrötig aus wie sie, der andere war ein großer, hagerer Mann, der eine Miene voll wirrer Entschlossenheit zur Schau trug. Er trug einen alten schwarzen Mantel, und seine Augen waren grün.

»Was siehst du?« fragte das alte Weib den kleineren Mann. »Rukh, was liegt dort?«

»Toter Gaul«, antwortete er. »Nein, lebt noch. Der Drache wird sich freuen.« Sein Lachen klang wie das Anreiben von Zündhölzern.

»Narr!« sagte Mammy Fortuna. Dann fragte sie den anderen Mann: »Und du, Zauberer, Magier, Wundertäter, was siehst du mit deinem Seherauge?« Sie brach, wie auch der Mann namens Rukh, in ein kreischendes Gelächter aus, das erst aufhörte, als sie sah, daß der hagere Mann immer noch auf das starrte, was vor ihm lag. »Antworte mir, du Scharlatan!« knurrte sie, doch er drehte nicht einmal den Kopf nach ihr. Das besorgte die Alte für ihn, indem sie sein Kinn mit ihrer krabbenartigen Hand herumzerrte. Vor ihrem bernsteingelben Blick senkte er die Augen.

»Ein Pferd«, murmelte er. »Eine weiße Stute.«

Mammy Fortuna sah ihn lange an. »Du bist auch ein Narr, Zauberer«, kicherte sie endlich, »aber ein größerer als Rukh, und gefährlicher. Er lügt aus Habgier, du aber lügst aus Angst. Oder sollte es Freundlichkeit sein?« Der Hagere gab keine Antwort, und Mammy Fortuna lachte vor sich hin.

»Auch gut«, sagte sie dann. »Es ist also eine weiße Stute. Ich will sie für die Menagerie haben. Der neunte Käfig steht leer.«

»Ich hol' ein Seil«, sagte Rukh und wollte zu den Wagen hinübergehen; die Alte packte ihn am Ärmel und hielt ihn zurück.

»Das einzige Seil, das sie binden könnte, wäre die Fessel, mit denen die Götter den Fenriswolf gebunden haben. Die bestand aus Bärensehnen, Frauenbart, Katzenmiauen, Vogelspeichel, Fischatem und noch etwas. Jetzt fällt mir's ein: Gebirgswurzeln. Da wir keins von diesen Dingen haben und auch keine Zwerge, die daraus ein Seil flechten, müssen wir uns mit Eisenstangen behelfen, und mit meinem Bann.« Sie murmelte ein paar krächzende, unheimliche Worte, und ihre Hände webten die Nacht. Als sie ihren Bann gesprochen hatte, lag über dem Einhorn ein Geruch von Blitz und Schwefel.

»Holt den Käfig!« sagte sie zu den beiden Männern, »sie wird bis zum Sonnenaufgang schlafen, und wenn ihr noch so viel Lärm macht — es sei denn, ihr stellt euch so blöd wie sonst an und berührt sie. Zerlegt den neunten Käfig und baut ihn um sie herum wieder auf, aber Vorsicht! Die Hand, die auch nur ihre Mähne streift, verwandelt sich augenblicklich in den Eselshuf, den zu sein sie verdient.« Sie sah den hageren Mann spöttisch an und krächzte: »Dein Hokuspokus fiele dir dann noch schwerer, Magier. An die Arbeit, es bleibt nicht mehr lange dunkel!«

Als sie ein gutes Stück außer Hörweite war und schon in ihrem Wagen verschwand, als wäre sie nur herausgekommen, um die Stunde auszurufen, da spuckte Rukh aus und fragte aufgeregt: »Ich möcht' nur wissen, wovor der alte Tintenfisch solche Angst hat? Warum sollen wir das Vieh nicht anfassen?«

Die Antwort des Zauberers war beinahe unhörbar: »Die Berührung von Menschenhand würde es sogar aus dem Schlaf erwecken, in den es der Teufel persönlich versenkte — und Mammy Fortuna ist kein Teufel!«

»Es wär' ihr recht, wenn wir sie für einen hielten«, schnaubte der dunkle Mann. »Eselshufe, bah!« Er steckte beide Hände tief in die Taschen. »Was für ein Bann soll denn da brechen? Das ist doch nur ein alter weißer Gaul.«

Der Zauberer ging schon zu dem letzten Wagen hinüber. »Beeil' dich!« rief er über die Schulter, »es wird bald Tag!«

Sie nahmen den Käfig auseinander, Dach und Gitter und Boden, und bauten ihn dann wieder um das Einhorn herum zusammen. Rukh rüttelte an der Tür, um sich zu vergewissern, daß sie fest verschlossen war. In diesem Augenblick flutete die Sonne über die graue Wipfelwirrnis herein, und das Einhorn schlug die Augen auf. Die beiden Männer machten sich aus dem Staub; aus sicherer Entfernung blickte der Zauberer zurück und sah, wie sich das Einhorn aufrichtete und die Eisenstangen anstarrte. Sein gesenkter Kopf schlenkerte hin und her wie der Kopf einer alten weißen Mähre.

Die neun schwarzen Wagen der Mitternachtsmenagerie sahen am Tage kleiner aus und hatten ihr unheimliches Aussehen verloren; aus der Nähe wirkten sie recht morsch und brüchig. Die Vorhänge waren verschwunden, stattdessen waren sie jetzt mit groben schwarzen Fähnchen und ausgefransten schwarzen Bändern geschmückt, die bei jedem Luftzug flatterten. Die Wagen standen in seltsamer Formation auf einem Stoppelfeld: ein Fünfeck von Käfigen umschloß ein Dreieck, in dessen Mitte wiederum Mammy Fortunas Wagen hockte. Dieser Käfig war als einziger noch mit einem Vorhang verhängt; Mammy Fortuna war nirgends zu sehen.

Rukh führte ein Häuflein Landvolk gemächlich von Käfig zu Käfig und gab zu jedem Tier einen gruseligen Kommentar. »Der Martichoras! Kopf eines Menschen, Körper eines Löwen, Schwanz eines Skorpions. Um Mitternacht gefangen! Frißt Werwölfe, um seinen Mundgeruch loszuwerden. Kreaturen der Nacht, ans Licht gebracht! Und hier der Drache! Speit hin und wieder Feuer — gewöhnlich nach Leuten, die ihn reizen, Bengel. Sein Inneres ist ein Inferno, seine Haut aber kälter als Eis. Der Drache leidet an Gicht und kann in siebzehn Sprachen kauderwelschen. Der Satyr! Damen bitte zurückbleiben! Ein Teufelsbraten! Die Umstände seiner Gefangennahme werden den Herren nachher für eine kleine Extragebühr enthüllt. Kreaturen der Nacht!« Der Käfig des Einhorns bildete einen Teil des Dreiecks; der hagere Zauber stand neben ihm und beobachtete die Prozession, die um das Fünfeck herumpilgerte. »Ich dürfte eigentlich gar nicht hier sein«, sagte er zu dem Einhorn. »Die alte Hexe hat's mir verboten.« Er lachte vergnügt. »Sie hat mich von Anfang an verhöhnt und verspottet, ich aber habe sie die ganze Zeit nervös gemacht!«

Das Einhorn hörte ihn kaum. Es lief, lief in seinem Käfig ruhelos hin und her, schauderte und zitterte jedesmal, wenn es in die Nähe der Eisenstangen kam. Kein Tier aus der Phantasiewelt des Menschen mag kaltes Eisen; zwar hätte das Einhorn dessen Gegenwart noch ertragen können, sein Geruch jedoch drohte seine Knochen in Sand und sein Blut in Wasser zu verwandeln. Die Gitter seines Käfigs mußten unter einem Zauberbann stehen, denn sie flüsterten unaufhörlich und böse miteinander, mit prasselnden, krallenden Stimmchen. Das schwere Schloß kicherte und greinte wie ein toller Affe.

»Sag mir, was du siehst«, sagte der Zauberer, genau so, wie es die Hexe zu ihm gesagt hatte. »Sieh dir deine Fabelgenossen an und sag mir dann, was du siehst.«

Rukhs Stimme klirrte durch den öden Nachmittag: »Türhüter der Hölle. Drei Köpfe und ein warmes Fell aus Vipern. Zu Herkules' Zeiten zum letzten Mal aus der Unterwelt geholt. Wir haben ihn mit Verheißungen eines besseren Lebens ans Licht gelockt. Seht euch diese sechs roten, betrogenen Augen an! Vielleicht werdet ihr eines Tages wieder in sie schauen. Zur Midgardschlange dort hinüber!«

Das Einhorn starrte durch das Gitter auf das Tier im Käfig, und seine Augen weiteten sich vor Erstaunen. »Aber das ist ja nur ein Hund«, flüsterte es, »ein hungriger, unglücklicher Hund, der nur einen Kopf und fast gar kein Fell hat, der Ärmste. Wie können sie ihn für Zerberus halten? Sind sie alle blind?«

»Sieh genauer hin«, sagte der Zauberer.

»Und der Satyr«, sagte das Einhorn, »der Satyr ist ein Affe, ein alter Affe mit einem verkrüppelten Fuß. Der Drache ist ein Krokodil, das viel eher Fische als Feuer speit. Und der große Martichoras ist ein Löwe, ein tadelloser Löwe, aber um kein Haar mehr ein Monster als die anderen. Ich versteh' das nicht.«

»Beherbergt in ihren Windungen die ganze Welt!« dröhnte Rukh. Und wieder sagte der Zauberer: »Mach die Augen auf!«

So, als gewöhnten sich seine Augen an Dunkelheit, begann das Einhorn in jedem der Käfige eine zweite Gestalt wahrzunehmen. Riesengroß ragten diese Gestalten über den Gefangenen der Mitternachtsmenagerie und gehörten dennoch zu ihnen, einem Korn Wahrheit entsprungene Albträume. Da stand ein Martichoras, hungeräugig, triefmäulig und brüllend, krümmte seinen tödlichen Schweif, bis dessen giftiger Stachel über seinen Ohren baumelte — und zur gleichen Zeit stand da ein Löwe, der winzig und lächerlich aussah. Und dennoch bildeten sie ein einziges Tier. Das Einhorn stampfte verwundert auf.

Genauso war es in den anderen Käfigen. Der Schattendrachen öffnete sein Maul und spie ungefährliches Feuer, bis die Zuschauer sich duckten und nach Luft schnappten; der schlangenbepelzte Höllenhund heulte dreifaches Verderben und Untergang über seine Verräter, und der Satyr hinkte lüstern blinzelnd ganz dicht an die Gitter seines Käfigs und forderte vor aller Augen die jungen Mädchen zu unaussprechlichen Vergnügungen auf. Krokodil, Affe und Hund verblaßten vor diesen fabelhaften Trugbildern immer mehr, bis sie selbst in des Einhorns untrüglichen Augen nur noch Schatten waren. »Was für ein seltsames Zauberwerk«, sagte es leise. »Aber es ist nur ein Truggespinst.«

Der Zauberer lachte froh und erleichtert. »Gut gesagt, wirklich. Ich wußte doch, daß dieses alte Scheusal dich mit ihren billigen Zaubersprüchen nicht hinters Licht führen kann!« Seine Stimme wurde leise und geheimnisvoll: »Das war ihr dritter Fehler, und für eine altersschwache Schwindlerin wie sie, sind das mindestens zwei zuviel. Die Zeit ist nahe.«

»Die Zeit ist nahe!« verkündete Rukh in diesem Moment den Zuschauern, »Ragnarok. An dem Tag, an dem die Götter fallen, wird die Midgardschlange einen Giftsturm nach Thor speien, und er wird umfallen wie eine vergiftete Fliege. So wartet sie auf den Tag des Gerichts und träumt von der Rolle, die sie dabei spielen wird. Mag sein, daß sie auf ihre Kosten kommt, ich weiß es nicht. Kreaturen der Nacht, ans Licht gebracht!«

Der Käfig war voller Schlange, Schlange ohne Kopf und ohne Schwanz, eine Woge fleckiger Dunkelheit, die von einem Ende des Käfigs zum anderen wellte und wogte; ihr donnerndes Atmen löschte alles andere aus. Nur das Einhorn sah die zusammengerollt in der Ecke liegende böse Boa, die vielleicht über das Gericht nachsann, das sie über die Mitternachtsmenagerie halten würde. Aber neben der Midgardschlange sah sie so winzig und hilflos aus wie der Schatten einer Schlange.

Ein neugieriger Wichtigtuer streckte die Hand und fragte Rukh: »Wenn diese Riesenschlange hier sich wirklich um die ganze Welt schlingt, wie könnt ihr dann ein Stück davon in eurem Käfig haben? Und wenn sie das Meer zerschmettern kann, wenn sie sich nur ein bißchen streckt, was soll sie dann daran hindern, mit eurer Menagerie als Halsband davonzukriechen?« Es gab zustimmendes Gemurmel unter den Zuschauern, und einige wichen ängstlich zurück.

»Ich bin froh, daß du mich das gefragt hast, Freund«, sagte Rukh mit finsterem Blick. »Zufällig lebt die Midgardschlange in so etwas wie einem anderen Raum, in einer anderen Dimension. Deshalb ist sie normalerweise unsichtbar; aber in unsere Welt gezerrt — genau so, wie Thor sie damals erwischt hat —, zeigt sie sich deutlich wie ein Blitz, der ja auch aus einer Welt kommt, in welcher er ganz anders aussieht. Selbstverständlich wird sie sehr ungemütlich, wenn sie einmal herausfindet, daß ein Stück von ihrem Hängebauch tagein, tagaus in Mammy Fortunas Mitternachtsmenagerie ausgestellt wird. Zum Glück weiß sie's nicht, sie hat auch andere Sorgen als drüber nachzudenken, was mit ihrem Nabel wird. Und wir riskieren einiges — genauso wie unsere Zuschauer —, wenn wir auf ihr seelisches Gleichgewicht vertrauen und auf ihren Quietismus.« Das letzte Wort knetete und dehnte er, als wäre es Teig. Die Zuschauer lachten beflissen.

»Sinnestäuschungen«, sagte das Einhorn, »sie könnte nicht einmal einen Grashalm erschaffen.«

»Nicht einmal Verwandlungen beherrscht sie«, fügte der Zauberer hinzu, »sie kann den Dingen ein anderes Aussehen geben, das ist auch schon alles. Und selbst diese Kosmetikerkünste wären zu schwer für sie, wenn diese Dummköpfe und Narren nicht so versessen drauf wären, immer das zu glauben, was ihnen am leichtesten fällt. Die Alte kann nicht mal aus einem Ei ein Omelett machen, aber sie kann einem Löwen den Anschein eines Martichoras geben — aber nur in den Augen von Tölpeln und Toren, die dort einen Martichoras sehen wollen, Augen, die einen richtigen Martichoras für einen Löwen halten, einen Drachen für eine Eidechse und die Midgardschlange für ein Erdbeben. Und ein Einhorn für eine weiße Stute.«

Dem Einhorn wurde in diesem Augenblick bewußt, daß der Zauberer seine Worte verstanden hatte, und es trottete nicht mehr müde und hoffnungslos durch den Käfig. Er lächelte, und das Einhorn bemerkte, daß sein Gesicht für einen Erwachsenen erschreckend jung war; die Zeit hatte darin keine Spuren hinterlassen, Leid und Weisheit waren ferngeblieben. »Ich erkenne dich«, sagte er.

Die Eisenstangen wisperten aufgeregt miteinander. Rukh führte die Besucher zu den inneren Käfigen. Das Einhorn fragte den hageren Mann: »Wer bist du?«

»Ich heiße Schmendrick der Zauberer«, antwortete er. »Du wirst noch nicht von mir gehört haben.«

Das Einhorn hätte ihm beinahe erklärt, daß es sich nicht im geringsten für die Namen von Taschenspielern und Bauernfängern interessiere, aber etwas Trauriges und Tapferes in seiner Stimme hielt es davon ab. Er sagte: »Ich unterhalte die Besucher, während sie auf den Beginn der Führung warten. Tricks und Taschenspielerei, Blumen in Fahnen und Fahnen in Fische, dazu eine Menge Geschwätz und vor allem die Andeutung, daß ich wirkliche Wunder vollbringen könnte, wenn ich nur wollte. Kein besonders guter Job, aber ich habe schon schlechtere gehabt und werde eines Tages einen besseren haben. Es ist noch nicht aller Tage Abend.«

Seine Stimme klang so, daß sich das Einhorn für immer und ewig eingeschlossen fühlte, und es lief wieder ruhelos hin und her; ohne diese Bewegung wäre ihm vor Entsetzen über das Gefangensein das Herz zersprungen. Rukh stand vor einem Käfig, der nichts als eine kleine braune Spinne enthielt, die zwischen den Gittern ein bescheidenes Netz spann. »Arachne von Lydien!« verkündete Rukh, »garantiert der Welt größte Weberin — ihr Schicksal ist der Beweis dafür. Sie hatte das Pech, die Göttin Athene in einem Webwettstreit zu besiegen. Athene war eine schlechte Verliererin, und Arachne ist jetzt eine Spinne. Gibt in Mammy Fortunas Mitternachtsmenagerie ihr erstes und einziges Gastspiel. Kette aus Schnee und Schuß aus Feuer, jeder Knoten wird ein neuer. Arachne!«

Auf dem Webstuhl aus eisernen Stangen spannte sich ein sehr einfaches und beinahe farbloses Netz, das nur ab und zu regenbogenfarben aufblitzte, wenn die Spinne hinauseilte, um einen Faden zurechtzurücken. Aber das Netz zog die Augen der Betrachter — auch die des Einhorns — hin und her und immer tiefer, bis sie in bodenlose Abgründe zu blicken schienen, in schwarze Klüfte, die aufbrachen und sich unaufhörlich weiteten, bis nur noch Arachnes Faden die Welt vor dem Auseinanderbrechen bewahrte. Das Einhorn riß sich mit einem Seufzer von diesem Anblick los — und sah wieder ein Spinnennetz. Es war sehr einfach und beinahe farblos.

»Sie ist nicht wie die anderen«, sagte es.

»Nein«, gab Schmendrick widerwillig zu. »Aber das ist bestimmt nicht Mammy Fortunas Verdienst. Die Spinne ist gläubig; sie sieht dieses Blendwerk und denkt, es sei ihr eigenes Werk. Bei Mammy Fortunas Hokuspokus kommt es einzig und allein auf den Glauben an. Wenn diese Herde von Mondkälbern ihr Staunen sein ließe, dann bliebe von ihrem ganzen Hexenwerk nichts übrig als das Weinen einer Spinne. Und das würde niemand hören.«

Das Einhorn wollte nicht noch einmal in das Netz schauen. Es blickte in den Käfig neben sich, und das Blut in seinen Adern ward zu Eis. Auf einem Eichenpfahl saß ein Wesen mit dem Körper eines großen metallenen Vogels und dem Gesicht einer Hexe, das so fürchterlich und mörderisch war wie die Krallen, die es in das Holz geschlagen hatte. Seine Ohren waren rund und zottig wie die eines Bären; wunderschönes mondfarbenes Haar umrahmte das haßerfüllte menschliche Gesicht, floß die schuppigen Schultern hinab und vermengte sich mit dem glitzernden Bronzegefieder. Obwohl es glänzte und schimmerte, schien sich der Himmel zu verdunkeln, wenn man dieses Wesen ansah. Als es das Einhorn erblickte, gab es einen Laut von sich, der ein Fauchen und Kichern zugleich war.

Das Einhorn flüsterte: »Dies ist keine Sinnestäuschung. Dies ist die Harpyie Celaeno.«

Schmendricks Gesicht hatte die Farbe von Hafergrütze angenommen. »Die alte Hexe hat sie durch einen Zufall eingefangen«, wisperte er, »im Schlaf, genau wie dich. Es war für beide ein Verhängnis, und beide wissen es. Mammy Fortunas Kraft ist gerade stark genug, das Ungeheuer zu halten, aber seine Gegenwart allein schwächt ihre Zaubermacht derart, daß es ihr demnächst kaum mehr gelingt, auch nur ein Spiegelei zu braten. Sie hätte sich niemals mit einer wirklichen Harpyie, mit einem wirklichen Einhorn anlegen dürfen. Vor der Wahrheit schmilzt ihr Zauber jedesmal dahin. Doch sie kann es einfach nicht lassen, das Ungeheuer sich dienstbar machen zu wollen. Aber dieses Mal . . .«

»Schwester des Regenbogens! Unglaublich, aber wahr«, trompetete Rukh den ehrfürchtigen Besuchern zu. »Ihr Name bedeutet ›Die Dunkle‹, weil ihre Schwingen vor dem Sturm den Himmel verdunkeln. Sie und ihre beiden Schwestern brachten den König Phineus an den Rand des Hungertodes, indem sie seine Speisen raubten oder besudelten. Aber die Söhne des Nordwinds haben diesem Treiben ein Ende bereitet, nicht wahr, meine Süße?« Die Harpyie gab keinen Laut von sich, und Rukhs Grinsen sah einem Käfig ähnlich.

»Sie hat sich gewaltiger gewehrt als alle anderen zusammen«, fuhr er fort. »Es war, als hätte man die Hölle mit einem Haar binden wollen, aber Mammy Fortunas Kräfte sind selbst dafür stark genug. Kreaturen der Nacht, ans Licht gebracht! Will Polly eine Erdnuß?« Einige der Zuschauer lachten. Die Harpyie bohrte ihre Krallen in den Pfahl, bis das Holz aufkreischte.

»Wenn sie sich befreit, mußt du frei sein«, sagte der Zauberer, »sie darf dich nicht in deinem Käfig erwischen!«

»Ich kann die Berührung des Eisens nicht ertragen«, erwiderte das Einhorn. »Mit meinem Horn könnte ich das Schloß öffnen, aber das Eisen! Ich bin gefangen.« Es zitterte aus Angst vor der Harpyie, seine Stimme aber verriet nichts davon.

Schmendrick der Zauberer richtete sich stolz auf, wurde um einige Zoll größer, als es das Einhorn für möglich gehalten hätte. »Fürchte dich nicht!« sprach er mit großer Gebärde, »hinter meinem geheimnisvollen Äußeren schlägt ein fühlend' Herz!« Hier wurde er durch das Herannahen von Rukh und dessen Anhang unterbrochen, einem Anhang, der sich von der widerspenstigen Bande, die beim Anblick des Martichoras gelacht hatte, in ein andächtiges Publikum verwandelte. Der Zauberer machte sich davon, leise zurückrufend: »Hab keine Angst, Schmendrick ist bei dir! Tu nichts, bis du von mir hörst!« Seine Stimme trieb so schwach und kläglich zu dem Einhorn herüber, daß es sich nicht sicher war, ob es sie tatsächlich gehört oder nur ihre Berührung gespürt hatte.

Es dunkelte. Die Zuschauer standen vor seinem Käfig und starrten seltsam scheu herein. Rukh sagte: »Das Einhorn«, und trat beiseite.

Es hörte Herzen höher schlagen, Tränen sich zusammenziehen, hörte hastige Atemzüge, aber kein einziges Wort. An dem Gram, an der Sehnsucht und am Entzücken auf ihren Gesichtern sah das Einhorn, daß sie es erkannten, und es nahm ihren Hunger wie eine Huldigung entgegen. Es dachte an des Jägers Urgroßmutter und sann darüber nach, wie es wohl sei, alt zu werden und zu weinen.

»Die Vorführungen der meisten Unternehmen wären hier zu Ende, denn was auf dieser Welt könnten sie nach einem echten Einhorn noch zu bieten haben? Aber Mammy Fortunas Mitternachtsmenagerie hält ein weiteres Mysterium für euch bereit — einen Dämon, der bedrohlicher als der Drache ist, monströser als der Martichoras, häßlicher als die Harpyie und ganz gewiß eigenartiger als das Einhorn.« Er wies auf den letzten Wagen, dessen schwarze Vorhänge sich langsam öffneten, ohne daß sie jemand aufgezogen hätte. »Der absolute Höhepunkt! Das Ende! Eli!«

In dem Käfig herrschte tiefste Dunkelheit, und Kälte regte sich hinter den Gittern wie ein Tier; und in dieser Kälte bewegte sich etwas, und das Einhorn sah Eli, eine alte, knochige, zerlumpte Frau, die in dem Käfig kauerte und sich an einem nicht vorhandenen Feuer wärmte und wiegte. So hinfällig sah sie aus, daß die Dunkelheit sie hätte erdrückten müssen, und so hilflos und allein, daß die Zuschauer vor Mitleid hätten herbeistürzen und sie befreien müssen. Stattdessen wichen sie langsam zurück, als bedrohte Eli sie. Doch Eli sah sie nicht einmal an; sie saß im Dunkeln und krächzte ein Lied vor sich hin. Ihre Stimme klang wie eine Säge, die sich in einem Baum festfrißt, wie ein umstürzender Baum.

Was gepflückt, wird Blüten treiben,
selbst die Mörder werden endlich bieder;
was gestohlen, wird im Hause bleiben —
was vergangen, kehrt nicht wieder.

»Sie sieht nicht gerade großartig aus«, sagte Rukh, »aber kein Held ist ihr gewachsen, kein Gott kann sie bezwingen, kein Zauber sie gefangen- oder fernhalten, denn sie ist freiwillig bei uns. Aber selbst während wir sie hier zur Schau stellen, geht sie unter euch umher, zehrend und zerstörend. Denn Eli ist das Alter!«

Die Kälte in dem Käfig griff nach dem Einhorn, und wo immer sie es berührte, wurde es schwach und lahm. Es fühlte sich verwelken, vertrocknen, fühlte, wie seine Schönheit mit jedem Atemzug entfloh. Häßlichkeit quoll aus seiner Mähne, zwang den Kopf nieder, raufte den Schweif aus, zehrte an seinem Körper, zerfraß das Fell und folterte sein Gemüt mit der Erinnerung, was es einmal gewesen war. Irgendwo in der Nähe kreischte gierig die Harpyie, das Einhorn hätte sich gern in den Schatten ihrer bronzenen Flügel geflüchtet, um sich vor diesem Dämon zu verbergen. Elis Lied durchbohrte sein Herz:

Meergebor'nes stirbt an Land,
Sanftes tritt man nieder;
Edelmut verbrennt die Hand —
was vergangen, kehrt nicht wieder.

Die Vorführung war zu Ende. Die Zuschauer schlichen sich davon, keiner allein, sondern in Paaren, in Grüppchen und Gruppen, Fremde hielten sich bei der Hand, drehten sich öfters um, ob Eli ihnen folge. Klagend rief Rukh: »Haben die Herren keine Lust mehr, die Geschichte des Satyrs anzuhören?« und er beschleunigte ihre Flucht mit grimmigem Gelächter. »Kreaturen der Nacht, ans Licht gebracht!« Sie drängten sich durch die dumpfe Schwüle, am Käfig des Einhorns vorüber und davon, und Rukhs Gelächter hetzte sie nach Hause. Und Eli sang.

»Sinnestäuschung«, sagte sich das Einhorn, »nichts als Sinnestäuschung«; und irgendwie gelang es ihm, seinen todesmatten Kopf zu heben und tief in die Dunkelheit jenes letzten Käfigs zu starren — und es sah nicht das Alter, sondern Mammy Fortuna, die sich reckte und streckte, die kicherte und sich mit ihrer grotesken Gelenkigkeit vom Boden erhob. Da wußte das Einhorn, daß es nicht sterblich geworden und seine Schönheit unversehrt war, aber es fühlte sich nicht mehr schön. ›Vielleicht ist auch das eine Täuschung‹, dachte es müde.

»Hat mir großen Spaß gemacht«, sagte Mammy Fortuna zu Rukh. »Das tut es immer. Ich glaube, im Grunde bin ich für die Bühne geboren.«

»Du solltest nach dieser verdammten Harpyie sehen«, sagte Rukh. »Diesmal habe ich *gespürt,* wie sie sich losgemacht hat. Mir kam es so vor, als wäre ich die Fessel, die sie hält, und sie hätte mich aufgeknotet.« Es schauderte ihn, und er senkte die Stimme: »Schaff sie weg«, sagte er heiser, »bevor sie uns zerreißt und wie blutige Wolken über den Himmel zerstreut. Daran denkt sie doch die ganze Zeit! Ich spüre, wie sie daran denkt!«

»Sei still, du Narr!« Die Stimme der Hexe klang fürchterlich vor Furcht. »Ich kann sie in den Wind verwandeln, wenn sie entflieht, in Schnee, oder in sieben Notenschlüssel. Doch ich habe beschlossen, sie zu behalten. Auf der ganzen Welt gibt es keine zweite Hexe, die eine Harpyie besitzt, und niemals wird es eine geben! Ich behalte sie — und wenn ich ihr jeden Tag ein Stück von deiner Leber füttern müßte!«

»Vielen Dank!« sagte Rukh und rückte etwas von ihr ab. »Und was ist, wenn sie nur deine Leber will?« wollte er dann wissen. »Was wirst du dann tun?«

»Ihr trotzdem deine vorwerfen«, antwortete Mammy Fortuna. »Sie würde den Unterschied nicht merken. Harpyien sind nicht sehr klug.«

Als sie allein war, huschte die Hexe im Mondlicht von Käfig zu Käfig, rüttelte an den Schlössern und murmelte Zauberformeln, so geschäftig wie eine Hausfrau, die auf dem Markt Melonen betastet. Wie sie aber zum Käfig der Harpyie kam, da stieß diese einen Schrei aus, spitz wie ein Speer, und breitete die schreckliche Pracht ihrer Schwingen. Einen Moment lang kam es dem Einhorn so vor, als würden die Käfiggitter zu einem Vorhang aus Regen; aber dann knackste Mammy Fortuna mit ihren knochigen Fingern, und die Gitter waren wieder aus Eisen, und die Harpyie sank auf ihrem Pfahl zusammen und lauerte.

»Noch nicht«, sagte die Hexe, »noch nicht.« Die beiden starrten einander an, und ihre Augen waren sich vollkommen gleich. Mammy Fortuna sagte: »Du gehörst mir. Und wenn du mich tötest: du gehörst mir!« Die Harpyie rührte sich nicht, aber eine Wolke löschte den Mond aus.

»Noch nicht«, sagte Mammy Fortuna, dann kam sie auf den Käfig des Einhorns zu. »Nun«, sagte sie mit honigsüßer Stimme, »eine Weile lang hab' ich dir Angst eingejagt, nicht wahr?« Ihr Lachen klang, als glitten Schlangen durch Schlamm. Sie kam näher.

»Was dein Freund, der Zauberer, auch sagen mag«, fuhr sie fort, »ein bißchen Talent muß ich schon haben. Ein Einhorn dazu bringen, daß es sich alt und eklig fühlt — ich denke, dazu braucht man schon eine gewisse Geschicklichkeit. Und glaubst du wirklich, eine Zauberformel, die keinen roten Heller wert ist, könnte die Dunkle in ihren Käfig bannen? Niemand vor mir . . .«

»Prahl nicht, alte Frau!« erwiderte das Einhorn. »Dein Tod sitzt in dem Käfig dort und hört dich.«

»Ja«, sagte Mammy Fortuna gelassen. »Ich weiß wenigstens, wo er ist. Du jedoch bist landauf, landab hinter deinem Tod hergejagt.« Wieder lachte sie. »Ich weiß sogar, wo er ist! Ich habe dich davor bewahrt, ihn zu finden, und dafür solltest du mir dankbar sein.«

Das Einhorn vergaß, wo es war, und preßte sich gegen das Gitter. Trotz dem Schmerz wich es nicht zurück. »Der Rote Stier«, stieß es hervor, »wo kann ich den Roten Stier finden?«

Ganz dicht kam Mammy Fortuna an den Käfig heran. »Der Rote Stier des Königs Haggard«, murmelte sie, »du weißt also von dem Stier!« Sie bleckte zwei Zähne. »Er wird dich nicht bekommen«, sagte sie, »du gehörst mir.«

Das Einhorn schüttelte den Kopf. »Du weißt, das ist nicht wahr«, sagte es sanft. »Laß die Harpyie frei, solange noch Zeit ist, und laß auch mich ziehen. Behalte deine armen Schatten, wenn du willst, aber uns laß gehen.«

Die starren Augen der Hexe entflammten so wild und hell, daß eine zerzauste Schar Mondmotten — unterwegs zu einer nächtlichen Lustbarkeit — schnurstracks in sie hineinflatterte und zischend zu schneeiger Asche verbrannte. »Eher würd' ich das Schaugeschäft an den Nagel hängen!« knurrte sie. »Mein Lebtag diese handgestrickten Schreckgespenster herumzukarren, meinst du, das sei mein Traum gewesen, als ich jung und böse war? Meinst du, ich hätte mir diese magere Magie, die auf der Dummheit beruht, ausgesucht, weil ich die wahre Hexenkunst nie gekannt? Ich führe diesen Mumpitz mit Hunden und Affen auf, weil die Sterne für mich unerreichbar sind — aber ich weiß, daß es diese Sterne gibt! Und du verlangst von mir, auf deinen Anblick zu verzichten, auf den Anblick eines von mir gefangenen Fabeltieres! Ich habe Rukh gesagt, wenn es sein müßte, fütterte ich der Harpyie seine Leber — und das würde ich auch. Und um dich zu behalten, würde ich deinen Freund Schmendrick nehmen und ihn . . .« Sie geriet in solche Wut, daß sie stotterte und schäumte und endlich verstummte.

»Bei Leber fällt mir ein«, sagte das Einhorn, »zur wahren Magie braucht man nicht die Leber anderer Leute. Man muß sich schon die eigene herausreißen, ohne Hoffnung, sie zurückzubekommen. Die echten Hexen wissen das.«

Ein paar Sandkörner rieselten Mammy Fortunas Wangen herab. Alle Hexen weinen so. Dann ging sie rasch zu ihrem Wagen hinüber; plötzlich drehte sie sich um, zeigte ihre morschen Zähne, sagte: »Aber zweimal hab' ich dich reingelegt! Glaubst du wirklich, diese Glotzaffen hätten in dir ein Einhorn gesehen, wenn ich nicht ein bißchen nachgeholfen hätte? Nie! Ich mußte dir erst eine Gestalt verleihen, die sie verstehen, und ein Horn, das sie sehen konnten. Heutzutage bedarf es einer armen alten Jahrmarktshexe, um den Leuten klarzumachen, daß da ein echtes Einhorn vor ihnen steht! Du tätest gut daran, bei mir zu bleiben und unecht zu sein, denn auf dieser ganzen Welt wird nur der Rote Stier erkennen, wen er da vor sich hat.« Dann verschwand sie in ihrem Wagen, und die Harpyie ließ den Mond wieder hervorkommen.

Schmendrick kam kurz vor Tagesanbruch zurück, lautlos wie Wasser zwischen den Käfigen hindurchgleitend. Nur die Harpyie gab Laut, als er vorüberkam. »Ich konnte mich nicht früher freimachen«, sagte er zum Einhorn, »sie hat Rukh befohlen, auf mich aufzupassen, und der schläft so gut wie nie. Aber ich habe ihm ein Rätsel aufgegeben, und er braucht immer die ganze Nacht, um eins zu lösen. Das nächste Mal erzähl' ich ihm einen Witz, das wird ihn eine ganze Woche beschäftigen.«

Das Einhorn ließ den Kopf hängen. »Ich bin verzaubert«, sagte es leise. »Warum hast du es mir nicht gesagt?«

»Ich dachte, du wüßtest es«, sagte der Zauberer sanft. »Hast du dich denn gar nicht gewundert, daß die Zuschauer dich erkannten?« Er lächelte, was ihn ein wenig älter machte. »Nein, natürlich nicht. Darüber würdest du dich nie wundern!«

»Ich bin noch nie verzaubert gewesen«, erwiderte das Einhorn. Es zitterte und bebte. »Nie gab es eine Welt, in der man mich nicht kannte.«

»Ich weiß genau, wie dir zu Mute ist«, pflichtete ihm Schmendrick augenblicklich bei. Das Einhorn sah ihn aus dunklen, unergründlichen Augen an, worauf er nervös lächelte und seine Hände betrachtete. »Selten der Mann, den man für das hält, was er wirklich ist. Die Welt steckt voller Fehlurteile. Ich allerdings habe auf den ersten Blick erkannt, daß du ein Einhorn bist, und ich bin mir gewiß, dein Freund zu sein. Und dennoch hältst du mich für einen Clown, einen Hanswurst, einen Verräter, und wenn du mich so siehst, muß ich auch einer sein. Der Bann, der auf dir liegt, ist nur ein Truggespinst und wird sich in Nichts auflösen, sobald du wieder frei bist, die Larve aber, die du mir aus Vorurteil aufgesetzt hast, die muß ich in deinen Augen für alle Zeiten tragen. Wir sind nicht immer, was wir scheinen, und selten nur, was wir erträumen. Aber irgendwo habe ich gehört und gelesen, daß vor langer, langer Zeit Einhörner wohl zu unterscheiden wußten zwischen lachendem Mund und Herzeleid, Hirngespinst und Wirklichkeit.« Der Himmel färbte sich hell, und Schmendricks leise Stimme übertönte für kurze Zeit das Gekreische der Käfiggitter und das leise Rauschen der Harpyienschwingen.

»Ich glaube, daß du mein Freund bist«, sagte das Einhorn. »Wirst du mir helfen?«

»Wenn nicht dir, dann niemandem«, antwortete er. »Du bist meine letzte Hoffnung.«

Nacheinander erwachten winselnd, zitternd und niesend die armseligen Tiere der Mitternachtsmenagerie. Das eine hatte von Steinen und Käfern geträumt und von zarten Blättern; ein anderes war im Traum in sonnenheißem, hohem Gras umhergestreift; ein drittes hatte sich in Blut und Schlamm gewälzt. Und eines hatte davon geträumt, wie eine gute Hand es liebevoll hinter den Ohren kraulte. Die Harpyie schlief nie; sie saß jetzt da und starrte in die Sonne, ohne zu blinzeln. Schmendrick flüsterte: »Wenn sie sich zuerst befreit, sind wir verloren!«

In der Nähe hörten sie Rukh rufen — seine Stimme klang immer, als sei sie in der Nähe —: »Schmendrick! He, Schmendrick! Ich hab's! Es ist eine Kaffeekanne! Stimmt's?« Der Zauberer empfahl sich und flüsterte zum Abschied: »Heute Nacht! Trau mir, bis es dunkel wird.« Und mit flatternden Rockschößen stob er davon, und wieder schien es so, als ließe er einen Teil von sich zurück.

Gleich darauf galoppierte Rukh am Käfig vorbei, eine geballte Ladung Ehrgeiz und Begeisterung. In ihrem Wagen verborgen, summte Mammy Fortuna Elis Lied:

Heut ist gestern, kalt ist heiß,
alles Hohe zieht's hernieder.
Rätsels Lösung niemand weiß —
was vergangen, kehrt nicht wieder.

Die ersten Zuschauer schlenderten herbei; Rukh lockte sie, indem er wie ein eiserner Papagei »Kreaturen der Nacht!« schrie, und Schmendrick stand auf einer Kiste und zauberte. Das Einhorn sah ihm sehr aufmerksam zu, zweifelte in zunehmendem Maße — nicht an seiner Aufrichtigkeit, sondern an seiner Geschicklichkeit. Aus einem Schweinsohr machte er ein ganzes Schwein, aus einem Glas Wasser eine Handvoll Wasser, aus einer Pikfünf eine Piksieben, und ein Karnickel verwandelte er in einen Goldfisch, der augenblicklich ertrank. Nach jedem mißglückten Trick warf er einen raschen Blick zum Einhorn herüber, und seine Augen sagten: »Oh, aber wenigstens du weißt, was ich wirklich wollte.« Einmal verwandelte er eine verwelkte Rose in ein Samenkorn. Das gefiel dem Einhorn, selbst als es sich als Rettichsamen entpuppte.

Die Vorstellung begann. Rukh führte die Besucher wieder von einem armen Fabeltier zum nächsten. Der Drachen loderte, Zerberus heulte die Hölle zu Hilfe, und der Satyr umbuhlte die Frauen, bis sie weinten. Beim

Anblick des Martichoras verdrehten sie die Augen und zeigten auf seine gelben Fangzähne und seinen fürchterlichen Stachel; verstummten bei der Vorstellung der Midgardschlange und begafften Arachnes neues Netz, das wie ein Fischernetz aussah, mit einem triefenden Mond darin. Alle hielten es für ein wirkliches Netz, aber nur die Spinne glaubte, es berge den wirklichen Mond.

Dieses Mal erzählte Rukh die Geschichte vom König Phineus und den Argonauten nicht, er trieb vielmehr die Zuschauer schleunigst am Käfig der Harpyie vorüber, murmelte gerade noch ihren Namen und seine Bedeutung. Die Harpyie lächelte. Nur das Einhorn sah sie lächeln, und das Einhorn wäre froh gewesen, woanders hingeschaut zu haben.

Als die Besucher vor seinem Käfig standen und schweigend hereinstarrten, da dachte das Einhorn schmerzlich: ›Ihre Augen sind so traurig. Um wieviel trauriger wären sie erst, wenn meine Verzauberung abfiele und sie plötzlich eine ganz gewöhnliche Stute anstarrten? Die Hexe hat recht — keiner von ihnen würde mich erkennen.‹ Aber dann hörte es eine leise Stimme in sich, eine Stimme, die wie die Schmendricks des Zauberers klang: ›Ihre Augen sind so traurig!‹

Und als Rukh trompetete: »Der absolute Höhepunkt!«, als die schwarzen Vorhänge zurückglitten und Eli enthüllten, die in der Kälte und Dunkelheit vor sich hinmurmelte, da fühlte das Einhorn die gleiche folternde Furcht vor dem Altern, welche die Zuschauer angstvoll fliehen ließ — obwohl es wußte, daß es nur Mammy Fortuna in einem Käfig war. Es dachte: ›Die Hexe weiß mehr, als sie zu wissen glaubt.‹

Die Nacht brach herein; vielleicht hatte die Harpyie sie zur Eile gedrängt. Die Sonne sank in schmutzige Wolken, wie ein Stein im Meer versinkt, und mit genausoviel Aussicht, wieder heraufzukommen. Weder Mond noch Sterne standen am Himmel. Mammy Fortuna machte ihren Rundgang und kontrollierte die Käfige. Die Harpyie rührte sich nicht, als sie in ihre Nähe kam. Die Alte blieb lange vor dem Käfig stehen und starrte hinein.

»Noch nicht«, murmelte sie schließlich, »noch nicht.« Ihre Stimme klang erschöpft und zweifelnd. Sie sah kurz nach dem Einhorn, ihre Augen flakkerten gelb in der fettigen Finsternis. »Wieder ein Tag«, seufzte sie; dann ging sie weiter.

Totenstille herrschte in der Mitternachtsmenagerie. Bis auf die Spinne, die webte, und die Harpyie, die wartete, schliefen alle Tiere. Knirschend kroch die Nacht immer näher heran, so dicht, daß das Einhorn erwartete, sie bräche weit auf und enthüllte — noch mehr Gitter. ›Wo bleibt der Zauberer?‹

Endlich sah es ihn durch die Stille hasten; er tänzelte und schwänzelte wie eine Katze in der Kälte, stolperte über jeden Schatten. Er verneigte sich schwungvoll und sagte voll Stolz: »Schmendrick steht zu Diensten.« Das Einhorn hörte im Käfig neben sich das metallene Klirren.

»Ich glaube, wir haben sehr wenig Zeit«, sagte es. »Kannst du mich wirklich befreien?«

Der hagere Mann lächelte und wurde bis in die Fingerspitzen hinein fröhlich. »Ich habe dir gesagt, daß die Hexe drei große Fehler gemacht hat. Deine Gefangennahme war der letzte, und das Einfangen der Harpyie ihr vorletzter, denn ihr beide seid Wirklichkeit. Mammy Fortuna kann euch so wenig ihren Willen aufzwingen, wie sie den Winter auch nur um einen Tag verlängern kann. Aber mich mit einem Quacksalber, wie sie einer ist, zu verwechseln, das war ihr erster und entscheidender Fehler! Denn auch ich bin Wirklichkeit, ich bin Schmendrick der Zauberer, der letzte der feurigen Swamis — und ich bin älter, als ich aussehe.«

»Wo ist der andere?« fragte das Einhorn.

Schmendrick krempelte seine Ärmel auf. »Mach dir wegen Rukh keine Sorgen. Ich habe ihm ein neues Rätsel aufgegeben, eins, das keine Lösung hat. Mag sein, er rührt sich niemals wieder.«

Er sprach drei kantige Worte und schnalzte mit den Fingern. Der Käfig verschwand, und das Einhorn stand in einem Hain von Orangen- und Zitronensträuchern, Pfirsichen und Granatäpfeln, Mandeln und Akazien; die Erde unter seinen Hufen war frühlingsweich, und über ihm wölbte sich der Himmel. Sein Herz wurde leicht wie Rauch, und es spannte alle Kräfte an für einen gewaltigen Sprung in die süße Nacht. Aber dann ließ es die Sprungkraft ungenutzt erschlaffen, denn es wußte, daß die Gitter immer noch da waren, auch wenn es sie nicht sah. Es war zu erfahren, um sie zu vergessen.

»Verzeih«, sagte Schmendrick irgendwo in der Dunkelheit. »Es hätte mir große Freude gemacht, wenn das die Zauberformel gewesen wäre, die dich befreit.«

Er sang eine tiefe und kalte Melodie, und die seltsamen Bäume wehten davon wie Löwenzahnlichter. »Diese Formel ist viel wirksamer«, sagte er. Die Gitter sind jetzt so mürb wie alter Käse, den ich zerbröckle und zerbrösle, so!« Er schnappte nach Luft und zog blitzschnell die Hände zurück. Von jedem seiner langen Finger tropfte Blut.

»Ich muß mich in der Betonung geirrt haben«, sagte er heiser. Er streckte die Hände in seine Manteltaschen und gab sich Mühe, seine Stimme munter klingen zu lassen. »Manchmal geht es eben daneben!« Dann knirschten krustige Sprüche, und Schmendricks Hände zuckten durch die Luft. Aus dem Nichts hinkte etwas Graues und Grinsendes heran, bärenhaft, aber größer als irgendein Bär, und voll Eifer, den Käfig wie eine Nuß zu zerknacken und mit seinen Klauen Fetzen aus des Einhorns Fleisch zu reißen. Schmendrick befahl es in die Nacht zurück, doch es blieb.

Das Einhorn floh in eine Ecke und senkte den Kopf. Da regte sich leise tönend die Harpyie in ihrem Käfig, und das graue Wesen wandte, was wohl sein Kopf war, und sah sie. Es gab einen heulenden, blubbernden Laut des Entsetzens von sich und war fort.

Der Zauberer fluchte und zitterte. »Ich habe ihn schon einmal gerufen, vor langer Zeit. Damals bin ich auch nicht mit ihm fertiggeworden. Jetzt verdanken wir unser Leben der Harpyie, und vielleicht fordert sie es uns noch vor Tagesanbruch ab.« Er stand stumm da, zupfte an seinen verletzten Fingern und wartete darauf, daß das Einhorn etwas erwidere: »Ich will's noch einmal versuchen«, sagte er schließlich. »Soll ich's noch einmal versuchen?«

Dem Einhorn kam es vor, als brodelte die Nacht noch immer an der Stelle, wo das graue Wesen verschwunden war. »Ja«, sagte es.

Schmendrick holte tief Luft, spie dreimal aus und sprach Wörter, die wie Glocken unterm Meer klangen. Er streute eine Handvoll Pulver über den Speichel, und lachte triumphierend, als es mit einem lautlosen grünen Blitz verpuffte. Als das Licht erloschen war, sprach er drei weitere Worte. Sie klangen wie das Summen von Bienen, die auf dem Mond herumbrummen.

Der Käfig schrumpfte. Das Einhorn konnte die Bewegung der Gitter nicht sehen, aber jedesmal, wenn Schmendrick »Nein! Ach, nein!« rief, hatte es weniger Platz. Schon konnte es sich nicht mehr umdrehen. Unerbittlich wie der Morgen oder die Flut rückten die Gitter näher, drohten es zu durchbohren, bis sie sein Herz einschließen und es für alle Zeiten als Gefangenen behalten würden. Als die von Schmendrick gerufene Kreatur grinsend herangekommen war, da hatte es nicht aufgeschrieen, doch jetzt gab es einen Laut von sich, einen Laut, der schwach und verzweifelt klang, aber ungebrochen.

Schmendrick brachte die Stangen zum Stehen; das Einhorn fand nie heraus, wie er das fertigbrachte. Die Gitter waren um Haaresbreite vor ihm zum Halten gekommen, doch konnte es jede einzelne Stange wie einen kalten kleinen Wind spüren, der vor Hunger miaute. Aber sie konnten ihm nichts antun.

Dem Zauberer sanken die Arme. »Ich kann nicht mehr«, sagte er verzweifelt. »Das nächste Mal wird es mir vielleicht nicht gelingen . . .« Er ließ kläglich die Stimme sinken, und seine Augen sahen so niedergeschlagen aus wie seine Hände. »Die Hexe hat mit mir keinen Fehlgriff getan«, sagte er.

»Gib nicht auf«, erwiderte das Einhorn. »Du bist mein Freund. Versuch's noch einmal.«

Aber Schmendrick, der trübselig lächelte, suchte in seinen Taschen nach etwas, das klimperte und klirrte. »Ich wußte, daß es soweit kommen würde«, murmelte er. »Ich hatte es mir anders ausgemalt, aber ich wußte es die ganze Zeit.« Er brachte einen Ring zum Vorschein, an dem einige rostige Schlüssel baumelten. »Dir stehen die Dienste eines großen Magiers zu«, sagte er, »aber ich fürchte, du mußt über die Hilfe eines zweitklassigen Taschendiebs froh sein. Einhörnern sind Dinge wie Not, Scham, Zweifel und Verpflichtungen unbekannt, aber Sterbliche nehmen, wie du wohl schon bemerkt hast, was sie kriegen können. Und Rukh kann sich immer nur auf eine Sache konzentrieren.«

Plötzlich wurde dem Einhorn bewußt, daß jedes Tier der Mitternachtsmenagerie wach war und lautlos zu ihm herübersah. Im Käfig nebenan schwankte die Harpyie schwerfällig von einem Fuß auf den anderen. »Schnell«, rief das Einhorn, »schnell!«

Schmendrick war schon dabei, den Schlüssel in das kichernde Schloß zu stecken. Bei seinem ersten, erfolglosen Versuch verstummte das Schloß, als er aber einen anderen Schlüssel probierte, rief es laut und deutlich: »Hoho! Du bist vielleicht ein Zauberer!« Es klang wie Mammy Fortunas Stimme.

»Du kannst mich gern haben«, murmelte Schmendrick; das Einhorn spürte ihn erröten. Er drehte den Schlüssel, und das Schloß sprang mit einem letzten verächtlichen Grunzen auf. Der Zauberer öffnete die Tür und sagte leise: »Steig hernieder, Lady. Du bist frei!«

Das Einhorn trat geschmeidig heraus, und Schmendrick der Zauberer trat vor Verwunderung einen Schritt zurück. »Oh«, flüsterte er, »als die Gitter zwischen uns waren, sahst du ganz anders aus, kleiner und nicht so — oh!«

Es war wieder in seinem Wald; er war schwarz und feucht und verwüstet, weil es so lange ausgeblieben war. Aus weiter Ferne rief ihm jemand, aber es war daheim, wärmte die Bäume und weckte das Gras.

Dann hörte es Rukhs Stimme; sie klang wie das Knirschen eines Bootes auf Kies. »He, Schmendrick! Ich geb's auf! Was haben ein Rabe und ein Schreibtisch gemeinsam?« Das Einhorn barg sich im tiefsten Schatten, Rukh sah nur den Zauberer und den leeren Käfig, der jetzt viel kleiner war. Seine Hände fuhren in die Taschen und wieder heraus. »So ist das also, du dünner Dieb!« rief er und grinste unheilvoll. »Sie wird dich auf Stacheldraht ziehen und der Harpyie als Halsband umhängen.« Er drehte sich um, ging schnurstracks auf Mammy Fortunas Wagen zu.

»Lauf!« rief der Zauberer und tat einen wunderlichen, wilden, wirbelnden Sprung, landete auf Rukhs Rücken und umwand den dunklen Mann so mit seinen langen Armen, daß er blind und taub ward. Sie stürzten zusammen zu Boden, Schmendrick rappelte sich als erster auf und heftete mit seinen Knien Rukhs Schultern an den Boden. »Stacheldraht!«, keuchte er. »Du Unrat, du Auswurf, du Einöde! Ich stopf' dich mit Elend voll, bis es dir aus den Ohren quillt! Ich verwandle dein Herz in grünes Gras und deinen Erzfeind in ein Schaf. Ich mach' dich zu einem schlechten Dichter, der schlecht träumt. Ich dreh' dir die Zehennägel um, daß sie nach innen wachsen! Ich werd' dir helfen!«

Rukh schüttelte den Kopf und saß auf, wodurch Schmendrick zehn Schritt durch die Luft flog. »Was faselst du da?« lachte er. »Du bist ja zu schwach, um einen Nagel in die Wand zu schlagen!« Der Zauberer wollte sich aufrichten, Rukh stieß ihn jedoch wieder zu Boden und setzte sich auf ihn. »Ich konnte dich nie ausstehen«, sagte er freundlich. »Du bist eingebildet, und du bist nicht sehr stark.« Schwer wie die Nacht schlossen sich seine Hände um Schmendricks Hals.

Das Einhorn sah es nicht; es stand vor dem hintersten Käfig, in welchem der Martichoras knurrte und winselte und sich flach an den Boden preßte. Das Einhorn berührte mit der Spitze seines Hornes das Schloß, eilte, ohne sich umzusehen, zum Drachenkäfig. Es gab allen Tieren die Freiheit, dem Satyr, dem Zerberus und der Midgardschlange. Ihre Verzauberung fiel ab, sobald sie die Freiheit fühlten; sie sprangen, hinkten und krochen davon, waren wieder Löwe, Affe, Schlange, Krokodil und glücklicher Hund. Keines von ihnen dankte dem Einhorn, und dieses sah ihnen nicht nach.

Nur die Spinne schenkte ihm keine Beachtung, als es leise durch die offene Tür rief. Arachne webte an einem Netz, das in ihren Augen die schneeflockenartig herabschwebende Milchstraße war. Das Einhorn flüsterte: »Weberin, Freiheit ist besser! Freiheit ist besser!« Die Spinne hörte nicht hin, sie jagte in ihrem eisernen Webrahmen auf und ab. Keinen Augenblick rastete sie, auch nicht, als das Einhorn rief: »Es ist wirklich ganz reizend, Arachne, aber Kunst ist es nicht!« Das neue Gewebe wehte wie Schnee von den Stangen herab.

Dann brach der Wind los; das Spinnennetz wehte an den Augen des Einhorns vorbei und davon. Die Harpyie begann mit den Flügeln zu schlagen, holte sich Kraft, wie eine mächtige, zurücklaufende Woge donnernd Sand und Wasser ins Meer zieht. Ein blutunterlaufener Mond brach hinter den Wolken hervor, und das Einhorn sah sie: golden und gigantisch, mit herabfließendem, feuerzüngelndem Haar und kalten, langsamen Schwingenschlägen, die den Käfig erschütterten. Die Harpyie lachte.

Im Schatten des Einhornkäfigs knieten Rukh und Schmendrick. Der Zauberer hielt den schweren Schlüsselring umklammert, Rukh rieb sich den Kopf und blinzelte heftig. Ihre Gesichter waren angstverzerrt, denn sie starrten die aufsteigende Harpyie an, und in dem heftigen Wind suchte jeder beim anderen Halt. Er stieß sie so heftig gegeneinander, daß ihre Knochen krachten.

Das Einhorn ging auf den Käfig der Harpyie zu. Schmendrick der Zauberer, der blaß und winzig aussah, öffnete und schloß unaufhörlich den Mund, und das Einhorn wußte, was er rief, obwohl es ihn nicht hören konnte. »Sie wird dich töten! Sie wird dich töten! Lauf, du Tor, solange sie noch gefangen ist! Wenn du sie freiläßt, wird sie dich töten!« Das Einhorn ging weiter; es folgte dem Leuchten seines Hornes, bis es vor Celaeno der Dunklen stand.

Eine Sekunde lang hingen die eisigen Schwingen reglos wie Wolken in der Luft, und die grausamen gelben Augen der Harpyie drangen in des Einhorns Herz und zogen es unwiderstehlich näher. ›Ich töte dich, wenn du mich befreist‹, sagten die Augen. ›Befreie mich!‹

Das Einhorn senkte den Kopf, bis sein Horn das Schloß am Harpyienkäfig berührte. Die Tür sprang nicht auf, die eisernen Stangen zerschmolzen nicht zu Sternenschein. Die Harpyie hob ihre Schwingen, und die vier Wände ihres Käfigs fielen langsam zur Seite und herab, wie die Blütenblätter einer großen Blume, die sich zur Nachtzeit öffnet. Und aus den Trümmern erblühte schrecklich und frei die Harpyie; sie schrie gellend, und ihr Haar schwang wie ein Schwert. Der Mond schrumpelte und schwand.

Das Einhorn hörte sich aufschreien, nicht vor Schrecken, sondern vor Erstaunen. »Oh, du bist wie ich!« Es bäumte sich freudig auf, um der Stösserhaltung der Harpyie besser begegnen zu können, und sein Horn schnellte kühn in den Sturm. Die Harpyie stieß zu, verfehlte ihr Ziel und schwenkte ab mit klirrenden Flügeln und heißem, stinkendem Atem. Feuer brannte über ihrem Haupt; das Einhorn sah sein Spiegelbild auf ihrer bronzenen Brust und fühlte zur gleichen Zeit, daß die Harpyie in seinem Glanz erstrahlte. Wie ein Doppelstern umkreisten sie einander, nichts Wirkliches gab es außer den beiden unter dem sich zusammenziehenden Himmel. Die Harpyie lachte entzückt, und ihre Augen wurden honigfarben. Das Einhorn sah, daß sie sich zum nächsten Stoß bereitmachte.

Sie legte die Flügel an und stürzte wie ein Stern — nicht auf das Einhorn, sondern über dieses hinaus, so knapp an ihm vorbei, daß eine Feder seine Schulter zum Bluten brachte. Funkelnde Krallen gierten nach Mammy

Fortunas Herz; die streckte ihre eigenen klauenförmigen Hände aus, als wolle sie die Harpyie an die Brust schließen. »Nicht allein!« heulte die Hexe triumphierend. »Niemals hättet ihr euch selbst befreien können! Ich hielt euch gebannt!« Dann war die Harpyie bei ihr, und Mammy Fortuna zerbrach wie ein Stück dürres Holz und fiel. Die Harpyie hockte auf ihr, entzog sie dem Blick; dann färbten sich die bronzenen Schwingen blutrot.

Das Einhorn wandte sich ab. In der Nähe hörte es eine Kinderstimme sagen, es solle laufen, laufen. Schmendricks Augen waren tassengroß und leer, und sein Gesicht — schon vorher viel zu jung — fiel in sich zusammen und wurde vollends das eines Kindes. »Nein«, sagte das Einhorn, »komm mit mir.«

Das Gurgeln und Schmatzen der Harpyie ließ die Knie des Zauberers wachsweich werden. Das Einhorn sagte zum zweiten Mal: »Komm mit mir«, und zusammen verließen sie die Mitternachtsmenagerie und gingen davon. Im Dunkel der Nacht waren die Augen des Einhorns für den Zauberer wie der Mond, weiß und kalt und uralt leuchteten sie ihm voran — in die Sicherheit oder in den Wahnsinn. Er folgte ihm, ohne sich ein einziges Mal umzudrehen, selbst dann nicht, als er das verzweifelte Schleifen und Scharren schwerer Füße hörte, das Dröhnen bronzener Schwingen und Rukhs jäh verstummenden Schrei.

»Er ist davongerannt«, sagte das Einhorn. »Vor unsterblichen Wesen darf man niemals davonrennen. Es erregt ihre Aufmerksamkeit.« Seine Stimme war sanft und mitleidlos. »Renne nie, geh langsam und tu so, als dächtest du an etwas anderes; sing ein Lied, sag ein Gedicht auf, mach deine Kunststücke, aber geh langsam, und sie werden dir nicht folgen. Geh ganz langsam, Zauberer!«

Auf diese Weise flohen sie zusammen durch die Nacht, Schritt für Schritt, der große Mann in Schwarz und das gehörnte weiße Tier. Schmendrick hielt sich, so dicht er nur wagte, bei des Einhorns Licht, denn dort, wohin dieses nicht reichte, bewegten sich hungrige Schatten, die Schatten der Geräusche, welche die Harpyie machte, als sie das wenige zerstörte, was an der Mitternachtsmenagerie zu zerstören war. Lange nachdem dieser Laut verklungen war, folgte ihnen auf ihrer unbekannten Straße bis in den Morgen hinein ein anderer Laut: das winzige, trockene Weinen einer Spinne.

Der Zauberer weinte lange wie ein neugeborenes Kind, ehe er wieder sprechen konnte. »Die arme alte Frau«, flüsterte er dann. Das Einhorn schwieg, worauf Schmendrick ihm einen seltsamen Blick zuwarf. Ein grauer Morgenregen rieselte herab, und das Einhorn leuchtete in ihm wie ein Delphin. »Nein«, sagte es, seinem Blick antwortend, »ich bemitleide nie.« Der Zauberer sagte nichts; er kauerte am Wegesrand und zog seinen klatschnassen Mantel enger um sich, bis er wie ein ausgedienter schwarzer Regenschirm aussah. Das Einhorn wartete, fühlte seine Lebenstage zusammen mit dem Regen fallen. »Ich kann trauern«, lenkte es ein, »aber das ist nicht dasselbe.«

Als Schmendrick wieder aufsah, war es ihm gelungen, sein Gesicht unter Kontrolle zu bringen, obgleich es immer noch heftig widerstrebte. »Wohin wirst du jetzt gehen?« fragte er. »Wohin wolltest du gehen, als sie dich gefangennahm?«

»Ich suchte meine Gefährten«, erwiderte das Einhorn. »Hast du sie gesehen, Zauberer? Sie sind unzähmbar und schneeweiß, wie ich.«

Schmendrick schüttelte gewichtig den Kopf. »Jemanden wie dich hab' ich noch nie gesehen; nicht, solange ich wach war. Als ich ein Kind war, soll es noch ein paar Einhörner gegeben haben, aber ich habe nur einen einzigen Menschen gekannt, der eines sah. Sie sind bestimmt alle gegangen, Lady, alle außer dir. Dort, wo sie lebten, hallt heute hohl dein Schritt.«

»Nein«, sagte es, »einige hat man doch gesehen.«. Es freute sich, daß es noch vor kurzem, in des Zauberers Kindheit, Einhörner gegeben hatte. »Ein Schmetterling erzählte mir vom Roten Stier, und die Hexe erwähnte den König Haggard. Zu denen will ich gehen und herausbringen, was sie wissen. Weißt du, wo König Haggard regiert?«

Beinahe wäre des Zauberers Gesichtsausdruck entwischt, doch dann gelang ihm ein mühsames Lächeln, so als wäre sein Mund aus Eisen. »Ich kann dir ein Gedicht aufsagen«, meinte er nach einer Weile.

Wo scharf wie Messer sind die Hügel,
wo weder Halm sich regt noch Flügel,
erbt ein böser Fluch sich fort:
Haggard ist der Herrscher dort!

»Daran werde ich sein Land gewiß erkennen«, sagte das Einhorn, denn es fühlte sich verspottet. »Weißt du auch ein Gedicht über den Roten Stier?«

»Über den gibt es keins«, antwortete Schmendrick. Bleich und lächelnd stand er auf. »König Haggard kenne ich nur vom Hörensagen. Er soll ein alter Geizhals sein, der über ein ödes Land am Meer herrscht. Manche sagen, vor seiner Ankunft sei das Land weich und grün gewesen, durch seine Berührung aber verdorrt. Die Bauern haben einen Spruch, wenn sie ein vom Feuer verwüstetes, von Heuschrecken oder Sturm heimgesuchtes Feld sehen: ›Verheert wie Haggards Herz‹. Will man ihnen glauben, dann gibt es in seinem Schloß weder Licht noch Feuer, und er schickt seine Knechte aus, damit sie Hühner, Leintücher und Pasteten von Fenstersimsen stehlen. Es wird auch erzählt, daß König Haggard zum letzten Mal gelacht . . .«

Das Einhorn stampfte auf. Schmendrick beeilte sich zu sagen: »Was den Roten Stier angeht, so weiß ich über ihn weniger als nichts, weil ich zuviele Geschichten gehört habe, die sich alle widersprechen. Der Stier ist Wirklichkeit, heißt es, der Stier ist ein Gespenst, Haggard verwandelt sich in den Stier, sobald die Sonne untergegangen ist; der Stier war vor Haggard im Lande, er kam zusammen mit ihm, er kam nach ihm. Ferner soll er ihn vor Überfall und Umsturz schützen und ihm die Kosten für eine Bewaffnung seiner Männer ersparen; auch heißt es, er halte Haggard in dessen eigenem Schloß gefangen. Er sei der Teufel, dem Haggard seine Seele verkauft habe, und zur gleichen Zeit heißt es, der Stier sei die Ware, für welche er seine Seele verkauft habe. Der Stier gehört Haggard, Haggard gehört dem Stier.«

Ein Schauer der Gewißheit überlief das Einhorn, breitete sich von der Mitte her aus wie Wellen in einem Weiher. Es hörte den Schmetterling sagen: ›Sie sind vor langer Zeit vom Roten Stier davongetrieben worden, er rannte dicht hinter ihnen drein und verwischte mit seinen Hufen ihre Spuren.‹ Es glaubte drohende gelbe Hörner zu sehen und weiße Gebilde, die ein Sturm davonblies. »Ich werde hingehen«, sagte es. »Ich stehe in deiner Schuld, Zauberer, denn du hast mich befreit. Was wünschst du dir, bevor ich gehe?«

Schmendricks große Augen glänzten wie Blätter in der Sonne. »Nimm mich mit!«

Kühl und anmutig bewegte sich das Einhorn von ihm weg, ohne ihm zu antworten. Der Zauberer sagte schnell: »Ich kann von großem Nutzen sein! Ich kenne den Weg zu Haggards Land und die Sprachen, welche in den dazwischenliegenden Ländern gesprochen werden.« Da das Einhorn in dem klebrigen Nebel zu verschwinden drohte, fuhr er rasch fort: »Im übrigen hat es noch keinem Wanderer geschadet, von einem Zauberer geleitet zu werden, nicht einmal einem Einhorn. Denk an die Geschichte vom Nekromanten Nikos! In einem Wald sah er ein Einhorn, das im Schoß einer kichernden Jungfrau schlief. Drei Jäger mit gespannten Bogen schlichen heran, um es seines Hornes wegen zu töten. Nikos mußte blitzschnell handeln. Mit einem Wort und einem Wink verwandelte er das Einhorn in einen schönen Jüngling, der erwachte, die verblüfften Jäger augenblicklich angriff und erschlug. Sein Schwert war spitz und spindelförmig; und als die Männer tot waren, da zertrampelte er die Leichen.«

»Und das Mädchen?« fragte das Einhorn. »Hat er das Mädchen auch getötet?«

»Nein, das hat er geheiratet. Er sagte, es sei nur ein verzogenes Kind mit einem Zorn auf seine Familie, und alles, was es brauche, sei ein guter Ehemann. Und der wurde und blieb er, denn selbst Nikos konnte ihm seine alte Gestalt nicht zurückgeben. Er starb alt und angesehen — an einem Übermaß von Veilchen, wie es heißt, er konnte nie genug Veilchen bekommen. Sie hatten keine Kinder.«

Die Geschichte mißfiel dem Einhorn sehr. »Der Zauberer hat ihm keinen Dienst erwiesen, sondern großen Harm angetan«, sagte es leise. »Wie schrecklich, wenn alle meine Gefährten von gutherzigen Zauberern in Menschen verwandelt worden wären — verbannt, in brennende Häuser gesperrt. Vom Roten Stier getötet zu werden, das wäre ein leichteres Schicksal.«

»Wohin wirst du zunächst gehen?« fragte Schmendrick. »Die meisten Menschen werden dir übelwollen; eine freundliche Seele, und mag sie noch so tölpelhaft sein, kann dir eines Tages so nötig sein wie Speis und Trank. Nimm mich mit, als Talisman, als Spaßmacher, für alle Fälle. Nimm mich mit!«

Während er sprach, ließ der Regen nach, der Himmel klarte auf, und das nasse Gras glänzte perlmutten. Das Einhorn sah in die Ferne; in einem Wald von Königen suchte es den einen König, in einem Gestöber von Palästen und Schlössern das eine, das auf den Schultern eines Stieres ruhte. »Niemand hat mich je begleitet«, sagte es, »aber ich bin auch noch nie eingesperrt, noch nie mit einer weißen Stute verwechselt oder als Einhorn verkleidet worden. Es scheint, als sei es beschlossen, daß mir viele Dinge zum ersten Mal widerfahren, und deine Begleitung wird bestimmt weder das seltsamste Erlebnis noch das letzte sein. Du magst also mit mir kommen, wenn du es wünschst, aber es wäre mir lieber gewesen, du hättest dir eine andere Belohnung erbeten.«

Schmendrick lächelte traurig. »Ich habe dran gedacht.« Er betrachtete seine Finger, und das Einhorn sah die halbmondförmigen Narben, wo ihn die Stangen gebissen hatten. »Aber meinen wirklichen Wunsch hättest du doch nicht erfüllen können.«

›Es geht schon los‹, dachte das Einhorn und fühlte den ersten, spinnenzarten Anflug von Bedauern in seiner Haut. ›So wird es also die ganze Zeit sein, wenn man mit einem Menschen wandert!‹ »Nein«, erwiderte es, »ich kann dich nicht in etwas verwandeln, das du nicht bist, genausowenig wie es die Hexe vermochte. Ich kann dich nicht in einen wahren Zauberer verwandeln.«

»Das habe ich auch nicht erwartet«, sagte Schmendrick. »Schon gut, mach dir keine Sorgen!«

»Ich mache mir keine Sorgen«, erwiderte das Einhorn.

Ein Häher segelte knapp über die beiden hinweg, sagte: »Ein Nestling im Museum will ich sein«, und flog pfeilgrad nach Haus, um seiner Frau zu berichten. Sie saß auf dem Nest und sang ihren Kindern ein eintöniges Lied vor:

Knackige Asseln und saftige Schnecken,
von Hecken gepickte Läuse und Zecken,
Käfer und Spinnen aus Rosengesträuch,
die würg' ich wieder aus für euch.
Eia popeia, Lug und Trug,
harte Arbeit ist der Vogelflug!

»Hab' 'n Einhorn geseh'n«, krächzte der Häher beim Landen.

»Ich bemerke, daß du kein Abendessen gesehen hast«, sagte seine Frau kühl. »Ich hasse Männer, die mit leerem Munde sprechen.«

»Kindchen, ein Einhorn!« Der Häher ließ seine gleichgültige Miene fahren und hüpfte aufgeregt hin und her. »Ich hab' keins mehr gesehen seit . . .«

»Du hast noch nie eins gesehen«, sagte sie. »Du bist mit mir verheiratet, vergiß das nicht! Ich weiß, was du in deinem Leben gesehen und was du nicht gesehen hast.«

Der Häher hörte gar nicht hin. »Einen kuriosen Begleiter in Schwarz hatte es bei sich«, plapperte er. »Sie sind übern Katzenberg gegangen. Ich frage mich, ob sie zu König Haggard wollen.« Er verdrehte den Kopf, bis er jene kunstvolle Haltung erreichte, mit welcher er damals seine Frau erobert hatte. »Welch ein Anblick für König Haggard, wenn er gerade beim Frühstück sitzt«, staunte er. »Ein Einhorn, das seine Aufwartung macht, die Kühnheit in Person, klopfklopf an seiner Unglückstür. Ich gäbe alles drum . . .«

»Ich nehme doch an, ihr zwei habt nicht den ganzen Tag damit verbracht, Einhörner zu beobachten«, unterbrach ihn seine Frau mit einem Schnabelklicken. »Zumindest früher soll sie bei der Freizeitgestaltung sehr phantasievoll gewesen sein.« Sie näherte sich ihm mit gesträubten Nakkenfedern.

»Liebling, ich hab' sie nicht mal gesehen . . .«, verteidigte sich der Häher. Seine Frau wußte, daß er sie nicht gesehen hatte und es auch nicht wagen würde, aber sie zog ihm dennoch eine über. Sie war die Frau, die einen winzigen moralischen Vorteil zu nutzen verstand.

Das Einhorn und der Zauberer wanderten durch den Frühling, über den sanften Katzenberg und hinab in ein veilchenfarbenes Tal, in welchem Apfelbäume wuchsen. Jenseits des Tales erstreckten sich Hügel, die so fett und fügsam aussahen wie die Schafe, die verwundert das Einhorn beschnupperten, wenn es sich zwischen ihnen bewegte. Nach den lenzlichen Hügeln kamen die sommerlichen Berge und die verbrannten Ebenen, über denen die Luft wie Kandiszucker schimmerte. Gemeinsam durchquerten Einhorn und Zauberer Bäche und Flüsse, kletterten dornige Halden und Hänge hinauf und hinunter, zogen durch Wälder, die das Einhorn an seine Heimat erinnerten, obgleich sie ihr gar nicht ähneln konnten, da die Zeit sie berührt hatte. ›Das ist meinem Wald jetzt auch geschehen‹, dachte es; aber dann redete es sich ein, daß nach seiner Rückkehr alles wieder würde wie zuvor.

Bei Nacht, während Schmendrick den Schlaf eines hungrigen, fußkranken Zauberers schlief, lag das Einhorn kauernd da und wartete, daß die riesige Gestalt des Roten Stieres aus dem Mond hervorgestürmt käme. Manchmal roch es, was sein Geruch sein mußte: einen dumpfen, hinterhältigen Dunst, der die Nacht durchzog und nach ihm suchte. Da sprang es dann mit einem schrillen Kampfschrei hoch — und sah ein Rudel Rehe, das aus respektvoller Entfernung herüberäugte. Rehe lieben und beneiden Einhörner. Einmal kam ein Böcklein in seinem zweiten Sommer, von seinen kichernden Freunden vorangeschubst, ziemlich nah heran und murmelte mit gesenkten Augen: »Du bist sehr schön, du bist genauso schön, wie meine Mutter gesagt hat.«

Das Einhorn sah es schweigend an, wußte, daß es keine Antwort wollte. Die anderen Rehe kicherten und wisperten: »Weiter, weiter!« Da hob das Böcklein den Kopf und rief schnell und fröhlich: »Aber ich kenne jemanden, der ist schöner als du!« Es warf sich herum und stob im Mondlicht davon, und seine Freunde folgten ihm. Das Einhorn legte sich wieder.

Hin und wieder kamen sie in ein Dorf, und Schmendrick stellte sich dann als wandernden Zauberer vor; er ging durch die Straßen und machte sich mit lauter Stimme erbötig, »eure Nerven ein wenig zu kitzeln, eure Träume mit einem Tropfen Essig zu würzen und wieder weiterzuziehen, und all das für ein Abendessen!« Nur an wenigen Orten lud man ihn nicht ein, über Nacht zu bleiben und seine schöne weiße Stute in einen Stall zu bringen; bevor die Kinder zu Bett gingen, gab er dann auf dem Marktplatz bei Laternenlicht eine Vorstellung. Er versuchte sich nie an größerer Zauberei. Er begnügte sich damit, Puppen zum Sprechen zu bringen und Seife in Süßigkeiten zu verwandeln, und manchmal mißlang ihm sogar diese simple Taschenspielerei. Aber die Kinder hatten ihn gern, und ihre Eltern waren freizügig mit Essen, und die Sommernächte waren lind und lau. Noch viele viele Jahre später erinnerte sich das Einhorn an den seltsamen Kakaogeruch der Ställe und an den Schatten Schmendricks, der in dem zuckenden Licht auf Türen, Wänden und Kaminen tanzte.

Am Morgen machten sie sich auf den Weg; Schmendricks Taschen waren mit Brot, Käse und Orangen gefüllt, und das Einhorn schritt neben ihm, meerweiß in der Sonne, meergrün im Baumdunkel. Seine Zaubertricks waren vergessen, ehe er außer Sicht war, aber seine weiße Stute störte den Schlaf vieler Leute, und Frauen wachten weinend auf, weil sie von ihr geträumt hatten.

Eines Abends kehrten die beiden in einer behäbigen kleinen Stadt ein, in der sogar die Bettler Doppelkinne hatten und die Mäuse watschelten. Schmendrick wurde sogleich vom Bürgermeister und einigen der wohlbeleibten Ratsherren zum Essen eingeladen; das Einhorn ließ man — unerkannt wie immer — auf eine Wiese laufen, wo Gras wuchs so süß wie Milch. Die Nacht war warm, und man trug das Essen auf dem Marktplatz auf; dem Bürgermeister machte es Freude, seine Gäste vorzuführen. Das Essen schmeckte ausgezeichnet.

Schmendrick erzählte Geschichten aus seinem Leben als vazierender Zauberkünstler, reicherte es mit Königen und Drachen an und edlen Damen. Er log keineswegs, sondern ordnete lediglich die Ereignisse sinnvoll an, wodurch seine Erzählungen selbst den schlauen Ratsherren fast glaubhaft erschienen. Alle möglichen Leute, die zufällig durch die Straßen gingen, drängten näher, um das Wesen der Zauberformel zu verstehen, die bei richtiger Anwendung alle Schlösser öffnete. Und keinen gab es, dessen Atem nicht gestockt hätte beim Anblick der Narben an des Zauberers Händen. »Ein Andenken an meine Begegnung mit einer Harpyie«, erläuterte Schmendrick gelassen. »Sie beißen.«

»Und hast du dich niemals gefürchtet?« fragte leise ein junges Mädchen. Der Bürgermeister räusperte sich, um es zum Schweigen zu bringen, Schmendrick jedoch brannte eine Zigarre an und lächelte es durch den

Rauch hindurch an. »Furcht und Hunger haben mich jung gehalten«, antwortete er. Er sah sich in dem Kreis der dösenden oder schnarchenden Ratsherrn um, und zwinkerte dem Mädchen ganz offen zu.

Der Bürgermeister war nicht gekränkt. »Es stimmt«, seufzte er und liebkoste den genossenen Abendschmaus mit gefalteten Händen, »wir führen hier ein angenehmes Leben, oder ich versteh' nichts von einem guten Leben. Manchmal denke ich, ein bißchen Hunger, ein bißchen Furcht täten uns gut, schärften sozusagen unsre Seelen. Aus diesem Grunde heißen wir alle Fremden bei uns willkommen, die Geschichten erzählen und Lieder singen. Sie erweitern unseren Horizont . . . kehren unseren Blick nach innen . . .« Er gähnte, streckte und reckte sich rülpsend.

Plötzlich rief einer der Ratsherrn: »Meine Güte, seht zur Weide hinüber!« Schwere Köpfe auf speckigen Nacken drehten sich, und alle sahen, daß sich die Kühe, Schafe und Pferde am Ende des Angers zusammengeschart hatten und die weiße Stute des Zauberers anglotzten, die friedlich kühles Gras rupfte. Keins der Tiere gab einen Laut von sich, selbst die Gänse und Schweine waren so schweigsam wie Fische. In der Ferne schrie eine Krähe einmal, ihr Ruf trieb über den Sonnenuntergang wie eine Aschenflocke.

»Sonderbar«, murmelte der Bürgermeister, »sehr sonderbar.«

»Nicht wahr«, pflichtet ihm Schmendrick zu. »Wenn ich dir ein paar der Angebote, die man mir für sie schon gemacht hat . . .«

»Das Auffallende daran ist«, sagte der Ratsherr, der als erster gesprochen hatte, »daß sie anscheinend keine Angst vor ihr haben. Sie staunen sie geradezu ehrfürchtig an, als erwiesen sie ihr eine Art Reverenz.«

»Sie sehen, wo eure Augen blind«; Schmendrick hatte dem Rotwein reichlich zugesprochen, und das Mädchen sah ihn aus Augen an, die süßer, aber auch seichter als die des Einhorns waren. Er hieb sein Glas auf den Tisch und sagte zu dem lächelnden Bürgermeister: »Es ist ein selteneres Geschöpf, als du zu träumen wagst. Eine Mythe, eine Rückerinnerung, geradezu ein Matschlicht, ein Marschlicht, mein' ich. Wenn du die Gabe der Erinnerung besäßest, wenn du Hunger . . .«

Seine Stimme ging unter in einem Getümmel von Pferdegetrappel und Kindergeschrei. Ein Dutzend Reiter in herbstbraunen Lumpen galoppierte lachend und johlend auf den Marktplatz, wirbelte die Städter wie einen Blätterhaufen auseinander. Sie formierten sich zu einer Linie, ritten rasselnd um den Platz herum, warfen alles, was ihnen in den Weg kam, über den Haufen und stießen unverständliche Flüche und Drohungen aus, die aber niemand bestimmtem galten. Einer der Reiter richtete sich im Sattel auf, spannte seinen Bogen und schoß den Wetterhahn von der Kirchturmspitze; ein anderer schnappte sich Schmendricks Hut, stülpte ihn über den eigenen Kopf und ritt brüllend weiter. Einige zogen plärrende Kinder zu sich in den Sattel, andere begnügten sich mit Weinschläuchen und Butterbroten. In bärtigen Gesichtern glühten wilde Augen, ihr Lachen klang wie Trommelschlag.

Der dicke Bürgermeister stand reglos da, bis ihn der Anführer des Haufens erblickte. Dann hob er eine Augenbraue. Der Mann schnalzte mit den Fingern — die Pferde standen still, die zerlumpten Reiter schwiegen, gerade so, wie es die Dorftiere beim Anblick des Einhorns getan hatten. Sie setzten behutsam die Kinder zu Boden und gaben den größten Teil der Weinschläuche zurück.

»Jack Jingly, darf ich bitten«, sagte der Bürgermeister gemessen.

Der Reiterhauptmann stieg vom Pferd und kam langsam auf den Tisch zu, an dem die Ratsherren mit ihrem Gast gegessen hatten. Er war ein riesiger Mann, fast sieben Fuß hoch, und bei jedem Schritt klangen und klingelten Ringe, Glöckchen und Armbänder, die an sein geflicktes Wams genäht waren. »N'Abend, Euer Ehren!« lachte er bärbeißig.

»Wir wollen das Geschäftliche hinter uns bringen«, bedeutete ihm der Bürgermeister. »Ich sehe keinen Grund, warum ihr nicht anständig hereinreiten könnt, wie zivilisierte Leute!«

»Ah, die Jungs denken sich nichts bei, Euer Ehren«, brummte der Riese gutmütig. »Sind den ganzen Tag im grünen Walde eingesperrt, da brauchen sie schon mal 'n bißchen Entspannung, so 'ne kleine Katharsis. Woll'n wir?« Seufzend löste er einen mageren Beutel von seinem Gürtel und legte ihn in die offene Hand des Bürgermeisters. »Da! Nich' sehr viel, aber mehr is' leider nich'.«

Der Bürgermeister schüttete die Münzen auf seine Hand, stieß grunzend mit einem seiner fetten Finger nach ihnen. »Mäßig, sehr mäßig«, klagte er, »nicht mal so viel wie die Einnahmen im letzten Monat, und die waren schon miserabel! Ich will euch was sagen: Ihr seid ein ganz fauler Haufen von Strauchdieben!«

»Schwere Zeiten«, erwiderte Jack Jingly mürrisch. Was können wir für, wenn die Reisenden nich' mehr Gold haben als wir? Aus 'ner Rübe kann man kein Blut pressen.«

»Ich schon«, grollte der Bürgermeister und drohte dem riesigen Räuber mit der Faust. »Wenn ihr mich übers Ohr haut«, schrie er, »wenn ihr auf meine Kosten eure Taschen polstert, dann werd' ich dich auspressen, mein Freund, ich werde dich auspressen, bis du nur noch Pamp und Pelle bist und der Wind dich davonweht! Verschwinde jetzt und richte das dieser Vogelscheuche von Hauptmann aus. Fort mit euch, ihr Strolche!«

Als Jack Jingly murrend abziehen wollte, räusperte Schmendrick sich und sagte unsicher: »Wenn es dir nichts ausmacht, hätte ich gerne meinen Hut.«

Der Riese starrte ihn aus blutunterlaufenen Büffelaugen an, ohne etwas zu sagen. »Meinen Hut«, forderte Schmendrick mit festerer Stimme. »Einer von deinen Männern hat meinen Hut genommen; es wäre weise, wenn er ihn zurückgeben würde.«

»Weise, so?« grunzte Jack Jingly nach einem Weilchen. »Und wer bist du, bitteschön, der du weißt, was Weisheit ist?«

Der Wein irrlichterte noch in Schmendricks Augen. »Ich bin Schmendrick der Zauberer, und an mir hat man einen schlechten Feind«, verkündete er. »Ich bin älter, als ich aussehe, und weniger friedlich. Meinen Hut!«

Jack Jingly betrachtete ihn einen weiteren Augenblick, dann ging er zu seinem Pferd, machte einen Schritt darüber hinweg und saß im Sattel. Er ritt heran, bis er nur noch um Bartesbreite von dem wartenden Schmendrick entfernt war. »So!« dröhnte er, »wenn du 'n Hexer bist, mach was Tricksiges. Mach meine Nase grün, füll meine Satteltaschen mit Schnee, verschwind meinen Bart! Zeig mir 'n Zauber, oder zeig mir deine Absätze!« Er zog einen rostigen Dolch aus dem Gürtel, ließ ihn, an der Spitze gefaßt, hin und her baumeln, und pfiff heimtückisch vor sich hin.

»Der Zauberer ist mein Gast!« warnte der Bürgermeister. Schmendrick aber sagte feierlich: »So sei es! Auf deinem Kopfe soll er sitzen!« Nachdem er sich aus den Augenwinkeln heraus versichert hatte, daß ihm das Mädchen zusah, deutete er auf die hinter ihrem Anführer grinsende Rotte von Vogelscheuchen und sagte etwas, was sich reimte. Augenblicklich riß sich sein schwarzer Hut aus den Fingern des Mannes, der ihn gehalten hatte, und segelte gemächlich durch die Abendluft, lautlos wie eine Eule. Zwei Frauen fielen in Ohnmacht, der Bürgermeister mußte sich setzen. Die Räuber schrieen wie kleine Kinder.

Der schwarze Hut segelte den Marktplatz der Länge nach hinunter, bis er an eine Pferdetränke kam. Dort senkte er sich und füllte sich mit Wasser. Dann schwebte er, in der Dämmerung fast unsichtbar, zurück und flog schnurstracks auf Jack Jinglys ungewaschenen Kopf zu. Der bedeckte sich mit den Händen und stammelte: »Nein, nein! Ruf ihn zurück!« Sogar seine eigenen Männer lachten erwartungsvoll. Schmendrick lächelte triumphierend, schnalzte mit den Fingern, um den Hut anzutreiben.

Kurz vor Jack Jinglys Kopf änderte der Hut seine Richtung, beschrieb erst einen leichten, dann einen starken Bogen und kam auf den Tisch der Ratsherren zu. Der Bürgermeister hatte gerade noch Zeit aufzuspringen, da saß der Hut auch schon prall auf seinem Kopf. Schmendrick hatte sich rechtzeitig geduckt, einige der Ratsherren jedoch wurden bespritzt.

In dem schallenden Gelächter, das mit unterschiedlicher Ungezwungenheit losbrach, beugte Jack Jingly sich vom Pferd und riß Schmendrick den Zauberer, der den pitschnassen Bürgermeister mit einem Tischtuch abtrocknete, zu sich in den Sattel. »Die werden dich kaum zu einer Zugabe auffordern«, brüllte ihm der Riese ins Ohr. »Am besten reitest du mit uns!« Er warf den Zauberer mit dem Gesicht nach unten quer über den Sattel und galoppierte davon, seine kümmerliche Kohorte hinter ihm her. Ihr Schnauben, Rülpsen und Grölen hing noch über dem Platz, als der Hufschlag schon lange verklungen war.

Einige Männer rannten herbei und wollten vom Bürgermeister wissen, ob man hinterher solle und den Zauberer retten. Doch jener schüttelte den nassen Kopf und sagte: »Das wird kaum nötig sein. Wenn unser Gast der Mann ist, für den er sich ausgibt, kann er leicht selber auf sich aufpassen, und wenn er's nicht ist — nun, ein Betrüger, der unsere Gastfreundschaft ausnützt, der hat keinen Anspruch auf unsere Hilfe. Nein, nein, macht euch keine Sorgen um ihn!«

Rinnsale liefen seine Wangen hinunter, vereinigten sich mit den Bächen vom Nacken her und mit dem Fluß die Hemdbrust hinab; doch der Bürgermeister blickte wohlgefällig zur Weide hinüber, wo in der Dunkelheit die weiße Stute des Zauberers schimmerte. Lautlos trabte sie zaunauf, zaunab. »Wir sollten gut für das Reittier unseres so plötzlich abgereisten Freundes sorgen; es hat ihm offensichtlich viel bedeutet«, sagte er und schickte zwei Männer hinüber, die sie einfangen und in den sichersten Verschlag seines eigenen Stalles sperren sollten.

Die beiden Männer hatten das Gattertor noch nicht erreicht, da sprang die Stute über den Zaun und verschwand wie eine Sternschnuppe in der Nacht. Die beiden standen lange Zeit wie angewurzelt und achteten gar nicht auf den Bürgermeister, der ihnen befahl, zurückzukommen. Keiner von den beiden verriet jemals, nicht einmal dem anderen, warum er der weißen Stute des Zauberers so lange nachgestaunt hatte. Nur hin und wieder lachten sie später inmitten sehr ernsthafter Ereignisse verwundert auf; das hatte zur Folge, daß man sie mit der Zeit für liederliche Leute hielt.

Von dem ganzen wilden Ritt mit den Räubern blieben Schmendrick nur der Wind, die Sattelkanten und das Gelächter des klirrenden Riesen in Erinnerung. Der Ausgang seines Zauberstückes beschäftigte ihn so sehr, daß er kaum etwas anderes wahrnahm. ›Zu arrogant‹, grübelte er, ›Überkompensation.‹ Aber dann schüttelte er den Kopf, was in seiner Lage recht schwierig war. ›Der Zauber weiß, was er will‹, dachte er, während das Pferd durch einen Bach trabte und ihn tüchtig durchrüttelte. ›Doch ich weiß nie, was er weiß. Wenigstens nicht rechtzeitig. Ich würd' ihm schreiben, wenn ich die Adresse hätte.‹

Busch und Baum zerkratzten sein Gesicht, und Eulen schrieen ihm die Ohren voll. Die Pferde fielen in Trab, dann in Schritt. Eine hohe, zittrige Stimme rief: »Halt! Das Losungswort!«

»Verdammich nochmal!« brummte Jack Jingly. Er kratzte seinen Kopf, was wie das Geräusch von einer Säge klang, räusperte sich, schrie: »Ein kurzes, ein glückliches Leben im fröhlichfreien Wald; muntre Gesellen allzeit, zum Sieg bereit . . .«

»Freiheit«, verbesserte die dünne Stimme, »zur Freiheit bereit. Auf den Rhythmus kommt es an!«

»Danke. Zur Freiheit bereit. Kameraden allzeit — nein, nein, das hab' ich schon. Ein kurzes, ein glückliches Leben, muntre Gesellen — nein, so geht es auch nicht.« Jack Jingly kratzte sich wieder den Kopf und stöhnte. »Zur Freiheit bereit — hilf mir doch bitte 'n bißchen!«

»Einer für alle und alle für einen«, erwiderte die Stimme bereitwillig. »Schaffst du den Rest allein?«

»Einer für alle und alle für einen — ich hab's!« rief der Riese. »Einer für alle und alle für einen, Harmonie führt uns zum Siege, Zwietracht in den Untergang!« Er spornte sein Pferd und ritt weiter.

Ein Pfeil flog aus dem Dunkel, riß einen Hautfetzen von seinem Ohr, streifte das Pferd des Reiters hinter ihm und witschte wie eine Fledermaus davon. Die Räuber suchten eiligst Deckung hinter den Bäumen, Jack Jingly schrie rasend vor Zorn: »Verflucht soll'n deine Augen sein! Mehr als zehnmal habe ich das Losungswort gegeben! Wart, bis ich dich in die Finger kriege!«

»Wir haben die Parole während deiner Abwesenheit geändert, Jack«, sagte der Posten. »Sie war einfach zu schwer.«

»So! Ihr habt also das Losungswort geändert!« Jack Jingly betupfte sein blutendes Ohr mit einem Zipfel von Schmendricks Mantel. »Und woher soll ich das wissen, du hirnloser, kaldaunenloser, leberloser Säugling?«

»Reg dich nicht auf, Jack«, antwortete der Posten beschwichtigend. »Schau, es ist wirklich nicht so wichtig, ob du die neue Parole kennst oder nicht, denn sie ist kinderleicht. Du rufst einfach wie eine Giraffe. Das hat sich der Hauptmann persönlich ausgedacht.«

»Wie eine Giraffe rufen!« Der Riese fluchte so lange, bis sogar die Pferde vor Verlegenheit unruhig wurden. »Du Simpel! Giraffen sind stumm. Der Hauptmann könnte uns genausogut wie Fische rufen lassen, oder wie einen Schmetterling.«

»Ich weiß. Aber auf diese Weise kann niemand die Parole vergessen, nicht einmal du. Ist der Hauptmann nicht ein Genie?«

»Der Mann ist unergründlich«, erwiderte Jack Jingly nachdenklich. »Aber sag mal, was soll denn dann einen Waldhüter oder einen von den Leuten des Königs davon abhalten, bei deinem Anruf wie ein Giraffe zu antworten?«

»Ah!« kicherte der Posten, »jetzt wird dir die Genialität unseres Hauptmanns erst richtig klarwerden: Man muß dreimal rufen, zweimal lang und einmal kurz!«

Wortlos saß Jack Jingly auf seinem Pferd und rieb sein Ohr. Dann seufzte er: »Zweimal lang und einmal kurz — meinetwegen. Auch nicht verrückter als damals, wo er gar keine Parole ausgab und auf jeden schoß, der dem Anruf Folge leistete. Zweimal lang und einmal kurz, in Ordnung.« Er trieb sein Pferd wieder an und ritt durch die Bäume weiter, seine Männer folgten ihm.

Weiter vorne waren Stimmen zu hören, sie klangen wie Bienen, deren Stock beraubt wird. Als sie näherkamen, vermeinte Schmendrick die Stimme einer Frau zu hören. Dann spürte er an der Wange die Wärme von Feuer und blickte auf. Sie hielten auf einer kleinen Lichtung, wo zehn oder zwölf Männer murrend und brummend um ein Lagerfeuer saßen. Es roch nach angebrannten Bohnen.

Ein rothaariger, sommersprossiger Mann, dessen Lumpen etwas besser als die der anderen Männer waren, schritt heran, um sie zu begrüßen. »Was bringst du uns da mit, Jack? Gast oder Gefangenen?« Über die Schulter rief er: »Liebling, tu noch etwas Wasser in die Suppe. Wir haben Besuch!«

»Weiß selber nicht, was der ist«, polterte Jack Jingly und begann die Geschichte vom Bürgermeister und dem Hut zu erzählen. Aber kaum war er dazu gekommen, den feurigen Einritt in die Stadt zu schildern, als er auch schon von einer spindeldürren Frau unterbrochen wurde, die sich durch den Kreis der Männer hindurchdrängte und keifte: »Kommt gar nicht in Frage, Cully! Die Suppe ist jetzt schon nicht dicker als Schweiß.« Ihr Gesicht war schmal und bleich, mit feurigen, lohfarbenen Augen, und ihr Haar hatte die Farbe von Heu.

»Und wer ist dieser lange Lümmel hier?« wollte sie dann wissen. Sie musterte Schmendrick, als wäre er etwas, das man an der Schuhsohle kleben findet. »Keiner aus der Stadt. Sein Aussehen mißfällt mir. Schneidet ihm den Hals ab.«

Ihre Worte glitten wie nasser Seetang Schmendricks Rückgrat hinab. Er plumpste von Jack Jinglys Pferd und stellte sich vor den Räuberhäuptling hin. »Ich bin Schmendrick der Zauberer«, verkündete er; er schwenkte dabei seinen Mantel durch die Luft, bis er sich schwächlich blähte. »Solltest du wirklich der berühmte Captain Cully aus dem grünen Walde sein, der Kühnste der Kühnen, der Freieste der Freien?«

Einige der Räuber kicherten, und die Frau stöhnte: »Ich hab's gewußt! Nehmt ihn aus, von der Lunge bis zum Lügenbeutel, sonst macht er's dir wie der letzte.« Der Hauptmann jedoch verbeugte sich geschmeichelt, was einen beträchtlichen Kahlschlag an seinem Hinterkopf sichtbar machte, und erwiderte: »Der bin ich. Ein Tiger meinen Feinden, ein Hirte meinen Freunden. Wie seid Ihr hierhergekommen, Herr?«

»Auf meinem Bauch«, sagte Schmendrick, »und ohne es zu wollen, nichtsdestoweniger in guter Absicht! Obwohl deine Donna das bezweifelt.« Die schmächtige Frau spuckte aus.

Captain Cully grinste und legte vorsichtig seinen Arm um die eckigen Schultern der Frau. »Molly Grue ist halt so«, erklärte er. »Sie paßt besser auf mich auf als ich selber. Ich bin sorglos und großzügig, bis zur Extravaganz vielleicht. Allen Flüchtlingen vor Tyrannei eine hilfreiche Hand, das ist meine Devise. Es ist nur natürlich, wenn Molly mißtrauisch, störrisch, vorzeitig gealtert, knausrig und ein bißchen herrschsüchtig geworden ist. Doch sie hat ein Herz aus Gold, ein Herz aus Gold.« Die Frau riß sich von ihm los, aber der Hauptmann achtete nicht darauf. »Ihr seid hier willkommen, Herr Hexenmeister«, sagte er zu Schmendrick. »Komm ans Feuer und erzähl uns deine Geschichte. Was spricht man in deiner Heimat über mich? Was hast du vom kühnen Captain Cully und seiner Schar Geächteter gehört? Nimm dir 'n Taco.«

Schmendrick ließ sich am Feuer nieder, lehnte den kalten Bissen mit Anstand ab und erwiderte: »Ich habe gehört, daß du der Freund der Bedrängten und der Feind der Mächtigen seist. Du und deine fröhlichen Gesellen, heißt es, führen ein herrliches Leben im Walde, und man sagt, ihr beraubt die Reichen und beschenkt die Armen. Ich kenne auch die Geschichte, wie du und Jack Jingly einander mit Eichenknüppeln die Schädel eingeschlagen und wie ihr hinterher Blutsbrüderschaft geschlossen habt. Deine Molly hast du davor bewahrt, den reichen alten Mann heiraten zu müssen, den ihr Vater für sie ausgesucht hatte.« In Wirklichkeit hatte Schmendrick vor diesem Abend noch nie etwas von Captain Cully gehört, er besaß jedoch solide Kenntnisse auf dem Gebiet der angelsächsischen Folklore, und er kannte Leute seines Schlages. »Und dann gab es da auch noch diesen bösen König . . .«, sagte er auf gut Glück.

»Haggard! Verwesen und vermodern soll er!« schrie Cully. »Keiner sitzt hier, dem dieser König kein Unrecht angetan! Vom ererbten Gut vertrieben, ihrer Stellung und Einkünfte beraubt, um den Erbteil betrogen — wir alle sind nur von einem Gedanken beseelt: Rache! Merk dir's, Zauberer, eines Tages wird Haggard eine Rechnung bezahlen . . .«

Ein Haufen zottiger Schatten zischte Zustimmung, Molly Grues Gelächter jedoch fiel wie Hagel prasselnd und stichelnd auf sie herab. »Vielleicht wird er das einmal«, spottete sie, »aber nicht an solche Hasenfüße und Maulhelden. Sein Schloß verfällt und verrottet jeden Tag mehr, und seine Männer sind zu schwach, um sich in ihren Rüstungen aufrecht zu halten, aber wenn es auf den Mut des Captain Cully ankommt, wird er in alle Ewigkeit regieren!«

Schmendrick hob eine Braue, und Cully wurde rot wie ein Radieschen. »Du mußt wissen, König Haggard hat diesen Stier«, murmelte er.

»Ah! Der Rote Stier, der Rote Stier!« hohnlachte Molly Grue. »Ich sag' dir was, Cully: Nach all den Jahren mit dir in diesem Walde dämmert mir so langsam, daß dieser Stier nichts anderes ist als das Mäntelchen, das du deiner Feigheit umhängst! Wenn ich dieses Märchen nochmal höre, dann geh' ich hin und mach' ihn selber kalt, dann weiß ich wenigstens, was für ein . . .«

»Schluß!« brüllte Cully. »Nicht vor Fremden!« Er zerrte an seinem Schwert; Molly breitete verächtlich lachend ihre Arme aus. Rings um das Feuer spielten fettige Hände mit Dolchgriffen, und Bogen schienen sich von selbst zu spannen, da aber erhob Schmendrick seine Stimme, um die durchlöcherte Eitelkeit Cullys zu retten; er haßte Familienstreit.

»In meinem Lande singt man über dich eine Ballade«, sagte er. »Leider ist mir gerade der Text entfallen . . .«

Captain Cully fuhr herum wie eine Katze, die nach ihrem eigenen Schwanz hascht. »Welche?« stieß er hervor.

»Ich weiß nicht«, antwortete der verblüffte Schmendrick. »Gibt es denn mehr als eine?«

»Und ob!« rief Cully, sich rötend und rundend, als wäre er mit seinem Stolze schwanger. »Willie Gentle! Willie Gentle! Wo ist der Bursche?«

Ein glatthaariger Junge mit einer Laute unterm Arm und Pickeln im Gesicht schlenkerte herbei. »Sing für diesen Herrn hier eine meiner Heldentaten!« befahl ihm Captain Cully. »Am besten darüber, wie du zu uns gefunden hast. Ich habe das Lied schon seit letzten Dienstag nicht mehr gehört.«

Der Spielmann seufzte, schlug einen Akkord und fing mit zittriger Stimme zu singen an:

Captain Cully, ein Tröster der Witwen und Waisen,
ritt heim von der Jagd auf des Königs Wild,
da sah sein Falkenauge schleichen
'nen bleichen Jüngling durchs Gefild.

»Was gibt's, was gibt's, du frischer Fant,
was schmerzt dich, daß du seufzt so inständig?
Ist die hohe Frau entlaufen dir,
oder welch andres Leid macht dein Herz so grindig?«

»Ich bin nicht grindig, was immer das ist,
und mein Leid ist so gut wie jedes andere Leid,
doch was drei Brüder roh mir entrissen,
beseufze ich sehr, eine schöne Maid.«

»Ich bin Captain Cully aus den grünen Wäldern,
und meine Männer sind feurig und frei;
was wirst du mir geben,
wenn ich die Dame schaff' wieder herbei?«

»Wenn du die Dame schaffst herbei,
schlag' ich die Nase dir ein,
ich will, was meine drei Brüder von ihr genommen:
von ihrem Hals den Edelstein!«

Da flog der Hauptmann zu den drei Dieben
und ließ sein Schwert klingen und singen.
»Behaltet den Schatz, doch her mit dem Stein,
ich will sogleich dem König ihn bringen!«

»Jetzt kommt der stärkste Teil«, wisperte Captain Cully. Er hüpfte aufgeregt umher, umschlang sich mit seinen eigenen Armen.

Drei Mäntel herunter, drei Schwerter heraus,
vier Klingen, die pfeifen wie kochender Tee.
»Jetzt sollt ihr verlieren Mädchen und Stein,«
schrie Captain Cully, »so wahr ich hier steh'!«

Und er trieb sie waldauf, und er trieb sie waldab,
er trieb sie wie Schafe durch Hafer und Heu . . .

»Wie Schafe!« schnaufte Cully. Er wiegte sich summend hin und her, parierte mit dem Unterarm während der restlichen siebzehn Strophen ein gutes Dutzend Schwerter, so hingerissen, daß er den Spott Mollys und die Unruhe seiner Männer gar nicht bemerkte. Schließlich war die Ballade zu Ende; Schmendrick klatschte begeistert Beifall und beglückwünschte Willie Gentle zu seiner rechten Hand.

»Alan-a-Dale hat so gespielt«, sagte der Spielmann.

Er hätte gern weitere Erläuterungen gegeben, doch fiel ihm Captain Cully ins Wort: »Gut gespielt, Willie, ganz ausgezeichnet, und jetzt spielst du die andern.« Er strahlte Schmendrick an, der sich sehr bemühte, seinem Gesicht den Ausdruck angenehmer Überraschung zu geben. »Ich sagte dir, daß es über mich mehrere Lieder gibt. Um genau zu sein, es sind einunddreißig! Zur Zeit befindet sich allerdings keins von ihnen in der Sammlung Child . . .« Seine Augen wurden plötzlich riesengroß, und er packte den Zauberer an den Schultern. »Sind Sie vielleicht Herr Child?« stieß er hervor. »Er soll oft höchstpersönlich Balladen suchen, verkleidet als gewöhnlicher Mann . . .«

Schmendrick schüttelte den Kopf. »Nein, tut mir leid, tut mir aufrichtig leid.«

Der Hauptmann seufzte und ließ ihn los. »Nicht so schlimm«, murmelte er. »Man hat natürlich immer Hoffnung, selbst jetzt, in eine Sammlung aufgenommen, verifiziert, mit Anmerkungen versehen zu werden, verschiedene Lesarten zu haben, angezweifelt, sogar kritisiert . . . na ja, macht nichts. Sing die anderen Lieder, Willie. Du wirst die Übung brauchen, wenn du mit deinen Liedern eines Tages aufgezeichnet werden willst.«

Die Räuber murrten und knurrten, stießen Steine durch die Gegend. Eine rauhe Stimme grölte aus sicherem Schatten hervor: »Sing uns lieber ein richtiges Lied, Willie! Sing uns eins über Robin Hood!«

»Wer war das?« Cullys gelockertes Schwert klirrte in der Scheide, als er hin und her spähte. Sein Gesicht sah plötzlich so blaß und schlaff wie eine ausgepreßte Zitrone aus.

»Ich«, sagte Molly Grue, die es nicht gewesen war. »Die Männer haben diese Balladen satt, die deine Tapferkeit beweihräuchern, Hauptmann Liebling. Auch wenn du sie alle selbst geschrieben hast.«

Cully zuckte zusammen, warf einen verstohlenen Blick auf Schmendrick. »Sie gelten doch trotzdem als Volkslieder, Herr Child?« fragte er mit leiser, besorgter Stimme. »Schließlich . . .«

»Ich bin nicht Herr Child«, sagte Schmendrick. »Ich bin es wirklich nicht.«

»Man darf den einfachen Leuten doch nicht Ereignisse von geradezu epischem Ausmaß überlassen. Sie bringen alles durcheinander.«

Ein ältlicher Spitzbube in zerschlissenem Samt hinkte heran. »Wenn wir schon Volkslieder hören müssen, Captain, und ich bin sicher, daß wir das müssen, dann möchten wir wenigstens wirkliche Lieder über wirkliche Räuber hören, und nicht über das verlogene Leben, das wir führen. Ohne Beleidigung, Captain, aber in Wirklichkeit sind wir nicht fröhlich, alles was recht ist . . .«

»Ich bin vierundzwanzig Stunden am Tag fröhlich, Dick Fancy«, sagte Cully kühl. »Das steht fest!«

»Und es stimmt nicht, daß wir die Reichen berauben und die Armen beschenken«, fuhr Dick Fancy eilig fort. »Wir berauben die Armen, weil die sich nicht wehren können — wenigstens die meisten —, und die Reichen berauben uns, denn sie könnten uns an einem Tag den Garaus machen. Wir lauern nicht dem habgierigen dicken Bürgermeister auf, wir zahlen ihm jeden Monat unseren Tribut, damit er uns in Ruhe läßt. Wir entführen nie einen hochnäsigen Bischof, halten keinen bei uns im Wald gefangen, bewirten und unterhalten ihn gut; denn Molly hat kein ordentliches Geschirr. Im übrigen wären wir für einen Bischof auch keine sehr unterhaltsame Gesellschaft. Wenn wir verkleidet auf einen Jahrmarkt gehen, gewinnen wir nie beim Bogenschießen oder beim Stockfechten. Man macht uns ein paar nette Komplimente zu unseren Verkleidungen, aber das ist auch alles.«

»Ich hab' mal mit einem Wandteppich bei einem Wettbewerb mitgemacht«, erinnerte sich Molly. »Kam auf den vierten Platz, oder auf den fünften. Ein Ritter auf der Wache — in jenem Jahr wurden nichts als Ritter auf der Wache eingereicht.« Plötzlich rieb sie sich mit rauhen Knöcheln die Augen. »Der Teufel soll dich holen, Cully!«

»So!« schrie er verzweifelt. »Ist es meine Schuld, daß du deine Stickerei vernachlässigt hast? Als du dir einen Mann eingefangen hattest, da hast du alle deine guten Eigenschaften fahren lassen. Du singst nicht mehr, du nähst nicht mehr, es ist schon Jahre her, daß du zum letzten Mal ein Manuskript ausmaltest — und was ist aus der Viola da Gamba geworden, die ich dir geschenkt habe?« Er wandte sich an Schmendrick: »Wären wir verheiratet, könnte sie sich auch nicht schlimmer gehen lassen.« Der Zauberer nickte ein ganz kleines bißchen und sah woanders hin.

»Und was deinen Kampf für das Gute angeht und deinen Einsatz für die Bürgerrechte und ähnliche Sachen«, sagte Dick Fancy, »so wär' das gar nicht so schlecht. Ich selber bin zwar nicht vom Kreuzfahrerschlag — manche sind's, und manche sind's nicht. Aber warum, zum Teufel, müssen wir diese Lieder singen, in denen wir Lincolngrün tragen und den Unterdrückten helfen. Wir tun's nicht, Cully, wir verraten sie der Belohnung wegen! Und die Lieder sind bloß lächerlich, und das ist die Wahrheit.«

Captain Cully kreuzte die Arme vor der Brust, überhörte das zustimmende Knurren der Räuber. »Sing die Lieder, Willie.«

»Das werd' ich nicht.« Der Spielmann rührte keinen Finger. »Und überhaupt hast du nie mit meinen Brüdern um einen Stein gekämpft, Cully!« sagte er. »Du hast ihnen einen Brief geschickt, den du nicht unterschrieben ...«

Cully hob drohend den Arm, Klingen blitzten zwischen den Männern auf; es sah aus, als bliese jemand in einen Haufen glosender Kohlen. Da trat Schmendrick mit einem gewichtigen Lächeln vor. »Erlaubt mir, einen anderen Vorschlag zu machen. Darf sich euer Gast Kost und Logis verdienen, indem er euch ein wenig unterhält? Zwar kann ich weder spielen noch singen, doch besitze ich andere Talente, vielleicht habt ihr noch nie dergleichen gesehen!«

Jack Jingly stimmte sogleich zu: »Cully, ein Zauberer! Wär 'n Leckerbissen für die Kerle!« Molly Grue äußerte einige bösartige Verallgemeinerungen über die Gattung Zauberer, die Männer jedoch jubelten begeistert und warfen ihre Hüte in die Luft. Als einziger zeigte Captain Cully Zurückhaltung und protestierte traurig: »Aber die Lieder! Herr Child soll doch die Lieder hören!«

»Das werde ich auch«, versprach ihm Schmendrick, »später.«

Cullys Gesicht erhellte sich; er befahl seinen Männern, aus dem Weg zu gehen und Schmendrick Platz zu machen. Sie hockten sich hin oder streckten sich im Schatten aus, beobachteten beifällig lachend Schmendricks veralteten Humbug, mit dem er das Landvolk in der Mitternachtsmenagerie unterhalten hatte. Es war armselige Taschenspielerei, doch für Captain Cullys Bande schien sie ihm gut genug.

Er hatte sich getäuscht. Zwar klatschten sie bei den Ringen und Tüchern, den mit Goldfischen gefüllten Ohren angemessenen Beifall, doch begeistert waren sie nicht. Er strahlte keinen Zauber aus und empfing keinen von seinem Publikum. Wenn ein Trick danebenging — zum Beispiel, als er ihnen verkündete, einen Herzbuben in einen Herzog zu verwandeln, den sie ausplündern könnten, und stattdessen eine Handvoll Herzkirschen zum Vorschein brachte —, applaudierten sie genauso freundlich und gutmütig, als wäre ihm diese Verwandlung geglückt. Sie waren ein ideales Publikum.

Cully lächelte voller Ungeduld, Jack Jingly döste vor sich hin, doch die Enttäuschung in Molly Grues unruhigen Augen überraschte den Zauberer sehr. Er lachte plötzlich ärgerlich auf, ließ die sieben Bälle fallen, die heller und heller wurden, während er mit ihnen jonglierte (an einem guten Abend gelang es ihm bisweilen, sie Feuer fangen zu lassen), ließ diese ganzen verhaßten Fertigkeiten fahren und schloß die Augen. »Tu, was du willst«, flüsterte er dem Zauber zu, »tu, was du willst!«

Ein Seufzen durchlief ihn, das seinen Ursprung irgendwo hatte, vielleicht in seinem Schulterblatt oder im Schienbeinmark. Sein Herz schwoll und straffte sich wie ein Segel im Wind, etwas in seinem Körper bewegte sich mit größerer Sicherheit als jemals zuvor. Es sprach gebieterisch, und es sprach mit seiner Stimme. Überwältigt von dieser Macht, sank er auf die Knie und wartete, wieder Schmendrick zu werden.

›Was hab' ich getan? Ich habe etwas getan!‹

Er schlug die Augen auf. Die Räuber lachten, faßten sich an die Stirn, waren froh über die Gelegenheit, sich über ihn lustig zu machen. Captain Cully hatte sich eifrig aufgerichtet, um das Ende dieses Teils der Unterhaltung zu verkünden. Da schrie Molly Grue mit weicher, schwankender Stimme auf; alle wandten sich, um zu sehen, was sie sah. Ein Mann betrat die Lichtung.

Er war ganz in Grün gekleidet, bis auf ein braunes Wams und eine kecke braune Mütze, an der eine Schnepfenfeder stak. Er war sehr groß, zu groß für einen Menschen aus Fleisch und Blut; der Langbogen, der über seiner Schulter hing, schien größer als Jack Jingly zu sein, und die Pfeile hätten Speere oder Knüppel für Captain Cully abgegeben. Er nahm keine Notiz von den starren, schäbigen Gestalten am Feuer, sondern schritt durch das Licht und verschwand, ohne daß auch nur ein Atemzug, ein Tritt zu hören war.

Andere folgten ihm, allein oder zu zweien; einige unterhielten sich, viele lachten, doch keiner machte das geringste Geräusch. Alle trugen Langbogen und grüne Gewänder, bis auf einen, der von Kopf bis Fuß in Scharlach gekleidet ging, und einen, der die braune Kutte eines Bettelmönchs trug; seine Füße steckten in Sandalen, ein Seil hielt seinen unförmigen Leib zusammen. Einer spielte die Laute und sang unhörbar.

»Alan-a-Dale«, flüsterte der Grünschnabel Willie Gentle, »seht euch diese Griffwechsel an!«

Mühelos stolz, anmutig wie Giraffen (selbst der Größte von ihnen, ein sanftäugiger Gigant) zogen die Schützen über die Lichtung. Zuletzt kamen, Hand in Hand, ein Mann und eine Frau. Ihre Gesichter waren so schön, als hätten sie niemals Furcht oder Schrecken erfahren. Das reiche Haar der Frau schimmerte wie eine Wolke, die den Mond verhüllt.

»Oh!« flüsterte Molly Grue, »Marian.«

»Robin Hood ist eine Mythe«, sagte Captain Cully aufgeregt, »ein klassisches Beispiel der Heldengestalt im Volkslied, die sich aus zwingenden Gründen gebildet hat. Wie John Henry, oder viele andere. Die Menschen brauchen Helden, die sie aus ihren Nöten befreien oder sie diese vergessen lassen. Um ein Korn von Wahrheit herum bildet sich eine Legende, wie bei einer Perle. Selbstverständlich nichtsdestoweniger ein bemerkenswerter Vorgang!«

Der geckenhafte, zerfledderte Dick Fancy bewegte sich als erster; außer den beiden letzten Gestalten waren alle schon in der Dunkelheit verschwunden. Er stürzte ihnen nach, verzweifelt schreiend: »Robin, Robin, Herr Robin, wartet auf mich!« Weder der Mann noch die Frau drehten sich nach ihm um, doch außer Jack Jingly und Captain Cully rannten alle Räuber zum Saum der Lichtung, stolperten, stießen einander um, zertraten das Feuer, wodurch die Lichtung sich mit tanzenden Schatten füllte. »Robin!« schrieen sie, »Marian! Scarlet! Little John! Kommt zurück! Bitte kommt zurück!« Schmendrick fing heimlich und hilflos zu lachen an.

Alles übertönend, schrie Captain Cully: »Narren! Narren und Kinder! Alles Trug und Täuschung, wie alle Zauberei! Es gibt keinen Robin Hood!« Doch die Räuber, rasend über den Verlust, rannten krachend in den Wald, hinter den schimmernden Schützen her, fielen über Stämme und Baumwurzeln, stolperten in Dornenhecken, lauthals jammernd und klagend.

Nur Molly Grue hielt kurz an und sah zurück. Ihr Gesicht glühte weißlich.

»Nein, Cully, du siehst alles verkehrt!« rief sie ihm zu. »Du, ich, wir alle, uns gibt es gar nicht. Robin und Marian sind Wirklichkeit, und wir sind die Legende!« Dann rannte sie weiter, rief: »Wartet, wartet auf mich!« Captain Cully und Jack Jingly blieben im ungewissen Licht des blakenden Feuers zurück und hörten den Zauberer lachen.

Schmendrick merkte kaum, daß sie ihn ansprangen und seine Arme packten, und als Captain Cully ihm die Rippen mit seinem Dolch kitzelte, zuckte er nicht einmal. »Das war eine gefährliche Unterhaltung«, zischte Cully, »und eine sehr unhöfliche, Herr Child! Du hättest gleich sagen können, daß du die Lieder nicht hören willst!« Der Dolch drang tiefer.

In der Ferne hörte Schmendrick das Knurren Jack Jinglys: »Das ist kein Child, Cully, und auch kein fahrender Zauberer. Jetzt dämmert mir, wer das ist! Haggards Sohn, Prinz Lír, falsch wie sein Vater und sicherlich wohlgeübt in allen schwarzen Künsten. Halt ein, Hauptmann, tot nützt er uns nichts!«

Captain Cullys Stimme sank. »Bist du sicher? Er schien so ein netter Bursche zu sein.«

»Netter Narr, willst du sagen! Ja, Lír hat dieses Aussehen, hab' ich sagen hören. Spielt den Unschuldigen, den kein Wässerchen trüben kann, und ist ein Teufel an Verschlagenheit. Wie er sich als dieser Child ausgegeben hat, um deine Wachsamkeit einzuschläfern — alle Achtung!«

»Ich war auf der Hut, Jack«, protestierte Cully, »jede einzelne Sekunde. Es mag anders ausgesehen haben, aber nur, weil ich selber sehr verschlagen bin!«

»Und wie er Robin Hood herbeigerufen hat! Nur um den Kerlen Flausen in den Kopf zu setzen und sie gegen dich aufzuhetzen! Doch wir haben ihn entlarvt, jetzt muß er bei uns bleiben, und wenn sein Vater den Roten Stier zu seiner Befreiung schickt!« Cully stockte der Atem, doch der Riese hob zum zweiten Mal an diesem Tag den widerstandslosen Zauberer empor und trug ihn zu einem mächtigen Baum. Dort fesselte er ihn mit dem Gesicht zum Stamm und den Armen ringsherum. Die ganze Zeit über kicherte Schmendrick leise vor sich hin; er machte ihnen die Arbeit leicht, indem er den Baum so innig umschlang, als sei es seine Braut.

»So!« sagte schließlich Jack Jingly. »Du bewachst ihn heut nacht, und ich schlafe; morgen früh schwirr ich dann ab zum alten Haggard und frag ihn, was ihm sein Knäblein wert ist. Schätze, in einem Monat werden wir uns Ritter von der Muße nennen können.«

»Was wird aus den Männern?« fragte Cully besorgt. »Meinst du, sie kommen zurück?«

Der Riese gähnte und drehte sich um. »Bei Tagesanbruch sind die wieder hier, traurig und triefend; du wirst eine Weile eine leichte Hand mit ihnen haben müssen. Sie kommen zurück, weil sie nicht die Kerle sind, die einen Sperling gegen eine Taube eintauschen, genausowenig wie ich. Vielleicht wäre Robin Hood geblieben, wenn wir solche Kerle wären. Gut' Nacht, Hauptmann.«

Als er eingeschlafen war, hörte man nur noch die Zikaden und Schmendricks Gekicher mit dem Baum. Das Feuer brannte herunter, Cully umkreiste es gedankenvoll, seufzte beim Erlöschen jeder einzelnen Kohle. Schließlich setzte er sich auf einen Baumstumpf und sprach den gefesselten Zauberer an.

»Mag sein, daß du Haggards Sohn bist und nicht der Balladensammler Child, für den du dich ausgibst. Doch wer immer du bist, du weißt nur zu gut, daß Robin Hood Legende ist und ich Wirklichkeit bin. Keine Balladen werden sich um meinen Namen ranken, es sei denn, ich schriebe sie selber; kein Kind wird in seinem Schulbuch von meinen Abenteuern lesen und nach der Schule Captain Cully spielen. Und wenn die Professoren in den alten Schwarten und Geschichten stöbern, wenn Gelehrte die alten Lieder untersuchen, um herauszufinden, ob Robin Hood überhaupt gelebt hat, dann werden sie nie und nimmer meinen Namen finden, nicht mal am Sankt Nimmerleinstag. Aber du kennst ihn, und deshalb werde ich dir die Lieder des Captain Cully vorsingen. Er war ein fröhlichfrommer Draufgänger, der die Reichen beraubte und die Armen beschenkte. Aus Dankbarkeit verfaßte das Volk diese einfachen Verse über ihn.«

Und er sang sie alle, auch das eine, das Willie Gentle schon für Schmendrick gesungen hatte. Er machte oft eine Pause, um Erklärungen zu den wechselnden Rhythmen, den assonierenden Reimen und den Tonarten der Melodien zu geben.

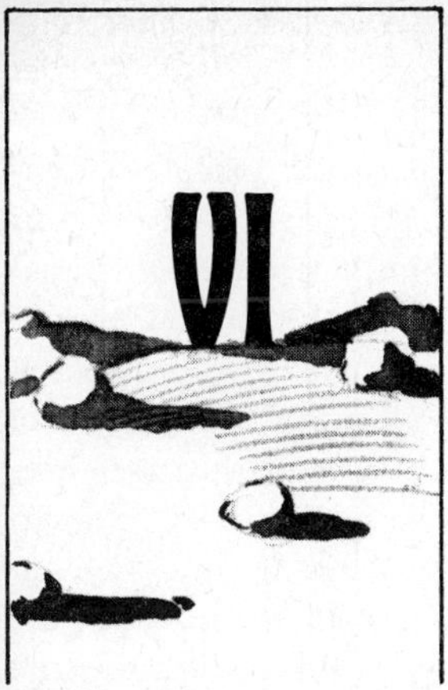

Bei der dreizehnten Strophe des neunzehnten Liedes schlief Captain Cully ein, und Schmendrick, der etwas früher zu lachen aufgehört hatte, versuchte augenblicklich, sich zu befreien. Mit aller Kraft stemmte er sich gegen die Fesseln, doch ohne den geringsten Erfolg. Jack Jingly hatte ihn mit so viel Seil umwickelt, daß man ein kleines Segelschiff hätte damit takeln können; die Knoten waren so groß wie Kohlköpfe.

»Ruhig Blut«, ermahnte er sich. »Kein Mensch, der die Macht besitzt, Robin Hood heraufzubeschwören — genauer: ihn zu erschaffen —, bleibt lange ein Gefangener. Ein Wunsch, ein Wort, und dieser Baum ist wieder eine Eichel am Ast, und dieser Strick hier wird wieder in einem Sumpfe grünen.« Aber schon bevor er seinen Wunsch aussprach, wußte er: was eine Sekunde lang zu ihm gekommen, war wieder gegangen, und an seiner Stelle bohrte jetzt der Schmerz. Er fühlte sich wie eine leere Larvenhülle.

»Tu, was du willst«, sagte er leise. Bei diesen Worten wachte Captain Cully auf und sang sogleich die vierzehnte Strophe

»Fünfzig Schwerter vor dem Haus, und weit're fünfzig drinnen,
da wird von uns, ich fürcht' es sehr, kein einziger entrinnen!«
»Kopf hoch!« ruft Captain Cully da, »frisch an den Feind heran,
und wären's tausend Schwerter, doch wir sind sieben Mann!«

»Ich hoffe, sie schlachten dich«, rief Schmendrick zu Cully hinüber, aber der schlief schon wieder. Der Zauberer versuchte ein paar einfache Entfesselungssprüche, aber ohne seine Hände ging es nicht, überdies fehlte ihm jetzt der Mut zu weiteren Tricks. Stattdessen verliebte sich der Baum in ihn, raunte ihm zärtlich zu, welche Freude man in der immerwährenden Umarmung einer Roteiche finden könne. »Für immer und ewig«, seufzte sie, »Treue, weit über das Grab hinaus. Ich werde mich noch an die Farbe deiner Augen erinnern, wenn niemand auf der ganzen Welt mehr deinen Namen im Gedächtnis hat. Es gibt keine irdische Unsterblichkeit — außer der Liebe eines Baumes!«

»Ich bin verlobt«, entschuldigte sich Schmendrick, »mit einer Lärche. Seit meiner Kindheit. Per Ehevertrag, nicht die geringste Möglichkeit einer eigenen Entscheidung. Hoffnungslos; unsere Romanze wird nie stattfinden.«

Ein Wutausbruch schüttelte die Eiche, so heftig, als würde sie allein von einem Sturm heimgesucht. »Pech und Schwefel über sie!« wütete sie, »Verdammtes Weichholz, verfluchte Konifere, trügerisches Immergrün, sie soll dich niemals haben! Wir wollen gemeinsam sterben, und alle Bäume werden unsere Tragödie in Ehren halten immerdar!«

Schmendrick fühlte die Roteiche der Länge nach erbeben wie ein Herz, und er befürchtete, sie zerspränge vor Wut. Die Stricke schnitten ihm immer tiefer ins Fleisch, die Nacht färbte sich schon rot und gelb. Er versuchte der Eiche klarzumachen, daß Liebe nur groß, weil nicht unsterblich sei, und dann versuchte er, Captain Cully herbeizurufen. Doch er brachte nur einen winzigen, ächzenden Laut heraus, wie ein Baum. »Sie meint es ja gut«, dachte er, und ergab sich ihrer Liebe.

Als er sich wieder gegen die Fesseln stemmte, da gaben sie nach; er fiel auf den Rücken und rang nach Atem. Das Einhorn stand über ihm, in Schmendricks benommener Sicht war es blutdunkel. Es berührte ihn mit seinem Horn.

Als er aufstehen konnte, machte sich das Einhorn auf den Weg, und der Zauberer folgte ihm, der Eiche wegen sehr behutsam, obschon sie wieder reglos dastand, wie jeder andere Baum, der nie geliebt. Der Himmel war noch schwarz, doch war es jetzt eine wässrige Dunkelheit, auf welcher Schmendrick die violette Morgendämmerung heranschwimmen sah. Der wärmer werdende Himmel schmolz die harten Silberwolken; Schatten verdämmerten, Geräusche verloren ihre Konturen, und die Formen hatten noch nicht entschieden, was sie an diesem Tage sein wollten. Selbst der Wind sann noch darüber nach.

»Hast du mich gesehen?« fragte Schmendrick das Einhorn. »Hast du gesehen, was ich getan habe?«

»Ja«, antwortete es, »es war wirkliche Zauberei.«

Kalt und scharf wie ein Schwert spürte er das Verlorene. »Es hat mich wieder verlassen«, sagte er, »ich besaß es, es besaß mich, aber jetzt ist es fort. Ich konnte es nicht festhalten.« Das Einhorn schwebte ihm lautlos wie eine Feder voran.

In der Nähe sagte eine bekannte Stimme: »Du verläßt uns schon? Es wird den Männern leid tun, daß sie dich nicht mehr getroffen haben!« Er drehte sich um, Molly Grue lehnte an einem Baum; Kleid und Haare gleichermaßen zerzaust, die bloßen Füße besudelt und blutend, grinsend wie eine Fledermaus. »Huch! Maid Marian in Person!« rief sie.

Dann erblickte sie das Einhorn. Sie stand still und starr, ihre lohbraunen Augen füllten sich mit Tränen. Lange stand sie so da, dann faßte sie mit jeder Hand ein Stück Saum und ging zitternd in die Hocke. Ihre Knöchel waren gekreuzt und ihre Augen gesenkt, dennoch brauchte Schmendrick einen Augenblick, um zu begreifen, daß Molly Grue knickste.

Er brach in Gelächter aus, Molly sprang auf, vom Hals bis zum Haaransatz blutübergossen. »Wo bist du gewesen?« schrie sie. »Verdammt noch mal, wo bist du nur gewesen?« Sie tat ein paar Schritte auf Schmendrick zu, doch ihr Blick ging an ihm vorbei.

Als sie an Schmendrick vorüberwollte, stellte er sich ihr in den Weg. »So spricht man nicht«, fuhr er sie an, immer noch unsicher, ob Molly das Einhorn erkannt hatte. »Weißt du nicht, was sich gehört, Weib? Und Knicksen ist schon längst aus der Mode!«

Molly stieß ihn zur Seite und ging zu dem Einhorn. Sie schalt es, wie man eine Kuh schilt, die sich verlaufen hat. »Wo bist du gewesen? Verdammt, wo bist du nur gewesen?« Vor dem Weiß und dem leuchtenden Horn schrumpfte Molly zu einem keifenden Käfer, aber diesmal senkte das Einhorn seine dunklen alten Augen.

»Ich bin jetzt hier«, sagte es schließlich.

Molly lachte verächtlich. »Was nützt es mir, daß du jetzt da bist? Wo bist du vor zwanzig Jahren gewesen, vor zehn Jahren? Wie kannst du es wagen, jetzt zu mir zu kommen, wenn ich so aussehe?« Mit einer Handbewegung faßte sie ihre Erscheinung zusammen: verwüstetes Gesicht, hoffnungslose Augen, verdorrendes Herz. »Ich wünschte, du wärest nie gekommen, warum kommst du erst jetzt?« Tränen liefen ihr die Wangen herab.

Das Einhorn gab keine Antwort, aber Schmendrick sagte: »Es ist das letzte, es ist das letzte Einhorn auf der ganzen Welt!«

Molly schluchzte: »Es muß ja das letzte Einhorn sein, das zu Molly Grue kommt.« Dann hob sie ihre Hand, um sie auf des Einhorns Wange zu legen; beide zuckten ein wenig zurück, worauf die Hand auf der pulsierenden Stelle zwischen Kiefer und Hals liegenblieb. Molly sagte: »Schon gut, ich verzeih' dir!«

»Einhörnern kann man nicht verzeihen.« Dem Zauberer ward vor Eifersucht ganz schwach und schwindlig, nicht nur der Berührung, sondern vor allem des Gespinstes wegen, das zwischen Molly und dem Einhorn entstand. »Einhörner sollten immer an Anfängen stehen«, sagte er, »sie gehören dem Reinen, dem Unschuldigen, dem Neuen zu. Einhörner sind für junge Mädchen.«

Molly streichelte des Einhorns Kehle so behutsam, als wäre sie blind. Ihre verschmierten Tränen trocknete sie an der weißen Mähne. »Du verstehst von Einhörnern nicht sehr viel«, sagte sie dann.

Der Himmel färbte sich jadegrau, und die Bäume, die vor einem Augenblick noch auf einem dunklen Grund gemalt waren, verwandelten sich in richtige Bäume, knisterten und rauschten im Morgenwind. Schmendrick sah das Einhorn an und sagte: »Wir müssen gehen.«

Molly stimmte sofort zu. »Ja, bevor die Männer über uns stolpern und uns die Kehle durchschneiden, weil wir sie betrogen haben, die armen Tröpfe.« Sie sah über die Schulter zurück. »Ich habe da ein paar Sachen, die ich gern mitgenommen hätte. Aber jetzt sind sie nicht mehr wichtig. Ich bin bereit.«

Schmendrick stellte sich ihr wieder in den Weg. »Du kannst nicht mit uns kommen. Wir befinden uns auf einer Suche!« Seine Stimme und seine Augen waren so fest, wie es ihm möglich war, doch spürte er, daß die Nase seine Verwirrung verriet. Noch nie hatte er seine Nase beherrschen können.

Mollys Gesicht verhärtete sich ihm gegenüber zu einer Festung. Geschütze und Wurfmaschinen wurden herausgerollt und Kessel voll von brodelndem Blei. »Und wie kommst du dazu, *wir* zu sagen?«

»Ich bin sein Führer«, sagte er wichtigtuerisch. Das Einhorn gab einen sachten, fragenden Laut von sich, der wie der Ruf einer Katze nach ihren Jungen klang. Molly lachte lauthals; dann wurde sie wieder ernst.

»Du verstehst wirklich nicht viel von Einhörnern«, wiederholte sie. »Es duldet dich an seiner Seite, ich habe keine Ahnung, warum; aber es braucht dich bestimmt nicht. Mich braucht es genausowenig, weiß der Himmel, aber es wird mich mitnehmen. Frag nur.« Das Einhorn gab wieder diesen sachten Laut von sich, und die Festung Molly ließ die Zugbrücke herab und öffnete selbst ihr tiefstes Verlies. »Frag nur!« wiederholte sie.

Schmendrick las die Antwort am Sinken seines Herzens ab. Er wollte klug und weise sein, doch seine Enttäuschung und sein Neid schmerzten sehr, und er hörte sich ausrufen: »Niemals! Ich verbiete es, ich, Schmendrick der Zauberer!« Seine Stimme wurde rauh, und selbst seine Nase wurde gefährlich. »Hüte dich vor eines gespreizten Zauberers Zorn! Ich meine ›gereizten‹. Wenn es mir beliebt, dich in einen Frosch zu verwandeln . . .«

»Lach' ich mich krank«, sagte Molly. »Du kannst gut Märchen und Geschichten erzählen, aber du kannst aus einem Ei kein Omelett machen.« Plötzlich leuchteten ihre Augen auf, als hätte sie etwas besonders Häßliches herausgefunden. »Nimm Vernunft an, Mann. Was hattest du überhaupt mit dem letzten Einhorn auf der Welt vor? Wolltest du es in einen Käfig sperren?«

Der Zauberer wandte sich ab, damit Molly sein Gesicht nicht sehen konnte. Er sah das Einhorn so verzagt und verstohlen an, als könnte man ihn zwingen, seine Blicke zurückzunehmen. Geheimnisvoll und weiß, wunderhörnig, stand es da und sah ihn mit eindringlicher Sanftheit an; doch ihm war eine Berührung unmöglich. Er sagte zu der schmächtigen Frau: »Du weißt nicht mal, wohin wir gehen!«

»Meinst du, das sei mir wichtig?«, erwiderte Molly.

Schmendrick machte einen letzten Versuch. »Wir sind auf dem Weg zu König Haggards Land, um dort den Roten Stier zu finden!«

Was immer Mollys Herz und Seele an Gewißheit besaßen, ihre Haut überlief ein Schauer.

Aber dann wärmte das Einhorn mit seinem Atem ihre gerundete Hand, und Molly umschloß diese Wärme mit ihren Fingern und lächelte.

»Da seid ihr auf dem falschen Weg«, sagte sie.

Die Sonne stieg gerade empor, als sie die beiden den Weg zurückführte, den sie gekommen waren, an dem schlafenden Cully vorbei, der immer noch auf dem Baumstumpf kauerte, über die Lichtung hinweg und davon. Die Männer kamen zurück; ganz in der Nähe knackten dürre Zweige, Büsche splitterten und krachten. Einmal mußten sie in ein Dornendickicht flüchten, während zwei von Cullys erschöpften Schelmen vorüberhinkten, voll schmerzlicher Ungewißheit, ob Robin Hoods Erscheinung wirklich gewesen war oder nicht.

»Ich habe sie gerochen«, sagte der erste Mann. »Augen sind leicht zu täuschen und von Natur aus trügerisch, aber Schatten riechen doch nicht, oder?«

»Die Augen sind Betrüger, das steht fest«, grunzte der andere, der einen ganzen Sumpf mit sich zu schleppen schien. »Aber traust du wirklich dem Zeugnis deiner Ohren, deiner Nase oder dem deiner Zungenwurzel? Ich nicht, mein Freund! Das Universum belügt unsere Sinne, und diese belügen uns. Wie könnten wir da etwas andres sein als Lügner? Was mich angeht, so trau ich weder dem Boten noch der Botschaft, weder dem, was man mir erzählt, noch dem, was ich sehe. Irgendwo mag es schon Wahrheit geben, aber bis zu mir dringt sie nie!«

»Ah«, rief der erste mit einem höhnischen Grinsen, »und warum bist du dann mit allen anderen die ganze Nacht hinter Robin Hood hergerannt, hast wie alle anderen sehnsüchtig gerufen und gejammert? Warum hast du dir die Mühe nicht gespart, wenn du deiner Sache sicher bist?«

»Ach, man kann nie wissen«, erwiderte der andere undeutlich und spuckte eine Menge Schlamm aus.

In einem waldigen Tal saßen an einem Bach ein Prinz und eine Prinzessin. Ihre sieben Diener hatten einen scharlachroten Baldachin unter einem Baum aufgeschlagen, und das königliche junge Paar aß zur Begleitung von Lauten und Theorben den Imbiß, den es mitgebracht hatte. Sie sprachen kaum ein Wort miteinander, bis das Mahl vorüber war. Dann seufzte die Prinzessin und sagte: »Am besten bringen wir diese dumme Sache schnell hinter uns.« Der Prinz schlug ein Journal auf.

»Du könntest wenigstens ...«, sagte die Prinzessin, doch der Prinz las ungerührt weiter. Sie gab zwei Dienern ein Zeichen, wonach diese auf ihren Lauten eine alte Weise spielten. Die Prinzessin machte auf der Wiese ein paar Tanzschritte, hielt einen buttergelben Zaum in die Höhe und rief: »Hierher, Einhorn, hierher! Komm, meine Süße, komm zu mir! Komm, luckluckluck!«

Der Prinz lachte. »Rufst du Hühnern?« fragte er, ohne aufzublicken. »Willst du nicht singen, anstatt wie eine Gluckhenne zu gackern?«

»Ich tu mein Bestes«, rief die Prinzessin. »Ich habe noch nie so einem Ding gerufen!« Nach kurzer Zeit jedoch fing sie zu singen an:

Ich bin eine Königstochter,
und meine Wünsche werden wahr;
wollt' ich's, so flög' zum Schmuck mir
der Mond noch heut ins Haar.
Wonach mein Sinn mich plagt,
nie gab es ein Gelüste,
das lang mir blieb versagt.

Ich bin eine Königstochter
und werde grau und alt,
gefangen nicht im Kerker,
im Turm der eigenen Gestalt!

Noch heut ließ' alles Gut ich fahren,
zög' bettelnd über Land und Meer,
um deinen Schatten zu erblicken,
ein einzig' Mal und nimmermehr!

Sie sang das ganze Lied noch einmal, dann rief sie: »Liebes Einhorn, gutes Einhorn, du gutesgutesgutes!« Und dann sagte sie voller Zorn: »Ich hab' genug! Ich geh' jetzt nach Hause!«

Der Prinz gähnte und schloß sein Journal. »Du hast dem Brauch Genüge getan, und niemand hat mehr von dir erwartet. Es war nur eine Formalität. Jetzt können wir heiraten.«

»Ja«, sagte die Prinzessin, »jetzt können wir heiraten.« Die Diener packten alles wieder ein, und die beiden Musikanten spielten auf ihren Lauten lustige Hochzeitsmusik. Die Stimme der Prinzessin klang ein wenig traurig und trotzig, als sie sagte: »Wenn es wirklich so etwas wie Einhörner gäbe, hätte eines zu mir kommen müssen. Ich habe so lieblich gerufen, wie man das überhaupt nur kann, und ich habe den goldenen Zaum gehabt. Und selbstverständlich bin ich rein und unberührt.«

»Was mich angeht, ja«, versetzte der Prinz gleichgültig. »Wie ich schon sagte, hast du dem Brauch Genüge getan. Meinem Vater tust du nicht Genüge, so wenig wie ich. Dafür brauchte es ein Einhorn.« Er war groß und stattlich, und sein Gesicht so hübsch und sanft wie ein Pfirsich.

Als sie und ihr Gefolge fort waren, trat das Einhorn aus dem Wald; Molly und der Zauberer folgten ihm, und sie setzten ihre Wanderung fort. Lange danach, während sie gerade durch ein Land zogen, in dem es weder Bach noch Baum gab, fragte Molly das Einhorn, warum es dem Lied der Prinzessin nicht gefolgt sei. Schmendrick schob sich etwas näher heran, blieb jedoch auf seiner Seite des Einhorns; er ging nie auf Mollys Seite.

Das Einhorn erwiderte: »Die Königstochter hätte niemals alles aufgegeben, um meinen Schatten zu sehen. Hätte sie mich gesehen und mich erkannt, wäre sie vor mir mehr als vor einem Drachen erschrocken, denn einem Drachen macht niemand Versprechungen. Ich erinnere mich an eine Zeit, als es mir gleichgültig war, ob die Prinzessinnen glaubten, was sie sangen oder nicht. Ich bin zu allen hingegangen und habe meinen Kopf in ihren Schoß gelegt, und einige sind sogar auf mir geritten, die meisten jedoch hatten Angst davor. Aber jetzt habe ich keine Zeit mehr für sie, weder für Küchenmädchen noch für Königstöchter. Ich habe keine Zeit.«

Da sagte Molly etwas, das seltsam klang aus dem Munde einer Frau, die jede Nacht des öfteren erwachte und nachsah, ob das Einhorn noch da war, einer Frau, deren Träume alle von goldenen Zäumen und sanften jungen Dieben handelten. »Die Prinzessinnen haben keine Zeit. Der Himmel zieht und wirbelt alles mit sich fort, Prinzessinnen und Zauberer, den armen Cully und die ganze Welt, du aber stehst still. Nichts gibt es, was du nur einmal siehst. Ich wünschte, du wärest für kurze Zeit eine Blume, oder eine Ente. Etwas, das nicht warten kann.«

Hierauf sang Molly eine Strophe aus einem traurigen, holpernden Lied, wobei sie nach jeder Zeile eine Pause machte, um sich auf die nächste zu besinnen.

Wer alles hat, braucht nicht zu gieren,
doch es liegen arg darnieder,
welche lieben, was sie bald verlieren —
was vergangen, kehrt nicht wieder.

Schmendrick spähte über den Rücken des Einhorns hinweg auf Mollys Gebiet. »Wo hast du dieses Lied gehört?« wollte er wissen.

Seit dem Morgen, an dem sie sich ihnen angeschlossen hatte, waren dies die ersten Worte, die er an sie richtete. Molly schüttelte den Kopf.

»Ich weiß nicht mehr. Ich kenne es schon sehr lange.«

Das Land ward von Tag zu Tag dürrer und ausgebrannter, und die Gesichter der Menschen waren so elend geworden wie das verbrannte Gras. Doch Mollys Gesicht wurde in des Einhorns Augen ein weiches, grünendes Land, voller Teiche und Täler, in denen geheimnisvolle Blumen leuchtend emporwuchsen. Unter dem Schmutz und der Hoffnungslosigkeit schien sie höchstens sieben- oder achtunddreißig Jahre alt zu sein, sicherlich nicht älter als Schmendrick, der freilich ein geburtstagsloses Gesicht hatte. Ihr stumpfes Haar erglänzte, ihre Haut straffte sich, und ihre Stimme war jetzt fast zu allen Wesen so sanft und sacht, wie sie es war, wenn sie mit dem Einhorn redete. Zwar gab es keine Hoffnung, daß ihre Augen jemals wieder frisch und fröhlich würden, so wenig, wie sie grün oder blau werden konnten, doch auch sie waren in der Erde erwacht. Auf bloßen, blasenbedeckten Füßen schritt sie munter in König Haggards Reich hinein, und oft sang sie.

In großer Entfernung, auf der andern Seite des Einhorns, stapfte schweigend Schmendrick der Zauberer. Sein schwarzer Mantel bekam ein Loch ums andere, löste sich genauso auf wie sein Besitzer. Der Regen, der Molly verjüngte, fiel nie auf ihn, im Gegenteil, er schien immer trockener und wüster zu werden, wie das Land ringsum. Das Einhorn konnte ihm nicht helfen. Die Berührung seines Hornes hätte Schmendrick vom Tode erweckt, aber über Verzweiflung hatte es keine Macht. So wenig wie über Magie, die gekommen und wieder gegangen war.

Also zogen sie dahin, folgten der zurückweichenden Düsternis, in einen Wind, der nach Nägeln schmeckte. Die Kruste des Landes zersprang, das Fleisch zog sich zu Schlünden und Schluchten zusammen oder zu grindigen Hügeln. Der Himmel war so weit und fahl, daß er während des Tages verschwand; dem Einhorn schien es bisweilen, als sähen sie drei nackt und hilflos aus wie Schnecken, die man unter ihrem Baumstumpf oder feuchten Stein hervor in die Sonne gezerrt hat. Doch blieb es ein Einhorn, besaß nach wie vor die Eigenschaft, in schlechten Zeiten und an schlimmen Orten noch schöner zu werden. Selbst den Kröten in den Gräben und Baumstrünken stockte der Atem, wenn sie es sahen, und sie stellten ihr Unken für kurze Zeit ein.

Kröten wären gastfreundlicher gewesen als das finstere Volk in Haggards Land. Die Dörfer lagen wie abgenagte Knochen zwischen messerscharfen kahlen Hügeln, und die Herzen der Menschen waren griesgrämig und grau. Die Kinder bewarfen jeden Fremden mit Steinen, die Hunde jagten ihn zur Stadt hinaus. Einige der Hunde kamen nie mehr zurück, denn Schmendrick entwickelte im Umgang mit Promenademischungen große Geschicklichkeit und einen guten Appetit. Dies erzürnte die Einwohner mehr, als jeder Diebstahl es getan hätte. Sie verschenkten nichts, und alle, die das taten, waren ihre geschworenen Feinde.

Das Einhorn war der Menschen überdrüssig. Es beobachtete seine Begleiter, während sie schliefen. Traumschatten huschten über ihre Gesichter; da fühlte es, wie die bloße Kenntnis ihrer Namen es tief und schwer beugte. Um diesen Schmerz zu betäuben, lief es dann gewöhnlich bis in den Morgen hinein. Schneller als der Regen, schnell wie das Unglück raste es dahin, um jene Zeit einzuholen, in der es nur die Süßigkeit gekannt hatte, allein in seiner Welt zu sein, und sonst nichts. Hierbei geschah es oft, daß es zwischen zwei Atemzügen dachte, Molly und Schmendrick seien schon lange tot, und König Haggard desgleichen, der Rote Stier aber gestellt und gemeistert, vor so unendlich langer Zeit, daß die Enkel der Sterne, welche all das hatten geschehen sehen, am Verlöschen waren und zu Kohle wurden — und daß es noch immer auf der ganzen Welt das einzige Einhorn sei.

An einem stillen Herbstabend kamen sie um eine Wegbiegung und sahen das Schloß. Am Ende eines langen, tiefen Tales ragte es in den Himmel, schief und krumm, gespickt mit zackigen Türmen, schartig und drohend wie eines Riesen Grinsen. Molly lachte lauthals, doch das Einhorn erzitterte, denn ihm war, als griffen durch die Dämmerung die schiefen Türme zu ihm herüber. Jenseits des Schlosses blitzte stählern das Meer.

»Haggards Festung«, murmelte Schmendrick, und schüttelte verwundert den Kopf. »Haggards düstre Zwingburg. Eine Hexe hat es für ihn erbaut, doch weil er sie dafür nicht bezahlt hat, soll sie das Schloß verflucht haben. Sie schwor, es würde zusammen mit Haggard an dem Tag im Meer versinken, an dem seine Habgier dieses zum Überlaufen brächte. Dann soll sie jenen markerschütternden Schrei ausgestoßen haben, den alle Hexen beim Abgang von sich geben, und in einer Schwefelwolke verschwunden sein. Haggard zog sofort ein; er sagte, ohne Fluch sei eines Tyrannen Schloß unvollkommen.«

»Ich kann verstehen, daß er sie nicht bezahlt hat«, sagte Molly Grue verächtlich. »Ich möchte am liebsten draufspringen und es wie einen Blätterhaufen zertreten. Ich hoffe jedenfalls, die Hexe hat Unterhaltung, während sie auf die Erfüllung ihres Fluches wartet. Das Meer ist größer als die Habgier irgendeines Menschen.«

Knochige Vögel flatterten mühsam über den Himmel und krächzten »Helftmir, helftmir, helftmir!«, und kleine schwarze Schatten zuckten vor den dunklen Fenstern des Schlosses hin und her. Ein klebriger, ständig stärker werdender Dunst drang zu dem Einhorn. »Wo ist der Stier?« fragte es. »Wo hält Haggard den Stier?«

»Niemand hält den Roten Stier«, erwiderte der Zauberer leise. »Bei Nacht soll er umherschweifen und bei Tag in einer großen Höhle unterm Schloß liegen. Wir werden's bald genug herausfinden, doch im Augenblick haben wir andere Sorgen. Die unmittelbare Gefahr liegt dort!« Er wies in das Tal hinab, wo verschwommen einige Lichter aufleuchteten.

»Hagsgate«, sagte er.

Molly schwieg; sie berührte das Einhorn, ihre Hand war so kalt wie eine Wolke. Wann immer sie traurig, müde oder ängstlich war, legte sie ihre Hand auf das Einhorn.

»Die Stadt gehört König Haggard«, sagte Schmendrick. »Es ist die erste, die er unter seine Herrschaft brachte, nachdem er übers Meer gekommen war. Sie hat einen schlechten Ruf, doch niemand, den ich danach gefragt habe, konnte mir sagen, weshalb. Niemand geht nach Hagsgate, und nichts kommt heraus, außer Märchen, mit denen man Kindern Angst einjagt, wenn sie nicht ins Bett wollen — Ungeheuer, Werwölfe, Dämonen, Hexenkonvente am hellichten Tag und dergleichen. Aber etwas Böses muß es in Hagsgate geben, denn Mammy Fortuna ist niemals hingegangen; einmal hat sie gesagt, Haggard selbst sei seines Lebens nicht sicher, solange Hagsgate bestehe.«

Während er sprach, sah er Molly an, denn in diesen Tagen war es sein einziges, schmerzliches Vergnügen, ihr trotz der weißen Gegenwart des Einhorns Furcht einzujagen. Doch sie antwortete ihm gelassen, beide Hände in die Hüften gestemmt: »Ich habe gehört, daß man Hagsgate ›Die Stadt, die keiner kennt‹, heißt. Vielleicht ist des Rätsels Lösung, daß sie auf eine Frau wartet, die das Geheimnis lüftet, auf eine Frau und ein Einhorn. Aber was sollen wir nur mit dir anfangen?«

Da lächelte Schmendrick und sagte: »Ich bin Keiner, denn ein Magier ohne Magie, das ist überhaupt niemand.«

Die phosphoreszierenden Lichter von Hagsgate wurden heller, solange das Einhorn auf sie hinabsah, doch in Haggards Schloß flimmte nicht einmal ein Feuerstein. Es war schon zu dunkel, um die Männer auf den Mauern herumgehen zu sehen, doch über das Tal hinweg konnte man das gedämpfte Rasseln der Rüstungen und das Klirren der Hellebarden hören, wenn sie gegen Stein stießen. Schildwachen riefen einander an und marschierten wieder davon. Der Geruch des Roten Stieres begleitete das Einhorn, als es den überwachsenen Pfad hinabstieg, der nach Hagsgate führte.

Hagsgate war wie ein Fußabdruck geformt: Von einer breiten Sohle zweigten lange Zehen ab, die in schwärzlichen Krallen endeten. Die anderen Städte in König Haggards Reich schienen wie Hühner in steiniger Erde zu scharren, Hagsgate jedoch wirkte wohlsituiert. Die Straßen waren gut gepflastert, die Gärten leuchteten, und die Häuser standen so stolz und sicher da wie Eichen. In allen Fenstern brannten Lichter, die drei Wanderer hörten Stimmen, Hundegebell und das Klappern von Geschirr. Hinter einer dichten Hecke hielten sie Rat.

»Meint ihr, wir haben irgendwo einen falschen Weg eingeschlagen, und das ist gar nicht Hagsgate?« wisperte Molly. Sie zupfte und zerrte vergeblich an ihren Fetzen und Lumpen. »Ich hätte doch mein gutes Kleid mitnehmen sollen«, seufzte sie.

Schmendrick rieb sich müde den Nacken. »Es ist Hagsgate«, antwortete er, »es muß Hagsgate sein, obgleich über dieser Stadt kein Geruch von Zauberei und Hexenwerk liegt. Woher stammen dann nur diese Märchen und Gespenstergeschichten? Sehr mysteriös, besonders, wenn man als Abendessen eine halbe Rübe gehabt hat!«

Das Einhorn schwieg. Jenseits der Stadt schwankte König Haggards Schloß wie ein Wahnsinniger auf Stelzen hin und her. Und jenseits des Schlosses brandete das Meer. Der Dunst des Roten Stieres trieb durch die Nacht, mischte sich kalt unter die Küchen- und Wohngerüche der Stadt. Schmendrick sagte: »Die guten Leute sind wohl alle in ihren Häusern und zählen ihre Reichtümer. Ich will hingehen und sie begrüßen.«

Er tat einen Schritt, warf seinen Mantel zurück, doch bevor er den Mund öffnen konnte, sagte eine harte Stimme aus dem Dunkel: »Schone deinen Atem, Fremder, solang du ihn noch hast.« Vier Männer sprangen hinter der Hecke hervor; zwei setzten Schmendrick ihre Schwerter auf die Kehle, einer hielt Molly mit einem Paar Pistolen in Schach, der vierte wollte das Einhorn bei der Mähne packen. Blitzend bäumte es sich auf, und er sprang beiseite.

»Eure Namen!« sagte der Mann, der zuerst gesprochen hatte, zu Schmendrick. Er war wie die drei anderen, weder alt noch jung, seine Kleider waren reich und geschmacklos.

»Gicks«, sagte der Zauberer, des Schwertes wegen.

»Gicks?« rätselte der Mann mit den Pistolen. »Ein fremder Name.«

»Klar«, sagte der erste Mann, »in Hagsgate klingen alle Namen fremd. Nun, Herr Gicks«, fuhr er fort und senkte sein Schwert ein wenig, bis es auf der Stelle ruhte, wo Schmendricks Schlüsselbeine zusammenkamen, »wenn Ihr und Frau Gicks so freundlich wärt, uns zu erzählen, aus welchem Grunde ihr hier herumschleicht . . .«

Bei diesen Worten fand Schmendrick seine Stimme wieder. »Ich kenne diese Frau so gut wie nicht!« zeterte er. »Mein Name ist Schmendrick, Schmendrick der Zauberer, ich bin hungrig und müde und schlechter Laune. Steckt diese Dinger weg, oder ihr werdet einen Skorpion beim Stachel in der Hand halten!«

Die vier Männer sahen einander an. »Ein Zauberer!« sagte der erste, »ein leibhaftiger Zauberer!«

Zwei der anderen nickten, aber der Mann, der das Einhorn zu fangen versucht hatte, brummte: »Heutzutage kann jeder behaupten, ein Zauberer zu sein. Die alten Maßstäbe gibt's nicht mehr, die alten Werte sind verschwunden. Und im übrigen hat ein richtiger Zauberer einen Bart!«

»Nun, wenn er kein Zauberer ist, dann wird er sich bald genug wünschen, einer zu sein«, sagte der erste leichthin. Er steckte sein Schwert in die Scheide und verbeugte sich vor Schmendrick und Molly. »Ich bin Drinn, und es ist wahrscheinlich ein Vergnügen, euch in Hagsgate willkommen zu heißen. Du hast von Hunger gesprochen, wenn ich mich recht entsinne. Dem kann leicht abgeholfen werden. Und hernach wirst du uns vielleicht in deiner beruflichen Eigenschaft einen guten Dienst erweisen. Folgt mir!«

Plötzlich gütig und versöhnlich geworden, führte er sie zu einem hellerleuchteten Wirtshaus, die drei anderen Männer folgten dichtauf. Einwohner kamen herbeigerannt, strömten neugierig aus ihren Häusern hervor, ließen ihr Abendessen halbgegessen und ihren Tee dampfend zurück. Als Schmendrick und Molly Platz genommen hatten, drängten sich an die hundert Leute auf den Bänken des Wirtshauses, verstopften den Eingang oder purzelten durch die Fenster. Das Einhorn schritt unbemerkt hinterdrein, eine weiße Stute mit seltsamen Augen.

Der Mann namens Drinn saß neben Schmendrick und Molly, unterhielt sie mit seinem Geplauder, während sie aßen, und füllte ihre Gläser mit einem dunklen, pelzigen Wein. Molly Grue trank sehr wenig. Sie saß still da und betrachtete die Gesichter ringsumher. Es fiel ihr auf, daß keines von ihnen jünger aussah als das von Drinn, einige jedoch viel älter. In irgendeiner Weise ähnelten sich die Gesichter der Hagsgater sehr stark, aber sie fand nicht heraus, woher das kam.

»Und jetzt«, sagte Drinn, als das Mahl vorüber war, »müßt ihr mir erlauben, euch diesen unzivilisierten Empfang zu erklären.«

»Ach was, das kannst du dir sparen«, lachte Schmendrick; der Wein hatte ihn vergnügt und ungezwungen gemacht und seinen grünen Augen goldene Lichter aufgesetzt: »Was ich wissen möchte: Wie konnten bloß die Gerüchte entstehen, denen zufolge Hagsgate voller Gespenster und Werwölfe steckt! Das Albernste, was ich je gehört habe!«

Drinn lächelte. Er war ein knorriger Mann mit dem Kopf einer Schildkröte und eingefallenen Wangen. »Beides hat den gleichen Grund«, sagte er. »Auf Hagsgate lastet ein Fluch.«

Totenstill war es in dem Raum, in dem bierigen Licht sahen die Gesichter der Hagsgater verhärmt und bleich aus. Schmendrick lachte wieder. »Ein Segen, willst du sagen! In König Haggards ratzekahlem Reich seid ihr die einzige Ausnahme, eine Quelle, eine Oase. Ich stimme dir zu, hier gibt es einen Zauber — und ich stoße an auf sein Wohl!«

Als er sein Glas erhob, gebot ihm Drinn Einhalt. »Nicht diesen Trinkspruch, mein Freund. Willst du wirklich auf ein fünfzig Jahre altes Leid trinken? So lange ist es nämlich her, daß Gram und Kummer über uns gekommen sind: als König Haggard sein Schloß am Meer erbaute.«

»Als die Hexe es erbaute!« drohte ihm Schmendrick mit dem Finger. »Ehre, wem Ehre gebührt.«

»Ah, du kennst die Geschichte?« rief Drinn. »Dann mußt du auch wissen, daß Haggard sich weigerte, der Hexe ihren Lohn zu geben, nachdem sie ihre Arbeit vollendet hatte.«

Der Zauberer nickte. »Gewiß, sie hat ihn seiner Habgier wegen verflucht, sie hat vielmehr sein Schloß verflucht. Was hat das aber mit Hagsgate zu tun? Die Stadt hat der Hexe doch kein Leid getan.«

»Nein«, erwiderte Drinn, »aber auch nichts Gutes. Sie konnte das Schloß nicht aus der Welt schaffen, oder wollte es nicht, denn sie bildete sich ein, eine Künstlerin zu sein, deren Werk ihrer Zeit um viele Jahre voraus sei. Auf jeden Fall kam sie zum Magistrat von Hagsgate und verlangte, er solle Haggard zwingen, ihr den zustehenden Lohn zu zahlen. ›Seht mich an — und ihr seht euch selber‹, krächzte sie, ›denn für Herrscher und Beherrschte ist dies die wahre Probe. Ein König, der eine häßliche alte Hexe betrügt, wird mit der Zeit auch sein Volk betrügen. Gebietet ihm Einhalt, solange ihr's noch könnt, bevor ihr euch an ihn gewöhnt!‹ Drinn nippte an seinem Wein und füllte nachdenklich Schmendricks Glas aufs neue.

»Haggard hat sie nicht bezahlt«, fuhr er dann fort, »und Hagsgate sie leider nicht beachtet. Sie wurde höflich behandelt und an die zuständigen Stellen verwiesen, was sie aber nur in noch größere Wut versetzte. Sie schrie: Vor lauter Angst, uns einen Feind zu machen, hätten wir jetzt deren zwei.« Er machte eine Pause und schloß die Augen. Seine Lider waren so dünn wie die eines Vogels; Molly war sicher, daß er durch sie hindurchsehen konnte. Mit geschlossenen Augen sagte er: »Dann hat sie König Haggards Schloß verflucht und unsere Stadt desgleichen. So hat Haggards Habgier Verderben über uns alle gebracht.«

In dem seufzenden Schweigen erklang Mollys Stimme wie Hammerschlag auf Hufeisen; es war, als beschimpfe sie wieder den armen Captain Cully. »Haggard hat weniger Schuld auf sich geladen als ihr!« höhnte sie. »Er war nur ein Dieb, ihr aber wart viele. Eure Not habt ihr durch eure eigne Habgier herbeigeführt, nicht durch die eures Königs!«

Drinn öffnete die Augen und sah sie böse an. »*Wir* haben gar nichts verschuldet!« protestierte er. »Es waren unsere Eltern und Großeltern, welche die Hexe um Hilfe bat; ich gestehe dir zu, daß man ihnen genausoviel vorwerfen kann wie Haggard. Wir hätten die Sache ganz anders angefaßt!« Alle Gesichter mittleren Alters starrten finster in alle älteren Gesichter.

Einer der alten Männer erhob seine kurzatmige, zittrige Stimme: »Ihr hättet genau das gleiche getan. Die Ernte mußte eingebracht, das Vieh versorgt werden — genau wie heute. Und genau so wie heute mußten wir damals mit Haggard auskommen. Wir wissen sehr gut, wie ihr euch verhalten hättet. Ihr seid unsere Kinder!«

Drinn sah ihn so grimmig an, daß er sich wieder setzte; andere fingen an, gehässige Bemerkungen zu machen. Der Zauberer brachte sie zum Schweigen, indem er fragte: »Wie lautet denn dieser Fluch? Hat er vielleicht etwas mit dem Roten Stier zu tun?«

Der Name klang selbst in diesem mit Lichtern erfüllten Raum düster und kalt. Molly fühlte sich plötzlich sehr einsam. Einer Eingebung folgend, fügte sie Schmendricks Frage ihre eigene an, die mit der Unterhaltung nicht das Geringste zu tun hatte. »Hat jemand von euch schon einmal ein Einhorn gesehen?«

In einem einzigen Augenblick erfuhr Molly zweierlei: daß es einen Unterschied zwischen Stille und Grabesstille gibt, und daß sie mit ihrer Frage ins Schwarze getroffen hatte. Die Hagsgater gaben sich alle Mühe, unbewegte Gesichter zu bewahren, aber es gelang ihnen nicht. Drinn sagte ausweichend: »Wir sehen den Roten Stier nie, und wir sprechen nie von ihm. Nichts, was ihn etwas angeht, geht uns etwas an. Und was Einhörner anbelangt, so gibt es keine, hat es niemals welche gegeben.« Wieder schenkte er von dem dunklen Wein nach. »Ich werde euch die Worte dieses Fluches sagen.« Er faltete die Hände und sang:

Wem Haggard König ist und Seneschall,
habe teil an seinen Festen, habe teil an seinem Fall.
Allen Geld und Gold er bringt,
bis das Meer den Turm verschlingt.
Nur Einem aus Hagsgate wird es gelingen,
das Schloß zu zerstören, zum Einsturz zu bringen.

Einige der Anwesenden fielen mit ein, als er die alte Verwünschung hersagte. Ihre Stimmen klangen so dünn und klagend, als befänden sie sich gar nicht im Raum, sondern taumelten hoch über dem Kamin des Gasthauses wie welke Blätter.

›Was ist nur mit ihren Gesichtern los?‹ fragte sich Molly. ›Es liegt mir auf der Zunge.‹ Der Zauberer saß stumm neben ihr und drehte sein Glas in den Händen.

»Als diese Worte zum ersten Mal gesprochen wurden, da weilte Haggard noch nicht lange im Lande. Alles war noch weich und grün und blühend — alles, außer unserer Stadt. Hagsgate war damals so, wie heute das Land ringsum ist: ein öder, unfruchtbarer Ort, wo die Menschen große Steine auf die Dächer ihrer Hütten wälzten, um sie vor dem Davonfliegen zu bewahren.« Er sah die alten Männer an und bleckte die Zähne. »Ernte einbringen! Vieh versorgen! Kohl habt ihr angebaut und Rüben und ein paar kümmerliche Kartoffeln. In ganz Hagsgate gab es eine einzige, ausgemergelte Kuh. Die Fremden hielten unsere Stadt für verflucht, dachten, sie hätte sich den Zorn irgendeiner rachsüchtigen Hexe zugezogen.«

Molly spürte, wie das Einhorn auf der Straße vorüberging, umkehrte und wieder zurückkam, ruhelos wie die flackernden, zuckenden Fackeln an den Wänden. Sie wollte zu ihm hinauslaufen, doch stattdessen fragte sie leise: »Und danach, als der Fluch sich erfüllte?«

»Von diesem Augenblick an hat uns Überfluß heimgesucht«, erwiderte Drinn. »Unser karger Boden ist so reich geworden, daß unsere Gärten und Obstwiesen von selber wachsen, wir müssen sie weder anlegen noch pflegen. Unsere Herden vermehren sich, unsere Handwerker werden im Schlaf erfindungsreicher; die Luft, die wir atmen, das Wasser, das wir trinken, bewahren uns davor, je krank zu werden. Alle Sorgen machen um uns einen großen Bogen, und all das ist geschehen, während das übrige Königreich, früher grün und fruchtbar, unter Haggards Herrschaft zu Asche verbrannt ist. Fünfzig Jahre lang ist es uns als einzigen wohl ergangen. Es ist gerade so, als wären alle anderen verflucht!«

»Hab' teil an seinen Festen, hab' teil an seinem Fall«, murmelte Schmendrick. »Jetzt versteh' ich's.« Er schluckte ein weiteres Glas von dem dunklen Wein hinunter, dann lachte er. »Aber der alte Haggard herrscht immer noch und wird es weiterhin — bis das Meer überläuft. Ihr wißt ja gar nicht, was ein richtiger Fluch ist! Ihr solltet mal mein Unglück hören!« Plötzlich glitzerten Tränen in seinen Augen. »Zunächst einmal hat meine Mutter mich nie geliebt, sie hat zwar so getan, aber ich wußte . . .«

Drinn unterbrach ihn, und Molly erkannte in diesem Augenblick, was an den Bewohnern von Hagsgate so seltsam war. Jeder von ihnen war gut und warm gekleidet, doch die Gesichter, die aus diesen feinen Kleidern schauten, waren die Gesichter von armen Leuten, gespensterbleich und ausgehungert. Drinn sagte: »Nur einem aus Hagsgate wird es gelingen, das Schloß zu zerstören, zum Einsturz zu bringen. Wie können wir unser Glück genießen, wo wir doch wissen, daß es enden muß, daß einer von uns es beenden wird! Jeder Tag macht uns reicher — und bringt uns dem Untergang einen Tag näher. Zauberer, fünfzig Jahre lang haben wir bescheiden und genügsam gelebt, haben uns von allen lieben Gewohnheiten freigemacht, alle Laster gemieden, haben uns für die Flut vorbereitet. Nicht einen Augenblick freuten wir uns an unserem Reichtum oder an irgendetwas anderem, denn Freude ist nichts als eine weitere Bürde, der man eines Tages entsagen muß. Habt Mitleid mit Hagsgate, Fremde, denn auf der ganzen elenden Welt kann es keine unglücklichere Stadt geben!«

»Verloren, verloren, verloren«, wimmerten die Hagsgater. »Elend über Elend!« Molly Grue sah ihnen zu, ohne etwas zu sagen; Schmendrick aber sagte respektvoll: »Ein erstklassiger Fluch, die Arbeit eines Fachmanns! Meine Rede ist: Was auch immer du zu erledigen hast, geh zum Spezialisten! Auf die Dauer lohnt es sich!«

Drinn runzelte die Stirn, Molly stieß Schmendrick unterm Tisch an. Der Zauberer blinzelte. »Oh! Und was wünscht ihr nun von mir? Ich warne euch, ich bin kein sehr großer Zauberer, aber wenn ich es kann, werde ich den Fluch gern von euch nehmen.«

»Ich überschätze dich gewiß nicht«, antwortete Drinn, »aber so, wie du bist, taugst du so viel wie jeder andere. Den Fluch lassen wir auf sich beruhen. Wird er von uns genommen, so werden wir wohl nicht wieder arm wie zuvor, doch unser Reichtum wird nicht mehr zunehmen — und das wäre genau so schlimm. Nein, unsere wirkliche Aufgabe besteht darin, Haggards Festung vor dem Fall zu bewahren, und da der Held, der sie zerstören soll, nur aus Hagsgate kommen kann, sollte das wohl möglich sein. Zum einen gestatten wir es keinem Fremden, sich hier anzusiedeln. Wir halten jeden fern, mit Gewalt, wenn es sein muß, aber meistens mit List. Jene dunklen Geschichten über Hagsgate, die du erwähnt hast — die haben wir selber erfunden und in Umlauf gesetzt, so weit wir nur konnten, um

Besucher fernzuhalten.« Er lachte stolz, wodurch er noch hohlwangiger aussah.

Schmendrick stützte das Kinn auf die Fingerknöchel und sah Drinn mit einem versiegenden Lächeln an. »Wie ist das mit euren eigenen Kindern?«, fragte er. »Wie könnt ihr verhindern, daß eines von ihnen heranwächst und den Fluch erfüllt?« Er schaute sich in der Gaststube um, betrachtete schläfrig jedes einzelne der faltigen Gesichter, die ihn ansahen. »Mir fällt auf, daß es in eurer Stadt keine Kinder zu geben scheint. Um welche Zeit schickt man sie denn in Hagsgate zu Bett?«

Niemand antwortete ihm. Molly hörte, wie ihnen das Blut in Ohren und Augen rauschte, sah, daß ihre Haut sich kräuselte wie Wasser unterm Wind. Endlich sagte Drinn: »Wir haben keine Kinder. Seit dem Tag, als der Fluch uns traf, haben wir keine mehr bekommen.« Er hustete in seine Faust und fuhr fort: »Das schien der einfachste Weg zu sein, den Plan der Hexe zu durchkreuzen.«

Schmendrick warf den Kopf zurück und lachte lautlos, lachte, bis die Fackeln noch stärker tanzten. Molly merkte, daß er betrunken war. Drinn biß sich auf die Lippen; seine Augen wurden hart wie gesprungenes Porzellan. »Ich sehe nichts an unserem traurigen Los, worüber man lachen könnte«, sagte er sanft, »nicht das Allergeringste!«

»Nichts«, gurgelte Schmendrick und beugte sich über den Tisch, wobei er seinen Wein verschüttete, »nichts, Verzeihung, nichts, gar nichts.« Unter den zornigen Blicken aus zweihundert Augen gelang es ihm, die Fassung wiederzugewinnen und Drinn ernsthaft zu antworten: »Mir scheint, ihr habt also gar keine Sorgen, jedenfalls keine großen Sorgen.« Ein Gelächterchen entschlüpfte seinen Lippen, wie Dampf einem Teekessel.

»So mag es scheinen.« Drinn beugte sich vor und berührte mit zwei Fingern Schmendricks Handgelenk. »Doch habe ich dir nicht die ganze Wahrheit erzählt. Vor einundzwanzig Jahren wurde in Hagsgate ein Kind geboren. Wir fanden nie heraus, wessen Kind es war. Ich selbst habe es gefunden, als ich in einer Winternacht über den Marktplatz ging. Es lag auf einem Fleischerblock; obgleich Schnee fiel, weinte es nicht, denn es lag behaglich und geborgen unter einer Decke aus herrenlosen Katzen. Die Tiere schnurrten alle miteinander, eine Musik, die schwer von Wissen und Bedeutung war. Lange bin ich an dieser seltsamen Wiege gestanden und habe gegrübelt, während der Schnee fiel und die Katzen Weissagungen spannen.«

Er hielt inne, und Molly Grue sagte eifrig: »Du hast das Kind natürlich mit nach Hause genommen und es als dein eigenes aufgezogen?« Drinn legte seine Hände flach auf den Tisch.

»Ich verjagte die Katzen«, sagte er, »und ging allein nach Hause.« Mollys Gesicht verfinsterte sich. Drinn zuckte leicht die Achseln. »Ich erkenne eine Heldengeburt, wenn ich sie sehe«, sagte er. »Omen und Wunder, Schlangen an der Wiege. Wären die Katzen nicht gewesen, hätte ich das Kind vielleicht gerettet, doch sie haben das Ganze so offensichtlich gemacht, so mythologisch. Was hätte ich denn tun sollen? Etwa wissentlich Hagsgates Verderben in mein Haus aufnehmen?« Seine Lippen zuckten, als bohre sich ein Haken in sie. »Zufälligerweise habe ich falsch gehandelt, aber wie sich bald herausstellen sollte, gereichte es dem Kind zum Vorteil. Als ich bei Sonnenaufgang zurückkam, war das Kind verschwunden.«

Schmendrick malte Bildchen aus dem verschütteten Wein und erweckte den Eindruck, als hätte er gar nicht zugehört. Drinn sprach weiter. »Verständlicherweise gab niemand zu, das Kind auf dem Marktplatz ausgesetzt zu haben, und obwohl wir jedes Haus vom Keller bis zum Taubenschlag durchsuchten, fanden wir es nicht wieder. Ich wäre zu dem Schluß gekommen, Wölfe hätten den Balg geholt, oder sogar, ich hätte die ganze Begebenheit geträumt, die Katzen und alles andere, wenn nicht am nächsten Tag ein Herold König Haggards in die Stadt geritten wäre und uns Befehl zum Jubeln gegeben hätte. Nach dreißigjährigem Warten hatte der König endlich einen Sohn.« Er wich geflissentlich Mollys Blick aus. »Unser Findling war ein Junge.«

Schmendrick leckte seine Fingerspitze ab und sah auf. »Lír«, sagte er nachdenklich, »Prinz Lír. Aber gibt es für sein Erscheinen keine andere Erklärung?«

»Wohl kaum!« schnaubte Drinn. »Die Frau, die Haggard heiraten wollte, würde sogar er verschmähen. Er ließ verkünden, der Knabe sei sein Neffe, den er nach dem Tode seiner Eltern an Kindesstatt gütigst angenommen habe. Haggard hat keine Verwandten, keine Familie. Es gibt Leute, die sagen, er sei einer Wolke entstiegen, so wie Venus aus dem Meer geboren ward. Niemand würde Haggard ein Kind anvertrauen.«

Der Zauberer streckte gelassen sein Glas vor und füllte es selbst, als Drinn dies ablehnte. »Auf jeden Fall hat er einen Sohn bekommen, herzlichen Glückwunsch. Wie aber soll er zu eurem Katzenkind gekommen sein?«

Drinn sagte: »Bei Nacht geht er hin und wieder durch Hagsgate. Viele von uns haben ihn gesehen, den großen Haggard, fahl wie Treibholz, wie er allein unterm eisernen Mond umherschleicht, Münzen aufhebt, zerbrochenes Geschirr, Löffel, Taschentücher, Ringe, zertretene Äpfel, wertlose Dinge, Abfall. Haggard war's, der das Kind genommen hat! Ich bin mir dessen so gewiß, wie ich gewiß bin, daß Prinz Lír derjenige sein wird, der das Schloß zum Einsturz bringt, derjenige, der Haggard und Hagsgate gemeinsam versenkt!«

»Ich hoffe, daß er das tut!« fuhr Molly dazwischen. »Ich hoffe, Prinz Lír ist das Kind, das ihr zum Sterben in der Kälte lassen wolltet, ich hoffe, er ersäuft euch mitsamt eurer Stadt, und ich hoffe, die Fische knabbern euch ab wie Maiskolben!«

Schmendrick trat ihr mit aller Kraft gegen das Schienbein, denn die Zuhörer begannen zu zischen wie mit Wasser begossene glühende Kohlen, einige standen sogar auf. Er fragte zum zweiten Mal: »Was wünscht ihr nun von mir?«

»Ich nehme an, ihr seid auf dem Weg zu Haggards Schloß.« Schmendrick nickte. »Aha«, sagte Drinn. »Nun, für einen geschickten Zauberer wäre es ein leichtes, sich mit dem Prinzen anzufreunden, denn Lír ist für seine Neugier und seinen Wissensdurst bekannt. Ein geschickter Zauberer ist wohlvertraut im Umgang mit allen möglichen Pillen und Pülverchen, könnte ich mir vorstellen, kennt sich aus mit Kräutern und Salben und Tränken. Ein geschickter Zauberer, wohlgemerkt, ich sage ›geschickt‹ und nicht mehr, ein geschickter Zauberer wäre unter den geeigneten Umständen in der Lage . . .«

»Für eine Mahlzeit?« Schmendrick warf im Aufspringen seinen Stuhl um. Er stützte sich mit beiden Händen auf den Tisch und schrie: »Essen und Getränke sollen der Preis für einen vergifteten Prinzen sein? Da mußt du dir schon was Besseres ausdenken, Freund Drinn. Für solch ein Honorar würde ich nicht einmal einen Kaminfeger erledigen!«

Molly Grue packte ihn am Arm und rief: »Was sagst du da?« Der Zauberer schüttelte ihre Hand ab, senkte aber deutlich ein Augenlid. Drinn lehnte sich in seinen Stuhl zurück und lächelte. »Mit einem Fachmann feilsche ich nie. Fünfundzwanzig Goldfüchse.«

Sie feilschten eine halbe Stunde lang, Schmendrick forderte hundert Goldstücke, Drinn wollte nicht mehr als vierzig für die Sache anlegen. Schließlich einigten sie sich auf siebzig, fünfunddreißig auf die Hand, den Rest nach erfolgreicher Rückkehr. Drinn zählte unverzüglich das Geld auf, das er dem Lederbeutel an seinem Gürtel entnahm. »Ihr werdet diese Nacht selbstverständlich in Hagsgate verbringen«, sagte er, »es wäre mir eine Ehre, euch bei mir aufzunehmen.«

Der Zauberer schüttelte den Kopf. »Nein, danke. Wir sind dem Schloß schon so nahe, daß wir das letzte Stückchen noch heute hinter uns bringen wollen. Je früher dort, desto früher wieder hier, wie?« Er grinste gerissen und verschwörerisch.

»Haggards Schloß ist stets gefährlich«, warnte Drinn. »Und ganz besonders in der Nacht.«

»Das sagt man auch von Hagsgate«, erwiderte Schmendrick. »Du solltest nicht alles glauben, was du hörst, Drinn.« Er ging zur Tür des Gasthauses, und Molly folgte ihm. Unter der Tür wandte er sich um und strahlte die Einwohner von Hagsgate an, die verloren in all ihren Reichtümern dahockten. »Es wäre mir recht, wenn ihr über diesen Gedanken etwas nachdächtet«, sagte er zu ihnen. »Der beste Fluch des besten Fachmanns, ob geflüstert oder gedonnert, hat keine Wirkung auf ein reines Herz. Gute Nacht.«

Draußen lag die Nacht kobrakalt und sternenbeschuppt in den Straßen, der Mond war nicht zu sehen. Schmendrick trat frisch und fröhlich hinaus, lachte leise vor sich hin und klimperte mit seinen Goldstücken.

Ohne Molly anzusehen, sagte er: »Diese Einfaltspinsel! Glauben doch wirklich, alle Zauberer wollten dem Tod ins Handwerk pfuschen! Wenn sie von mir verlangt hätten, ich solle diesen Fluch von ihnen nehmen, so hätte ich das vielleicht für eine Mahlzeit getan. Vielleicht sogar für ein einziges Glas Wein.«

»Ich bin froh, daß du's nicht getan hast«, sagte Molly heftig. »Sie verdienen dieses Schicksal, sie verdienen noch Schlimmeres. Ein Kind im Schnee liegen zu lassen . . .«

»Hätten sie's nicht getan, wäre er nicht zu einem Prinzen herangewachsen. Bist du noch nie in einem Märchen gewesen?« Des Zauberers Stimme klang freundlich und trunken, und seine Augen funkelten mit seinem neuen Geld um die Wette. »Der Held muß eine Weissagung erfüllen, und der Bösewicht muß ihn daran hindern. In einer anderen Art von Märchen ist es allerdings gerade umgekehrt. Und der Held muß vom Augenblick seiner Geburt an in Schwierigkeiten sein, sonst ist er kein richtiger Held. Ich bin sehr erleichtert dank diesem Prinzen Lír. Ich habe schon lange drauf gewartet, daß in dieser Geschichte eine Hauptfigur auftaucht.«

Das Einhorn war plötzlich da, wie ein Stern plötzlich da ist; es ging ihnen ein wenig voran, ein Segel in der Dunkelheit. Molly sagte: »Wenn Lír der Held ist, was ist dann das Einhorn?«

»Das ist ganz was anderes! Haggard und Lír und Drinn, du und ich, wir befinden uns mitten in einem Märchen und müssen gehen, wohin es führt. Das Einhorn aber ist Wirklichkeit. Es ist Wirklichkeit.« Schmendrick gähnte, bekam einen Schluckauf und zitterte plötzlich vor Kälte. »Wir müssen uns beeilen«, sagte er. »Vielleicht hätten wir Drinns Einladung annehmen sollen, aber der Alte macht mich einfach nervös. Ich bin sicher, daß ich ihn hinters Licht geführt habe, aber dennoch . . .«

Molly, die halb wachend und halb träumend dahinging, schien es, als zöge sich Hagsgate wie eine Tatze zusammen, um sie alle drei zurückzuhalten, als umschlösse diese Tatze sie und triebe sie sanft hin und her, so daß sie immer wieder in ihre eigenen Fußtapfen traten. Hundert Jahre dauerte es, bis sie das letzte Haus der Stadt erreichten, weitere fünfzig, bis sie blindlings die nassen Felder, die Weingärten und die geduckten Obstwiesen durchstolpert hatten. Molly träumte, aus den Baumwipfeln glotzten Schafe, und klamme Kühe träten auf ihre Füße und drängten sie von dem immer ungewisser werdenden Pfad. Doch segelte ihnen das Licht des Einhorns voran, und ihm folgte Molly, im Wachen wie im Schlafen.

König Haggards Schloß ragte in den Himmel wie ein pechschwarzer Vogel, der zur Nacht das Tal abfischt. Molly hörte das Rauschen seiner Schwingen. Dann spürte sie in ihrem Haar den Atem des Einhorns, und sie hörte Schmendrick fragen: »Wieviele Männer?«

»Drei«, antwortete das Einhorn. »Sie sind hinter uns, seit wir Hagsgate verlassen haben, aber jetzt kommen sie rasch näher. Horch.«

Tritte, zu leise für ihre Schnelligkeit, Stimmen, zu gedämpft, um etwas Gutes zu bedeuten. Der Zauberer rieb sich die Augen. »Vielleicht hat Drinn Schuldgefühle bekommen, weil er seinem Giftmischer zu wenig bezahlt hat«, murmelte er. »Vielleicht läßt ihn sein Gewissen nicht schlafen. Alles ist möglich. Vielleicht wachsen mir bald Federn.« Er faßte Molly am Arm und zog sie in eine steinige Kuhle am Wegesrand. Das Einhorn lag mondscheinstill neben ihnen.

Dolche glänzten wie Fischzüge im nächtlichen Meer. Eine Stimme sagte plötzlich laut und zornig: »Ich sage euch, sie sind uns durch die Lappen gegangen. Eine Meile weiter hinten sind wir an ihnen vorbeigegangen, als ich das Rascheln hörte. Verdammt will ich sein, wenn ich auch nur noch einen Schritt weiter mache.«

»Ruhig!« flüsterte wütend eine zweite Stimme. »Willst du, daß sie uns entkommen und uns verraten? Du hast Angst vor dem Zauberer, aber du solltest lieber Angst vor dem Roten Stier haben! Wenn Haggard herausfindet, was es mit unserer Hälfte des Fluches auf sich hat, dann wird er ihn schicken und uns alle zu Staub zerstampfen lassen.«

Der erste Mann erwiderte bedeutend leiser: »Ich habe keine Angst. Ein Zauberer ohne Bart ist überhaupt kein Zauberer. Aber wir verschwenden nur unsere Zeit. Sie sind von der Straße runter und haben sich in die Büsche geschlagen, sobald sie merkten, daß wir hinter ihnen her sind. Wir können hier die ganze Nacht herumsuchen, ohne auch nur eine Spur von ihnen zu finden.«

Eine dritte Stimme, noch matter als die beiden anderen, sagte: »Wir haben sie eine ganze Nacht gejagt. Seht, dort drüben kommt schon der Tag.«

Molly bemerkte, daß sie zur Hälfte unter Schmendricks schwarzen Mantel gekrochen war und ihr Gesicht in ein Büschel stacheligen dürren Grases gewühlt hatte. Sie wagte nicht, den Kopf zu heben, aber sie öffnete die Augen und sah die Luft seltsam hell werden. Der zweite Mann sagte: »Narr! Bis zum Morgen sind es noch gut zwei Stunden. Und im übrigen gehen wir nach Westen.«

»In diesem Fall«, erklang die Stimme des dritten Mannes, »gehe ich nach Hause.«

Schnelle Schritte waren zu hören, und der erste Mann rief: »Warte! Geh nicht. Warte, ich geh' mit dir!« Dem zweiten Mann murmelte er hastig zu: »Ich gehe nicht nach Hause, ich will nur unseren Weg ein Stückchen zurückgehen, ich glaube nämlich immer noch, daß ich sie gehört habe, und außerdem habe ich irgendwo mein Zunderzeug verloren.« Molly hörte, wie er sich, noch während er sprach, davonschlich.

»Verdammte Feiglinge!« fluchte der zweite Mann. »Wartet doch wenigstens, bis ich ausprobiert habe, was Drinn mir geraten hat.« Die Schritte zögerten, und er sang lauthals: »Wärmer als Sommer und süßer als Frau'n, stärker als Wein und teurer als Blut . . .«

»Mach schon«, sagte die zweite Stimme, »beeil dich, der Himmel wird schon hell. Was soll denn dieser Unsinn?«

Sogar die Stimme des zweiten Mannes klang jetzt aufgeregt. »Das ist kein Unsinn. Drinn behandelt sein Geld so gut, daß dieses es nicht ertragen kann, von ihm getrennt zu sein. Das ergreifendste Verhältnis, das man je gesehen hat. Er redet seinen Schatz folgendermaßen an: ›Schneller als Wasser und wilder als Schmerzen, sagt, wer liegt am meisten euch am Herzen?‹«

»Drinn«, klimperten die Goldstücke in Schmendricks Börse, »drinndrinndrinn.« Dann brach der Sturm los.

Der zerfetzte schwarze Mantel klatschte um Mollys Ohren, als Schmendrick sich auf die Knie wälzte und verzweifelt nach seiner Börse grapschte. Als er sie in die Hand bekam, zischte sie wie eine Klapperschlange. Er schleuderte sie weit von sich, doch die drei Männer rannten schon auf sie zu, und ihre Dolche leuchteten so rot, als hätten sie bereits zugestoßen. Hinter Haggards Schloß stieg flammende Helle empor, brach wie ein Bug in die Nacht. Der Zauberer stand hochaufgerichtet da und bedrohte die Angreifer mit Dämonen, Metamorphosen, lähmenden Krankheiten und geheimen Judogriffen. Molly hob einen großen Stein auf.

Mit einem Fanfarenstoß des Schreckens und Verderbens brach das Einhorn aus seinem Versteck. Seine Hufe prasselten wie ein Regen aus Rasiermessern herab, seine Mähne sträubte sich wild, und auf der Stirn trug es einen Federbusch aus Blitz. Die drei Meuchelmörder ließen ihre Dolche fallen und bedeckten ihre Gesichter, selbst Molly und Schmendrick duckten sich. Doch das Einhorn sah keinen von ihnen. Toll und tanzend, meerschaumweiß, stieß es seine Herausforderung zum zweiten Mal hinaus.

Und die flammende Helle antwortete ihm mit einem Gebrüll, das wie aufbrechendes Eis im Frühling klang. Drinns Männer flohen schreiend und strauchelnd.

Haggards Schloß stand in Flammen, schwankte in einem jähen kalten Winde hin und her. Molly sagte laut: »Aber es muß doch das Meer sein!« Sie meinte in der Ferne ein Fenster zu sehen und ein fahles Gesicht dahinter. Dann kam der Rote Stier.

Rot wie Blut war er, nicht wie springendes, sprudelndes Herzblut, sondern rot wie Blut, das in einer alten Wunde stockt. Ein schreckliches, schweißiges Licht strömte von ihm, sein Gebrüll machte die Erde erzittern. Seine Hörner waren fahl wie Narben.

Einen Augenblick lang hielt ihm das Einhorn stand, gläsern gefroren wie eine Woge vor dem Brechen. Dann erlosch das Licht seines Hornes, es wandte sich und floh. Der Rote Stier brüllte auf und setzte ihm in gewaltigen Sprüngen nach.

Zum ersten Mal in seinem Leben empfand das Einhorn Angst. Es war unsterblich, doch konnte es von einer Harpyie getötet werden, von einer Schimäre oder einem Drachen, und von einem Pfeil, der, auf ein Eichhörnchen abgeschossen, sein Ziel verfehlte. Ein Drache konnte es zwar töten, ihm aber nie das Bewußtsein nehmen, ein Einhorn zu sein, das selbst im Tode hundertmal schöner war als er. Der Rote Stier kannte das Einhorn nicht, doch dieses spürte, daß er ihm nachjagte, und nicht einer weißen Stute. Furcht färbte es dunkel, und es rannte davon. Des Stieres wildes Ungestüm füllte den Himmel, lief über ins Tal.

Blindlings brach es durch den Wald, die Bäume sprangen es an, versperrten ihm den Weg, ihm, das bisher so geschmeidig durch die Ewigkeit geglitten war, ohne jemals anzustoßen. Hinter ihm splitterten wie Glas die Bäume unter dem Ansturm des Roten Stieres. Wieder brüllte er; ein dicker Ast schlug gegen des Einhorns Schulter, so heftig, daß es strauchelte und fiel. Im Nu war es wieder auf, doch jetzt wölbten sich die Wurzeln unter seinen Beinen oder gruben sich geschäftig wie Maulwürfe unter seinem Weg hindurch; Ranken schlugen nach ihm, umwanden es wie Würgeschlangen, Riesenspinnen webten ihre Netze zwischen den Bäumen, ringsum brachen tote Äste. Es fiel zum zweiten Mal. Die Hufschläge des Stieres durchdröhnten seinen Körper, und das Einhorn schrie vor Schrecken.

Ohne zu wissen, wie, hatte es aus dem Wald herausgefunden, denn jetzt stürmte es auf der harten kahlen Ebene dahin, die jenseits der üppigen Weiden von Hagsgate lag. Nun konnte es seine Geschwindigkeit entfalten — und ein Einhorn trabt erst, wenn seine Jäger schon die zu Tode ermatteten Pferde spornen —: schwalbenschnell, schnell wie ein Stein übers Wasser, schneller als alles, was an Beine und Schwingen gefesselt. Doch ohne zurückzusehen wußte es, daß der Rote Stier näherkam, heranschoß wie der

Mond, der finstere, volle Jägermond. An seiner Flanke spürte es den Anprall der fahlen Hörner, als hätten sie schon zugestoßen.

Scharfe reife Maisstengel neigten sich einander zu, formten vor ihm eine Hecke, es trampelte sie nieder. Silbrige Weizenfelder wurden kalt und klebrig, sobald der Stier sie anblies, zerrten und zogen an seinen Beinen wie nasser Schnee. Blökend und geschlagen lief es dahin, hörte des Schmetterlings eisiges Zirpen: »Sie sind vor langer Zeit vom Roten Stier davongetrieben worden, er rannte dicht hinter ihnen her ...« Alle hatte er sie getötet!

Plötzlich stand der Stier vor ihm, als hätte man ihn wie eine Schachfigur aufgehoben, durch die Luft geschwenkt und niedergesetzt, um ihm den Weg zu versperren. Er griff nicht an, und das Einhorn blieb stehen. Zu Beginn der Jagd war er riesig gewesen, doch während der Verfolgung war er so gewachsen, daß es sich jetzt seine ganze Größe gar nicht mehr vorstellen konnte. Seine Gestalt schien die blutüberlaufene Himmelswölbung auszufüllen, seine Beine wirkten wie Wirbelwinde, und sein Haupt wallte und wogte wie das Nordlicht. Seine Nüstern schnoben donnernd und witternd. Da erkannte das Einhorn, daß der Rote Stier blind war.

Hätte er in diesem Augenblick angegriffen, es hätte ihm die Stirn geboten, so winzig und hoffnungslos es auch war mit seinem erloschenen Horn, selbst auf die Gefahr hin, einfach zerstampft zu werden. Besser, sich jetzt wehren, als auf der Flucht angefallen werden. Doch der Stier näherte sich ganz langsam, mit einer abstoßenden Zierlichkeit, als versuche er, ihm die Furcht zu nehmen, und wieder brach es aus. Mit einem wehen, leisen Laut stob es herum und rannte den Weg zurück, den es gekommen war; durch die zertretenen Felder und über die Ebene, auf König Haggards Schloß zu, das so düster und drohend aussah wie eh und je. Und der Rote Stier folgte dem Einhorn, folgte seiner Furcht.

Schmendrick und Molly waren von dem vorüberstampfenden Stier wie Hobelspäne beiseitegewirbelt worden, Molly stürzte ohnmächtig zu Boden, der Zauberer flog in ein Dornengestrüpp, das ihn die Hälfte seines Mantels und ein Achtel seiner Haut kostete. Sobald sie es vermochten, standen sie wieder auf und machten sich hinkend und einander stützend auf die Suche. Beide schwiegen.

Der Weg zwischen den Bäumen hindurch fiel ihnen leichter als dem Einhorn, denn in der Zwischenzeit war der Stier hiergewesen. Molly und der Zauberer kletterten über große Baumstämme, die nicht nur umgerissen, sondern bis zur Hälfte in den Boden gestampft waren; auf allen Vieren krochen sie um Löcher und Gruben herum, deren Tiefe sie in der Dunkelheit nicht ermessen konnten. Benommen dachte Molly: ›Kein Huf kann sie gemacht haben, die Erde selbst muß vor der Last des Stieres zurückgeschreckt sein.‹ Sie dachte an das Einhorn, und ihr Herz erbleichte.

Als sie aus dem Wald kamen, sahen sie es — weit weg, ein Flaus weißen Wassers, der auf dem Winde trieb, im grellen Glanz des Stieres fast unsichtbar. Molly Grue, von Furcht und Müdigkeit verwirrt, glaubte, die beiden bewegten sich wie Sterne, wie Steine durchs Weltall: immerfort fallend, immerfort folgend, für immer getrennt. Nie würde der Rote Stier das Einhorn erreichen, nicht bevor das Heute Morgen einholte, der Anfang das Ende. Molly lächelte zuversichtlich.

Doch der Flammenschatten schob sich über das Einhorn, bis er es ganz einzuhüllen schien. Es bäumte sich auf und wich zur Seite, sprang in eine andere Richtung — nur um auch dort den Roten Stier vor sich stehen zu sehen. Mit gesenktem Kopf stand er da, von seinen Lefzen troff Donner. Wieder und wieder brach es aus, wich zurück und zur Seite, tat listige kleine Sprünge, hierhin und dorthin. Jedesmal brachte der Stier es zum Stehen, indem er einfach reglos vor ihm stand. Er griff nicht an, versperrte ihm nur alle Wege, bis auf einen.

»Er treibt es«, sagte Schmendrick leise. »Wollte er es töten, so hätte er das schon getan. Er treibt es dorthin, wo er die anderen auch hingetrieben hat: zum Schloß, zu Haggard. Weshalb nur?«

Molly sagte: »Tu was!« Ihre Stimme klang seltsam ruhig und gleichgültig; der Zauberer antwortete im gleichen Ton: »Es gibt nichts, was ich tun könnte.«

Noch einmal floh das Einhorn, erbärmlich unermüdlich, und der Rote Stier ließ ihm Raum genug zum Laufen, aber keinen zum Wenden. Als es ihm zum dritten Mal gegenüberstand, war es so nah, daß Molly sehen konnte: seine Hinterbeine zitterten wie die eines geängstigten Hundes. Dann stellte es sich zum Kampf. Böse stampfte es auf, legte seine kleinen mageren Ohren an. Doch es vermochte nicht, auch nur einen Laut von sich zu geben, und sein Horn erstrahlte nicht wieder. Es duckte sich vor dem Gebrüll des Stieres, das den Himmel erschauern und krachen ließ, aber es wich keinen Schritt.

»Bitte, bitte tu etwas!« sagte Molly Grue.

Schmendrick sah sie an, mit einem Gesicht, das vor Hilflosigkeit verzerrt war. »Was soll ich tun? Was kann ich mit meiner Magie ausrichten? Karnickel aus dem Hut holen, Pfennige verschwinden lassen, oder einen Stein in ein Omelett verwandeln? Das würde dem Stier sicherlich Spaß machen! Oder soll ich vielleicht den Trick mit den singenden Orangen versuchen? Ich werd' probieren, was immer du vorschlägst, denn nichts wäre mir lieber, als etwas Praktisches zu tun.«

Molly gab ihm keine Antwort. Der Stier kam näher, das Einhorn duckte sich, immer tiefer, bis es zu zerbrechen drohte. Schmendrick sagte: »Ich könnte es vielleicht in ein anderes Wesen verwandeln, in ein Tier, das zu gering ist, um von dem Stier beachtet zu werden. Doch nur ein so großer Magier wie Nikos, der mein Lehrer war, hat die Macht dazu. Ein Einhorn verwandeln — jemand, der das fertigbringt, der kann mit den Jahreszeiten jonglieren und die Jahre wie Spielkarten durcheinandermischen. Doch dazu habe ich nicht mehr Macht als du, eher weniger, denn du kannst es berühren, und ich kann es nicht.« Dann sagte er unvermittelt: »Sieh! Es ist aus!«

Das Einhorn stand reglos vor dem Stier, sein Kopf war gesenkt und sein Weiß hatte sich zu einem seifigen Grau gewandelt. Es sah mager aus und klein; selbst Molly, die es liebte, sah jetzt, daß ein Einhorn, wenn sein Leuchten einmal erloschen, ein absurdes Tier ist: Löwenschweif, Rehläufe, Ziegenhufe, die Mähne kalt und fein wie Schaum auf der Hand, das ausgeglühte Horn, die Augen, oh, die Augen! Molly packte Schmendricks Arm, grub ihre Nägel hinein, so fest sie nur konnte.

»Du kannst zaubern!« sagte sie, und hörte ihre eigene Stimme so tief und klar wie die einer Sibylle. »Mag sein, du kannst diesen Zauber nicht finden, doch er ist vorhanden. Du hast Robin Hood gerufen, obwohl es gar keinen Robin Hood gibt; er ist gekommen und war Wirklichkeit. Und das ist Magie! Du hast alle Macht, die du brauchst, wenn du nur wagst, sie zu suchen.«

Schmendrick sah sie wortlos an, starrte sie an, als wollten seine grünen Augen die Suche nach seiner magischen Macht in Mollys Augen beginnen. Der Rote Stier machte einen zierlichen Schritt auf das Einhorn zu, nicht mehr als Jäger, sondern ihm mit dem Gewicht seiner Erscheinung gebietend. Gehorsam, gefügig ging es ihm voran; er folgte wie ein Schäferhund, lenkte es in die Richtung von König Haggards gezacktem Schloß, dem Meer entgegen.

»Bitte«, sagte Molly, deren Stimme zerbröckelte, »bitte, das ist ungerecht, es darf nicht geschehen. Er wird es zu Haggard treiben, und niemand wird es je wieder sehen. O bitte, du bist ein Magier, du darfst es nicht zulassen!« Ihre Finger gruben sich noch tiefer in Schmendricks Arm. »Tu etwas«, weinte sie, »verbiet' es ihm!«

Vergeblich suchte Schmendrick ihre zusammengepreßten Finger aufzubiegen. »Ich werde überhaupt nichts tun, bevor du meinen Arm losläßt«, sagte er mit zusammengebissenen Zähnen.

»Oh«, rief Molly, »es tut mir leid, verzeih!«

»Man kann einem so das Blut abstellen«, sagte der Zauberer vorwurfsvoll. Er rieb seinen Arm, trat einige Schritte vor und stellte sich dem Stier in den Weg. Mit vor der Brust gekreuzten Armen und hoch erhobenem Kopf stand er da, hin und wieder nickte er vor Erschöpfung.

»Vielleicht dieses Mal«, hörte Molly ihn murmeln, »vielleicht dieses Mal. Nikos sagte, was war es nur, was er gesagt hat? Es fällt mir nicht mehr ein. Es ist schon so lange her.« In seiner Stimme lag ein seltsamer, alter Gram, wie ihn Molly nie zuvor vernommen hatte. Dann züngelte Fröhlichkeit in ihm empor, und er sagte: »Wer weiß, wer weiß! Wenn dies nicht der richtige Augenblick ist, dann kann ich ihn vielleicht dazu machen! Soviel Trost bleibt dir, Freund Schmendrick: Ausnahmsweise kannst du die Dinge nicht noch schlimmer machen, als sie es schon sind.« Er lachte leise vor sich hin.

Der blinde Stier bemerkte die große Gestalt in seinem Weg erst, als er unmittelbar vor ihr stand. Er verhielt und schnüffelte, in seiner Kehle grollte Sturm, doch in dem Pendeln seines Hauptes lag eine gewisse Verwirrung. Das Einhorn blieb stehen, als der Stier stehenblieb. Schmendrick schmerzte es, wie gefügig das Einhorn geworden war. »Lauf«, rief er ihm zu, »lauf zu!« Aber es sah ihn nicht einmal an, weder ihn noch den Stier, noch irgend etwas anderes; es blickte starr zu Boden.

Beim Klang von Schmendricks Stimme wurde das Grollen des Stieres lauter und bedrohlicher. Es schien ihm daran zu liegen, zusammen mit dem Einhorn aus dem Tal herauszukommen, und der Zauberer glaubte den Grund dafür zu kennen. Über der blendenden Helle des Roten Stieres sah er zwei oder drei verblassende Sterne und die Andeutung eines wärmeren Lichtes; der Morgen nahte.

»Tageslicht behagt ihm nicht«, murmelte Schmendrick. »Das zu wissen, ist viel wert.« Noch einmal rief er dem Einhorn zu, es solle fliehen, doch die einzige Antwort war ein Brüllen, das wie Trommelwirbel klang. Das Einhorn stürzte vorwärts, Schmendrick mußte beiseite springen, sonst hätte es ihn umgerannt. Der Stier folgte dichtauf, trieb es eilig voran, wie der Wind dünne Nebelfetzen vor sich hertreibt. So gewaltig war sein Gang, daß es Schmendrick hob und beiseite schleuderte. Er überschlug sich mehrmals, um nicht zertrampelt zu werden; seine Augen waren blind von der Erschütterung, und in seinem Kopf loderten Flammen. Er meinte Molly Grue schreien zu hören.

Er stützte sich mühsam auf ein Knie, und sah, daß der Rote Stier das Einhorn fast bis zum Waldrand getrieben hatte. Wenn es doch nur noch ein einziges Mal zu fliehen versucht hätte — doch es gehörte jetzt dem Stier, und nicht mehr sich selber. Der Zauberer erhaschte noch einen Blick von ihm, wie es bleich und verloren zwischen den fahlen Hörnern stand, dann nahmen ihm die blutroten, drohenden Schultern die Sicht. Schwankend, erschöpft und geschlagen schloß er die Augen, öffnete der Hoffnungslosigkeit Tür und Tor, bis irgendwo in ihm etwas erwachte, das schon einmal in ihm erwacht war. Er schrie laut auf, schrie vor Furcht und Freude.

Was für Worte der Zauber dieses Mal sprach, konnte er auch später nicht mit Gewißheit sagen. Wie Adler flogen sie von ihm auf, und er ließ sie ziehen; und wie das letzte davon war, da stürzte die Leere mit einem Donnerkrachen in ihn zurück, daß es ihn aufs Gesicht warf. Das alles geschah in einem einzigen Augenblick. Dieses Mal wußte er, bevor er sich erhob, daß die Zaubermacht gekommen und wieder gegangen war.

Dort vorne stand der Stier und beschnüffelte etwas am Boden. Das Einhorn war nicht zu sehen. Schmendrick lief hin, so rasch er nur konnte, doch Molly war zuerst nah genug, um zu sehen, was der Stier beschnupperte. Sie steckte wie ein Kind ihre Finger in den Mund.

Zu Füßen des Roten Stieres lag ein junges Mädchen, hingegossen in ein Häufchen aus Schatten und Licht. Es war nackt, und seine Haut glänzte wie Schnee im Mondlicht. Feines, verworrenes Haar, weiß wie ein Wasserfall, floß fast bis zur Mitte seines Rückens. Das Gesicht lag in den Armen verborgen.

»Ach, ach, was hast du getan!« klagte Molly. Keiner Gefahr achtend, rannte sie zu dem Mädchen und kniete neben ihm nieder. Der Stier hob sein riesiges, blindes Haupt und schwenkte es langsam in Schmendricks Richtung. Mit dem Hellerwerden des Himmels schien er zu schrumpfen und zu verblassen, doch gloste er noch immer hellrot wie flüssige Lava. Der Zauberer fragte sich, was seine wirkliche Größe und Farbe sein mochten, wenn er allein war.

Noch einmal schnüffelte der Stier an der reglosen Gestalt, schüttelte sie mit seinem eisigen Atem, dann lief er in drei gewaltigen Sprüngen zum Wald hinüber und entschwand lautlos ihrer Sicht. Schmendrick sah ihn noch einmal, als er den Talrand erreichte: ein formloses, wirbelndes Dunkel, das rote, kreisende Dunkel, das man sieht, wenn man die Augen vor Schmerzen schließt. Die Hörner waren zu den beiden spitzesten Türmen von König Haggards verrücktem Schloß geworden.

Molly Grue hatte den Kopf des weißen Mädchens in ihren Schoß gebettet und flüsterte ununterbrochen: »Was hast du nur angerichtet!« Das Gesicht des Mädchens, schlafruhig und mit dem Anflug eines Lächelns, war das Schönste, was Schmendrick je gesehen hatte. Es schmerzte und wärmte ihn zur gleichen Zeit. Molly glättete das seltsame Haar; Schmendrick sah auf der Stirn des Mädchens, genau in der Mitte, ein kleines, erhabenes Mal, dunkler als die übrige Haut. Es war weder eine Narbe noch eine Beule. Es sah aus wie eine Blume.

»Was soll das heißen: ›Was hast du nur angerichtet‹?«, wollte er von der stöhnenden Molly wissen. »Es mit Magie vor dem Stier gerettet, das habe ich angerichtet! Mit Magie, Weib, mit meiner eigenen, wahrhaftigen Magie!« Er war außer sich vor Entzücken, wollte tanzen und zur gleichen Zeit stillestehn; es schüttelte ihn vor Begier, seine Freude hinauszuschreien, Reden zu halten, doch gab es nichts, was er hätte sagen wollen. Schließlich lachte er töricht, umarmte sich selbst, bis ihm die Luft ausging und seine Beine unter ihm nachgaben; dann streckte er sich an Mollys Seite aus.

»Gib mir deinen Mantel«, sagte Molly. Er strahlte sie an, blinzelte verständnislos. Sie zerrte den zerrissenen Mantel unsanft von seinen Schultern, wickelte ihn um das schlafende Mädchen, so gut das mit diesem Fetzen eben ging. Das Mädchen schimmerte hindurch wie die Sonne durch Blätter.

»Du wirst dich vielleicht fragen, wie ich ihm seine ursprüngliche Gestalt wiedergeben werde«, sagte Schmendrick versöhnlich. »Sorge dich nicht. Die Magie wird zu mir kommen, wenn ich sie brauche, soviel weiß ich jetzt. Eines Tages wird sie kommen, wenn ich sie rufe, aber so weit ist es noch nicht.« Stürmisch umschlang er Molly, schloß ihren Kopf in seine langen Arme. »Du hast recht gehabt!«, rief er. »Du hast recht gehabt! Sie ist da, und sie gehört mir!«

Molly machte sich von ihm frei, mit einer geröteten Wange und zwei gequetschten Ohren. Das Mädchen in ihrem Schoß seufzte, hörte auf zu lächeln und wandte sein Gesicht von der aufgehenden Sonne ab. Molly sagte: »Schmendrick, armer Schmendrick, du Magier, siehst du nicht ...«

»Was? Es gibt nichts zu sehen!« Doch seine Stimme klang unvermittelt hart und wachsam, ein Anflug von Furcht überzog seine grünen Augen. »Der Rote Stier jagte hinter einem Einhorn her, also mußte es etwas anderes werden. Du hast mich angefleht, es zu verwandeln. Was, zum Teufel, paßt dir jetzt nicht?«

Molly wackelte mit dem Kopf wie eine alte Frau. »Ich wußte nicht, daß du es in einen Menschen, in ein Mädchen verwandeln wolltest. Du hättest besser daran getan ...« Sie sah von ihm weg, streichelte mit einer Hand weiterhin des weißen Mädchens Haar.

»Der Zauber hat die Form gewählt, nicht ich«, erwiderte Schmendrick. »Ein Scharlatan mag diesen oder jenen Trug wählen, ein Magier aber ist ein Träger, ein Maultier, das seinen Herrn hinträgt, wohin dieser will. Der Magier ruft, die Magie entscheidet. Wenn sie ein Einhorn in einen Menschen verwandelt, dann gibt es keine andere Möglichkeit.« Sein Gesicht glühte wie im Fieber, wodurch er noch jünger aussah. »Ich bin ein Träger«, sang er, »ich bin ein Gefäß, ich bin ein Bote ...«

»Du bist ein Idiot!« fauchte Molly. »Hörst du mich? Du bist zwar ein Zauberer, aber ein dummer Zauberer.« Das Mädchen erwachte, seine Hände öffneten und schlossen sich, seine Augenlider bebten wie die Brust eines Vogels. Als Molly und Schmendrick das Mädchen anblickten, tat es einen sachten Seufzer und öffnete die Augen.

Sie standen weiter auseinander als gewöhnlich, saßen etwas tiefer und waren dunkel wie das tiefe Meer und erleuchtet wie das Meer von seltsamen glimmernden Wesen, die niemals an die Oberfläche kommen. ›Das Einhorn hätte in eine Eidechse verwandelt werden können‹, dachte Molly, ›in einen Hai, eine Schnecke, eine Gans, seine Augen hätten die Verwandlung immer verraten. Jedenfalls mir, ich würde es immer wissen.‹

Das Mädchen lag reglos da, seine Augen fanden sich in den Augen Mollys und Schmendricks. In einer einzigen Bewegung sprang es auf, der schwarze Mantel fiel über Mollys Schoß. Einen Augenblick lang drehte es sich im Kreis, starrte seine Hände an, die es hoch und hilflos vor der Brust hielt. Es hüpfte und torkelte wie ein Affe, der ein Kunststück vorführt, sein Gesicht trug den törichten, verwirrten Ausdruck, den das Opfer eines Spaßmachers trägt. Und doch war es einer unschönen Bewegung gar nicht fähig. Sein stummes Entsetzen war lieblicher als irgendeine Freude, die Molly je gesehen hatte, und das war das Schlimmste von allem.

»Maultier!« fauchte sie, »Bote!«

»Ich kann es zurückverwandeln«, erwiderte heiser der Zauberer. »Du brauchst dir keine Sorgen zu machen, ich kann sie schon zurückverwandeln.«

Das weiße Mädchen humpelte auf seinen starken jungen Beinen hin und her, schimmerte in der Sonne. Plötzlich strauchelte es und fiel, tat einen bösen Fall, denn es wußte nicht, wie man sich mit den Händen abfängt. Molly eilte zu ihm hin, doch das Mädchen kauerte am Boden und starrte sie an. »Was habt ihr mit mir gemacht?« hauchte es. Molly Grue fing an zu weinen.

Schmendrick kam heran, sein Gesicht war kalt und feucht, doch seine Stimme klang gelassen. »Ich habe dich in einen Menschen verwandelt, um dich vor dem Roten Stier zu retten. Es gab keine andere Möglichkeit. Sobald ich kann, werde ich dir deine ursprüngliche Gestalt wiedergeben.«

»Der Rote Stier«, wisperte das Mädchen. »Oh!« Es zitterte wie Espenlaub, zitterte, als zerrte und rüttelte etwas von innen her an seiner Haut. »Er war zu stark, viel zu stark. Ohne Anfang und Ende war seine Stärke. Er ist älter als ich.«

Seine Augen weiteten sich, und Molly kam es so vor, als bewege sich der Stier in ihnen, durchschwämme ihre Tiefe wie ein feuriger Fisch und verschwände. Das Mädchen betastete ängstlich sein Gesicht, schrak zurück, als es seine eigenen Züge fühlte. Seine Finger berührten das Mal auf seiner Stirn, da schloß es die Augen und stieß einen schrillen, durchbohrenden Schrei aus.

»Was habt ihr mit mir gemacht!« rief es. »Ich will sterben!« Es riß und zerrte an seinem glatten Körper, Blut folgte seinen Fingern. »Ich will sterben, nichts als sterben!« Doch auf seinem Antlitz war nichts von der Furcht zu sehen, die seine Stimme verzerrte, die sich an seinen Händen und Füßen zeigte und in dem weißen Haar, das über den neuen Körper fiel. Sein Antlitz blieb ruhig und ungetrübt.

Molly beugte sich über es, so dicht, wie sie es sich nur traute, flehte das Mädchen an, sich kein Leid anzutun. Doch Schmendrick sagte: »Sei still!« Und die beiden Worte knackten wie dürre Zweige. »Der Zauber wußte, was er tat. Sei still und höre!«

»Warum hast du den Stier nicht mich töten lassen?« stöhnte das weiße Mädchen. »Warum hast du mich nicht der Harpyie überlassen? Das wäre barmherziger gewesen, als mich in diesen Käfig zu sperren.« Der Zauberer zuckte zusammen, denn er erinnerte sich an Mollys Beschuldigung; doch dann sprach er mit einer verzweifelten Ruhe: »Erstens einmal ist es eine sehr anziehende Gestalt; unter den Menschen wird es wohl kaum eine schönere geben!«

Das Mädchen sah an sich hinab, seitwärts auf die Schultern, die Arme entlang, an dem zerkratzten und wunden Körper hinunter, stand auf einem Bein, um die Sohle des anderen zu beäugen, verdrehte die Augen, um die silbrigen Brauen zu sehen, schielte die Wangen hinab, um einen Schatten seiner Nase zu erhaschen, betrachtete die seegrünen Adern an den Innenseiten der Handgelenke, Adern, so fröhlich wie junge Ottern. Endlich wandte es sein Gesicht dem Zauberer zu, dem wieder der Atem stockte. ›Ich habe gezaubert‹, dachte er, doch dann bohrte sich Leid in seine Kehle, wie ein jäher Angelhaken.

»Gut«, sagte er, »dir mag es gleichgültig sein, daß ich dich nicht in ein Nashorn verwandelt habe — Nashörner sind es im übrigen gewesen, die diese unsinnige Mythe verursacht haben —, doch in dieser Erscheinung hast du wenigstens eine gewisse Aussicht, zu König Haggard zu gelangen und herauszufinden, was aus deinen Gefährten geworden ist. Als Einhorn wäre dir ihr Schicksal widerfahren — es sei denn, du könntest den Roten Stier besiegen, wenn du ihm das nächste Mal gegenüberstehst.«

Das weiße Mädchen schüttelte den Kopf. »Nein, das kann ich nicht. Das nächste Mal könnte ich nicht einmal so lange Widerstand leisten.« Die Stimme klang so weich, als wären ihre Knochen gebrochen. »Meine Gefährten sind nicht mehr, und bald werde ich ihnen folgen — in welche Gestalt auch immer du mich sperrst. Doch hätte ich jede andere Form lieber zu meinem Gefängnis gewählt. Ein Nashorn ist so häßlich wie ein Mensch, und es ist auch sterblich, aber wenigstens denkt es niemals, es sei schön.«

»Nein, das tut es nie«, stimmte der Zauberer zu. »Deshalb bleibt es auch immer und ewig ein Nashorn und wird nicht einmal an Haggards Hof willkommen sein. Doch ein junges Mädchen, eines, dem es nie und nimmer etwas ausmachte, ein Nashorn zu sein, solch ein Mädchen könnte — während der König und dessen Sohn sein Geheimnis zu ergründen versuchen — sein eigenes Rätsel lösen. Nashörner sind nicht wißbegierig, doch junge Mädchen sind es.«

Der Himmel war heiß und erstarrt, die Sonne schon zu einem löwenfarbenen Fleck geronnen. Auf der Ebene von Hagsgate rührte sich nichts als der modrige, trockene Wind. Das nackte Mädchen mit dem Blumenmal auf seiner Stirn sah schweigend den grünäugigen Mann an, und die Frau beobachtete sie beide. In dem fahlroten Morgenlicht schien König Haggards Schloß weder bedrohlich noch verhext, sondern schlecht angelegt, vernachlässigt und verkommen. Die zackigen Zinnen sahen nicht im geringsten wie die Hörner eines Stieres aus, eher wie ein Zipfel einer Narrenkappe. ›Oder wie die Spitzen eines Dilemmas‹, dachte Schmendrick, ›die haben auch immer mehr als zwei.‹

Das weiße Mädchen sagte: »Ich bin immer noch ich selbst. Dieser Körper stirbt, ich spüre, wie er rings um mich herum zerfällt. Wie kann irgendetwas Sterbliches schön sein, wie kann es Wirklichkeit haben?« Molly Grue legte den Mantel des Zauberers wieder um die Schultern des Mädchens, nicht aus Schamgefühl oder Schicklichkeit, sondern aus einem merkwürdigen Erbarmen heraus, so als wolle sie es davor bewahren, seinen Körper sehen zu müssen.

»Ich erzähl' dir eine Geschichte«, sagte Schmendrick. »Als Junge war ich Lehrling bei dem mächtigsten aller Magier, dem großen Nikos, den ich schon früher erwähnt habe. Aber selbst Nikos, der Katzen in Kühe, Schneeflocken in Schneeglöckchen und Einhörner in Menschen verwandeln konnte, vermochte nicht, aus mir auch nur einen Jahrmarktskartenkünstler zu machen. Zu guter Letzt sprach er zu mir: ›Mein Sohn, deine Untauglichkeit ist so ungeheuer, deine Talentlosigkeit so tief, daß dir größere Mächte innewohnen müssen, als ich sie je gekannt habe. Leider scheinen diese Kräfte im Augenblick verkehrt zu wirken, und selbst ich weiß keinen Weg, das in Ordnung zu bringen. Du mußt dazu ausersehen sein, deinen eigenen Weg zu finden und dir deiner Macht erst zu einer vorbestimmten Zeit bewußt zu werden. Es mag sehr lange dauern, bis du das erlebst, und deshalb verleihe ich dir die Gabe, vom heutigen Tage an nicht zu altern; du wirst die Welt durchwandern, unwirksam in alle Ewigkeit, bis du endlich dich selber findest und weißt, was du bist. Danke mir nicht, ich erzittere vor deinem Geschick‹ «

Das weiße Mädchen sah ihn aus den klaren, amarantenen Augen des Einhorns an, die in dem neuen Gesicht sanft und erschreckend wirkten, doch es sagte nichts. Molly Grue jedoch fragte: »Und wenn du deine Magie einmal gefunden hast, was dann?«

»Dann ist der Bann gebrochen, und ich werde zu sterben beginnen, so wie ich es bei meiner Geburt getan habe. Auch der größte Magier wird alt, wie alle anderen Menschen, und stirbt.« Er schwankte und nickte, gab sich einen Ruck, um wachzubleiben — ein großer, hagerer, abgerissener Mann, der nach Schweiß und Schnaps roch. »Ich habe dir gesagt, daß ich älter bin, als ich aussehe«, fuhr er fort. »Ich ward als Sterblicher geboren, bin eine unsinnig lange Zeit unsterblich gewesen und werde eines Tages wieder sterblich sein. Deshalb weiß ich etwas, was ein Einhorn nicht wissen kann: Alles Sterbliche ist schön! Schöner als ein Einhorn, das ewig lebt und das schönste Wesen auf der ganzen Welt ist. Verstehst du mich?«

»Nein«, sagte das Mädchen.

Der Zauberer lächelte erschöpft. »Du wirst es schon noch verstehen. Du bist jetzt zusammen mit uns in dieser Geschichte und mußt ihr folgen, ob du willst oder nicht. Wenn du deine Gefährten finden willst, wenn du wieder ein Einhorn werden möchtest, dann mußt du dem Märchen zu König Haggards Schloß folgen, mußt ihm folgen, wohin auch immer es dich führt. Ohne eine Prinzessin kann diese Geschichte nicht enden.«

Das weiße Mädchen erwiderte: »Ich werde nicht gehen.« Es trat ein wenig zur Seite, sein Körper sah matt und müde aus, das Haar hing stumpf herab. »Ich bin keine Prinzessin, bin keine Sterbliche, und ich werde nicht gehen. Seit ich meinen Wald verlassen habe, ist mir nur Böses widerfahren, und nichts als Böses kann den anderen Einhörnern in diesem Lande widerfahren sein. Gib mir meine alte Gestalt zurück, dann werde ich zu meinen Bäumen zurückkehren, zu meinem Teich, in meine Heimat. Deine Geschichte hat über mich keine Gewalt, denn ich bin ein Einhorn. Ich bin das letzte Einhorn.«

Hatte es das nicht schon einmal gesagt, vor langer Zeit, in der blaugrünen Stille seines Waldes? Schmendrick lächelte immer noch, doch Molly Grue sagte: »Gib ihm seine alte Gestalt zurück. Du hast gesagt, du könntest es. Laß es nach Hause gehen!«

»Das steht nicht in meiner Macht«, erwiderte er. »Ich habe dir gesagt, daß der Zauber nicht unter meinem Befehl steht, noch nicht. Deshalb muß auch ich weiterziehen zum Schloß, ins Glück oder Unglück, das mich dort erwartet. Versuchte ich, die Verwandlung jetzt rückgängig zu machen, könnte ich es wirklich in ein Nashorn verwandeln. Das wäre noch das Beste, was aber das Schlimmste anbetrifft . . .«, er schauderte und verstummte.

Das Mädchen schaute zu dem Schloß hinüber, das über das Tal emporragte. Hinter keinem der fernen Fenster, auf keinem der torkelnden Türme nahm sie eine Bewegung wahr. Auch vom Roten Stier war nichts zu sehen, doch spürte es dessen Anwesenheit, spürte, daß er an den Wurzeln des Schlosses lag und auf die Nacht lauerte. Das Mädchen berührte zum zweiten Mal die Stelle auf seiner Stirn.

Als es sich umwandte, waren der Mann und die Frau eingeschlafen, wo sie gerade saßen: ihre Köpfe auf Luft gebettet, ihre Münder offenhängend. Es stand bei ihnen und sah ihrem Atmen zu, hielt mit der einen Hand den schwarzen Mantel um den Hals geschlossen. Sehr schwach trieb zum ersten Mal der Geruch des Meeres zu ihm herüber.

Die Wächter erspähten sie kurz vor Sonnenuntergang, als das Meer bewegungslos und blendend dalag. Sie patrouillierten auf dem zweitgrößten der vielen Türme, die krumm und schief dem Schloß entsproßten und es aussehen ließen wie einen Baum, dessen Wurzeln in die Luft wachsen. Die beiden Männer konnten von hier oben das gesamte Tal von Hagsgate überblicken: die Stadt und die kahlen Hügel dahinter, bis hin zur Straße, die vom Talrand her zu dem mächtigen, doch verfallenden Schloßtor führte.

»Ein Mann und zwei Frauen«, meldete der eine Wächter. Er lief hinüber auf die andere Seite des Turmes — eine schwindelerregende Bewegung, denn der Turm neigte sich so stark, daß der halbe Horizont des Postens aus Meer bestand. Das Schloß saß an der Kante eines Kliffs, das steil und glatt wie eine Messerschneide abfiel; drunten lag ein schmaler, blasser Strand mit eingesprengten grünen und schwarzen Felsen. Bauschige Vögel hockten auf diesen Felsen, kreischten »sagteso, sagteso«.

Der andere Wächter folgte seinem Kameraden mit gemächlichem Schritt. Er sagte: »Ein Mann und eine Frau. Die Gestalt in dem Mantel, ich bin mir ihrer nicht sicher.« Beide Wächter trugen selbstgemachte Kettenhemden: eiserne Ringe, Flaschenverschlüsse und Kettenglieder auf halbgegerbte Häute genäht; ihre Gesichter waren hinter rostigen Visieren verborgen. Die Stimme des zweiten Postens und seine Haltung kennzeichneten ihn als den Älteren. »Die in dem schwarzen Mantel«, wiederholte er, »sei dir ihrer nicht zu schnell zu sicher.«

Sein Kamerad beugte sich weit hinaus in den orangenen Glanz des kopfstehenden Meeres, wobei er sich an der Brustwehr einige Bolzen von seiner armseligen Rüstung riß. »Es ist eine Frau!« rief er. »Ich würde eher mein eigenes Geschlecht bezweifeln als das ihre!«

»Daran tätest du gut«, versetzte der andere höhnisch, »denn außer im Herrensitz zu reiten, tust du nichts, was einem Manne ziemt. Ich sage dir nochmal: nenne diese dritte Gestalt nicht vorschnell Mann oder Frau. Warte, wart' ab, was du siehst.«

Der erste Wächter erwiderte, ohne sich umzudrehen: »Wäre ich aufgewachsen, ohne je zu träumen, daß es auf dieser Erde zwei voneinander getrennte Geheimnisse gibt, hätte ich jede Frau, die ich je getroffen, als meinesgleichen betrachtet — dennoch wüßte ich, daß dieses Wesen sich von allen unterscheidet, die ich bisher gesehn! Es hat mich immer gegrämt, daß ich dir mißfiel, aber jetzt, wo ich sie sehe, grämt es mich, daß ich mir immer selbst mißfallen habe. O, wie grämt mich das!«

Er beugte sich noch weiter über die Brüstung, starrte sich die Augen aus dem Kopf, um die drei langsam nahenden Gestalten besser zu sehen. Ein Lachen rasselte hinter seinem Visier. »Die andere Frau sieht lahm und übellaunig aus«, berichtete er. »Der Mann scheint ein umgänglicher Kerl zu sein, obschon er ganz offensichtlich zum fahrenden Volk gehört. Ein Spielmann, will mir scheinen, oder ein Spieler.« Er schwieg geraume Zeit, beobachtete die drei Herankommenden.

»Und die dritte?« erkundigte sich der Ältere. »Deine Königin der Nacht mit dem bemerkenswerten Haar? Bist du ihrer in dieser Viertelstunde schon überdrüssig geworden? Hast du schon tiefer in sie geblickt, als Liebe es wagt?« Seine Stimme klang in dem Helm scharrend wie kleine, klauenbewehrte Füße.

»Ich glaube«, erwiderte der Jüngere, »ich könnte sie nie aus der Nähe betrachten, wie nah sie mir auch käme.« Seine Stimme klang gedämpft und voller Bedauern, hallte wider von vertanen Möglichkeiten. »Der Glanz des Neuen liegt auf ihr. Alles ist wie zum ersten Mal, sieh nur, wie sie sich bewegt, wie anmutig sie geht, wie sie den Kopf wendet, alles geschieht zum ersten Mal, das erste Mal, daß überhaupt jemand diese Dinge tut. Und wie sie Atem schöpft und ihn wieder ausströmen läßt, als wüßte niemand anderes auf der ganzen Welt, wie gut Luft schmeckt. Alles ist für sie da. Fände ich heraus, daß sie erst heute morgen zur Welt gekommen ist, dann würde mich nur wundern, daß sie schon so alt ist.«

Der andere Posten starrte auf die drei Wanderer hinab. Der große Mann erblickte ihn zuerst, danach die griesgrämige Frau. In ihren Augen spiegelte sich nur seine Rüstung, grimmig, verrostet und leer. Doch dann hob das Mädchen in dem zerfetzten schwarzen Mantel den Kopf, und er trat von der Brüstung zurück, schützte sich vor dem Glanz und der Helle mit seinem erhobenen Blechhandschuh. Einen Moment später verschwand es zusammen mit seinen Begleitern im Schatten des Schlosses; er senkte seine Hand.

»Ich denke, sie ist wahnsinnig«, sagte er gelassen, »kein ausgewachsenes Mädchen sieht so aus, es sei denn, sie ist verrückt. Das wäre zwar lästig, der einzigen anderen Möglichkeit aber bei weitem vorzuziehen.«

»Und die wäre?« fragte der jüngere Mann nach einiger Zeit.

»Die wäre, daß dieses Mädchen tatsächlich heute morgen geboren wurde. Wahnsinnig wäre mir lieber. Laß uns hinuntergehen.«

Als der Mann und die beiden Frauen das Schloß erreichten, standen die zwei Schildwachen zu beiden Seiten des Tores, ihre stumpfen, verbeulten Hellebarden gekreuzt, ihre Pallasche von der Gürtelmitte hangend. Die Sonne war untergegangen, und je mehr das Meer verblaßte, desto bedrohlicher wurden ihre grotesken Rüstungen. Die Wanderer zögerten, sahen einander an. Sie hatten keine Festung im Rücken, und ihre Augen waren nicht verborgen.

»Eure Namen!« tönte die ausgedörrte Stimme der älteren Wache.

Der große Mann trat einen Schritt vor. »Ich bin Schmendrick der Zauberer«, sagte er, »dies ist Molly Grue, meine Assistentin, und das ist die Lady Amalthea.« Er stolperte über den Namen des weißen Mädchens, so als ob er ihn noch nie zuvor ausgesprochen hätte. »Wir ersuchen Audienz bei König Haggard«, fuhr er fort. »Wir haben eine lange Reise auf uns genommen, um ihn zu sprechen.«

Der ältere Posten wartete, daß der andere etwas sage, doch dieser hatte nur Augen für die Lady Amalthea. Ungeduldig fragte er: »Was ist euer Begehr?«

»Das werde ich dem König selbst kundtun«, antwortete der Zauberer. »Was für eine königliche Angelegenheit wäre das wohl, die ich Türhütern und Trägern anvertrauen könnte? Führt uns zum König!«

»Was für eine königliche Angelegenheit könnte wohl ein fahrender Zauberer mit einer vorlauten Zunge mit König Haggard zu besprechen haben?«, fragte düster der Wächter. Doch dann machte er kehrt und schritt durchs Schloßtor, und die Besucher des Königs folgten ihm. Als letzter kam der jüngere Wächter, dessen Schritte so behutsam wie die der Lady Amalthea geworden waren; unbewußt ahmte er jede ihrer Bewegungen nach. Vor dem Tor zögerte sie einen Augenblick, sah aufs Meer hinaus. Die Schildwache tat das gleiche.

Sein vorangehender Kamerad rief ihn ärgerlich, doch der jüngere Wächter befand sich in einem anderen Dienst, stand einem neuen Herrn Rede und Antwort für seine Versäumnisse. Er ging erst durchs Tor, als es der Lady Amalthea beliebt hatte, hindurchzugehen. Verträumt sang er vor sich hin:

Was ist das nur, was mir geschieht?
Was ist das nur, was mir geschieht?
Ich weiß nicht, soll ich mich fürchten, soll ich mich freuen?
Was ist das nur, was mir geschieht?

Sie durchschritten den gepflasterten Schloßhof, suchten zwischen aufgehängter Wäsche, die kalt ihre Gesichter streifte, einen Weg. Durch eine kleine Tür gelangten sie in eine Halle, die so groß war, daß in der Dämmerung weder Wände noch Decke erkennbar waren. Mächtige Steinsäulen sprangen die sich mühsam Vorwärtstastenden an, zogen sich wieder zurück, ohne auch nur für einen Augenblick deutlich zu werden. In dem riesigen Raum hallte sogar der Atem wider. Das Trippeln anderer, kleinerer Wesen klang genau so laut und deutlich wie die eigenen Schritte. Molly Grue hielt sich dicht an Schmendrick.

Nach dieser großen Halle kamen sie durch eine weitere Tür an eine enge Treppe. Je höher sie stiegen, desto enger und enger wand und krümmte sich diese Treppe, bis es schien, als drehte sich jeder Schritt um sich selbst. Es war stockdunkel. Der Turm schloß sich wie eine schweißige Faust um sie; das Dunkel glotzte sie an, betastete sie, roch nach Regen und Hunden.

In der Tiefe erscholl ein dumpfes Grollen. Der Turm erzitterte wie ein auf Grund laufendes Schiff, antwortete mit einem ächzenden Wehklagen seiner Steine. Die drei Wanderer schrieen auf, bewahrten auf der wackelnden Wendeltreppe mühsam das Gleichgewicht, doch ihr Führer eilte wortlos weiter. Der jüngere Mann flüsterte der Lady Amalthea zu: »Hab keine Angst, das ist nur der Stier!« Das Grollen wiederholte sich nicht.

Der Wächter an der Spitze blieb unvermittelt stehen, holte von einer unsichtbaren Stelle einen Schlüssel und steckte ihn scheinbar willkürlich in die glatte Wand. Ein Teil der Wand schwang nach innen, und die kleine Prozession marschierte in eine enge, niedrige Kammer. Die Kammer enthielt ein Fenster und einen Stuhl, der vor der gegenüberliegenden Wand stand. Es gab weder Möbel noch Teppiche, keine Vorhänge und keine Wandbehänge. In dem Raum befanden sich fünf Menschen, ein großer Stuhl und das mehlige Licht des heraufziehenden Neumondes.

»König Haggards Thronsaal«, sagte der Wächter.

Der Zauberer packte ihn beim gepanzerten Ellenbogen, drehte ihn um, bis sie einander von Angesicht zu Angesicht gegenüberstanden. »Das ist eine Zelle, ein Grabgewölbe. Kein lebender König sitzt hier auf seinem Thron. Führ' uns zu Haggard, wenn er noch am Leben ist!«

»Das mußt du selber beurteilen«, erwiderte die scharrige Stimme der Wache. Er band seinen Helm los, hob ihn von seinem grauen Haupte. »Ich bin König Haggard.«

Seine Augen hatten dieselbe Farbe wie die Hörner des Roten Stieres. Er war größer als Schmendrick, und obgleich sein Gesicht gefurcht und gerunzelt war, lag weder Freundlichkeit noch Milde darin. Es war der Kopf eines Hechtes, lange, gerade Kinnladen, harte Wangen, ein sehniger, kraftstrotzender Nacken. Er mochte siebzig Jahre alt sein, achtzig oder noch älter.

Der andere Wächter trat hinzu, seinen Helm unterm Arm. Molly Grue schnappte nach Luft, als sie sein Gesicht sah: es war das freundliche, zerknitterte Gesicht des jungen Prinzen, der ein Journal gelesen hatte, während seine Prinzessin versuchte, ein Einhorn herbeizulocken. König Haggard sagte: »Das ist Lír.«

»Tag!« sagte Lír. »Herzlich willkommen.« Sein Lächeln umschwänzelte ihre Füße wie ein verspielter junger Hund, doch seine Augen — ein tiefes, beschattetes Blau hinter struppigen Wimpern — ruhten gelassen auf der Lady Amalthea. Sie blickte zurück, schweigend wie ein Edelstein, sah ihn so wenig, wie Menschen Einhörner sehen. Der Prinz jedoch fühlte eine sonderbare, glückliche Gewißheit, daß sie ihn von Kopf bis Fuß betrachtet hatte, bis in Schächte hinein, von deren Vorhandensein er bisher nichts geahnt und in denen jetzt ihr Blick klingend und singend hallte. Wunderbare Verheißungen erwachten irgendwo südwestlich seiner zwölften Rippe, und während er die Lady Amalthea widerspiegelte, begann er selbst zu leuchten.

»Was ist euer Begehr?«

Schmendrick räusperte und verbeugte sich vor dem blaßäugigen Mann. »Wir möchten in deine Dienste treten. Weit und breit hat der berühmte Hof des Königs Haggard . . .«

»Ich brauche keine Diener.« Der König wandte sich ab, Gesicht und Körper erschlafft vor Gleichgültigkeit. Doch spürte Schmendrick, daß unter dieser steinfarbenen Haut und an den Wurzeln des grauen Haares Neugier lauerte. Vorsichtig sagte er: »Du hast doch sicherlich ein Gefolge, einen Hofstaat. Einfachheit ist der reichste Schmuck eines Königs, das gesteh' ich dir gern zu, aber für einen König wie Haggard . . .«

»Mein Interesse an dir schwindet«, unterbrach ihn die scharrende Stimme, »und das ist sehr gefährlich. In einer Sekunde habe ich dich gänzlich vergessen und werde mich nie mehr erinnern können, was ich mit dir gemacht habe. Was ich vergesse, hört nicht nur auf zu existieren, das hat es nie gegeben!« Bei diesen Worten richtete er, genau wie sein Sohn, die Augen auf die Lady Amalthea.

»Mein Hof, wie du ihn zu nennen beliebst, besteht aus vier Soldaten. Ich käme gern ohne sie aus, wenn das ginge, denn sie kosten mehr, als sie wert sind, wie alles andere auch. Sie wechseln sich ab als Wächter und Köche, und aus der Ferne sehen sie aus wie eine Armee. Was für andere Bedienstete sollte ich brauchen?«

»Aber die höfischen Vergnügungen!« rief der Zauberer, »Musik, Konversation, Damen und Springbrunnen, Jagden und Maskenfeste, die Hofbälle!«

»Sie bedeuten mir nichts«, sagte König Haggard. »Ich habe sie alle mitgemacht, und sie haben mich nicht glücklich gemacht. Ich dulde nichts in meiner Nähe, was mich nicht glücklich macht.«

Die Lady Amalthea ging lautlos an ihm vorüber zum Fenster und blickte hinaus auf das nächtliche Meer.

Schmendrick fand allmählich die Sprache wieder. »Ich verstehe dich vollkommen! Wie fad und flau, wie närrisch und nutzlos sind die Vergnügungen dieser Welt für dich! Du bist der Wonnen überdrüssig, bist übersättigt von Sensationen, gelangweilt von diesem Schnickschnack. Ein wahrhaft königliches Leiden! Und deshalb wünscht sich niemand mehr die Dienste eines Zauberers als ein König, denn nur ein Zauberer sieht die Welt als etwas immerfort Fließendes, unendlich Veränderliches, ewig Neues. Nur er kennt das Geheimnis von Wechsel und Wandel, nur er weiß wirklich, daß alle Dinge geduckt darauf lauern, etwas anderes zu werden. Und aus dieser universalen Spannung bezieht er seine Kraft. Für einen Zauberer ist März Mai, ist Schnee grün und Gras grau, dies ist das, oder was immer ihm beliebt. Leg dir noch heute einen Zauberer zu!«

Er beendete seine Ansprache auf einem Knie und mit ausgebreiteten Armen. König Haggard murmelte nervös: »Steh auf, steh auf, du bereitest mir Kopfschmerzen. Im übrigen habe ich schon einen Hofzauberer.«

Mühsam erhob sich Schmendrick, sein Gesicht war rot und sehr enttäuscht. »Davon hast du kein Wort gesagt. Wie heißt er denn?«

»Sein Name ist Mabruk«, erwiderte König Haggard. »Ich spreche nicht oft von ihm. Selbst meine Soldaten wissen nicht, daß er im Schloß lebt. Mabruk ist all das, was nach deinen Worten ein Zauberer sein soll, und darüber hinaus noch so viel mehr, daß ich zweifle, ob du solche Dinge auch nur träumen kannst. In seiner Zunft ist er bekannt als ›Der Zauberer der Zauberer‹. Ich kann beim besten Willen keinen Grund sehen, weshalb ich ihn durch einen namenlosen, lächerlichen fahrenden Zauberer ersetzen sollte.«

»Aber ich kann es!« fiel ihm Schmendrick verzweifelt ins Wort. »Ich kann mir einen Grund denken, den du selbst vor weniger als einer Minute genannt hast! Dieser wundervolle Mabruk macht dich nicht glücklich!«

Auf das grimmige Gesicht des Königs sank ein Schatten, ein Schatten aus Enttäuschung und Verrat. Einen Atemzug lang sah er wie ein verwirrter junger Mann aus. »Aber ja, das ist wahr«, murmelte er, »Mabruks Magie hat mich seit langem nicht mehr erheitert. Wie lange mag es wohl her sein?« Er klatschte laut in die Hände und rief: »Mabruk! Mabruk! Erscheine, Mabruk!«

»Ich bin hier«, sprach eine tiefe Stimme in einem Winkel des Raumes. Ein alter Mann in einem dunklen, glitzernden Gewand und mit einem spitzen, gleißenden Hut stand dort, und niemand hätte mit Sicherheit zu sagen vermocht, ob er nicht seit der Ankunft des Königs und seiner Besucher so dagestanden hatte. Bart und Brauen waren weiß, die Gesichtszüge mild und weise, die Augen aber hart wie Hagelschloßen. »Was wünscht Eure Majestät von mir?«

»Mabruk, dieser Herr hier ist von deiner Zunft. Sein Name ist Schmendrick.«

Des alten Zauberers eisige Augen weiteten sich ein wenig, als er den abgerissenen Mann musterte. »Wirklich und wahrhaftig!« rief er in scheinbarer Freude aus. »Schmendrick, mein lieber Junge, wie schön, dich hier zu sehen! Du wirst dich nicht an mich erinnern können, aber ich war ein lieber, guter Freund deines Lehrmeisters, des guten alten Nikos. Er setzte auf dich solche Hoffnungen, der arme Mann! Ist das aber eine Überraschung! Bist du wirklich immer noch im Gewerbe? Meine Güte, bist du ein hartnäckiger Bursche! Ich sage ja immer, Ausdauer macht neun Zehntel jeder Kunst — natürlich ist es nicht gerade sehr viel, neun Zehntel eines Künstlers zu sein. Was dich wohl hierher führen mag?«

»Er ist gekommen, um deinen Platz einzunehmen.« König Haggards Stimme klang ausdruckslos und endgültig. »Er ist mein neuer Hofzauberer.«

Schmendricks verwundertes Auffahren entging dem alten Mabruk nicht, obwohl er von der Entscheidung des Königs wenig überrascht zu sein schien. Eine Sekunde lang erwog er offensichtlich den Wert eines Wutausbruchs, doch dann schlug er einen Ton herzlicher Belustigung an. »Der Wunsch Eurer Majestät ist mir Befehl, jetzt und immerdar«, schnurrte er. »Doch vielleicht ist Eure Majestät daran interessiert, ein wenig über die Vergangenheit seines neuen Hofzauberers zu erfahren. Ich bin sicher, daß der gute Schmendrick nichts dagegen hat, wenn ich erwähne, daß er in unserer Zunft schon so etwas wie eine Legende geworden ist. Unter den Adepten ist er bekannt als ›Nikos' Narr‹. Seine entzückende und vollkommene Unfähigkeit, selbst die einfachsten Zauberzeichen zu beherrschen, seine schöpferische Art, mit der kinderleichtesten Formel umzugehen, ganz zu schweigen von ...«

König Haggard machte eine knappe Handbewegung, Mabruk verstummte augenblicklich, Prinz Lír kicherte. Der König sagte: »Von seiner Unfähigkeit brauche ich nicht überzeugt zu werden. Ein einziger Blick verrät sie mir, so wie mir ein einziger Blick sagt, daß du einer der großen Magier dieser Welt bist.« Mabruk blähte sich, strich seinen prächtigen Bart und zog die gütigen Brauen hoch.

»Aber das bedeutet mir nichts«, fuhr der König fort. »In der Vergangenheit hast du jedes Wunder vollbracht, das ich von dir verlangte — doch hast du damit nur erreicht, daß ich den Geschmack an Wundern verloren habe. Für deine Kräfte ist keine Aufgabe zu groß — doch wenn das Wunder vollbracht, hat sich nichts geändert. Ich denke, große Macht kann mir nicht geben, was immer ich mir wirklich wünsche. Ein Meistermagier hat mich nicht glücklich gemacht, ich will sehen, was ein unfähiger zustande bringt. Du kannst gehen, Mabruk.« Er entließ den alten Zauberer mit einem Kopfnicken.

Mabruks Maske der Freundlichkeit schwand wie ein Funke, der auf Schnee fällt, und mit demselben Geräusch. Sein ganzes Gesicht ward wie seine Augen. »So leicht jagt man mich nicht davon«, sagte er sanft, »nicht aus einer Laune heraus, und sei es eines Königs Laune, und nicht um eines Narren willen. Hüte dich, Haggard! Mabruk ärgert man nicht ungestraft!«

Ein Wind erhob sich in der dunklen Kammer. Er kam von allen Seiten, drang durchs Fenster, durch die halbgeöffnete Tür, doch sein Ursprung war die gekrümmte Gestalt des Hexenmeisters. Kalt und widerlich war dieser Wind, ein feuchter, zischender Sumpfwind, der hierhin und dorthin sprang, wie ein spielerisches Tier, das plötzlich die Hinfälligkeit der Menschen entdeckt. Molly Grue suchte Schutz bei Schmendrick, dem es sichtbar unbehaglich zumute war. Prinz Lír bewegte sein Schwert in der Scheide auf und ab.

Sogar König Haggard wich vor dem triumphierenden Grinsen des alten Mabruks einen Schritt zurück. Die Wände des Raumes schienen zu tauen und zu zerlaufen, das sternenbesetzte Gewand des Hexenmeisters weitete sich zur unendlichen, heulenden Nacht. Mabruk sprach kein Wort, doch der Wind begann ein böses, grunzendes Heulen, als er an Stärke zunahm. Im nächsten Augenblick mußte er sichtbar werden, mit einem Donnerschlag Gestalt annehmen. Schmendrick öffnete den Mund, doch wenn er einen Gegenzauber versuchte, so blieb dieser unhörbar und ohne Wirkung.

In dem Dunkel sah Molly Grue, wie die Lady Amalthea in der Ferne am Fenster sich wandte und eine Hand ausstreckte, an welcher Ring- und Mittelfinger von gleicher Länge waren. Das Mal auf ihrer Stirn leuchtete wie eine Blume.

Der Wind verschwand, als ob er nie geweht, die steinernen Wände umgaben sie wieder, und nach Mabruks Nacht wirkte die düstre Kammer jetzt mittäglich heiter. Der Zauberer kroch beinahe am Boden, starrte die Lady Amalthea an. Sein weises, gütiges Gesicht sah aus wie das Gesicht eines Ertrunkenen, sein Bart fiel schütter vom Kinn wie abgestandenes Wasser. Prinz Lír nahm ihn beim Arm.

»Komm, Großväterchen«, sagte er nicht unfreundlich, »da hinaus, so. Ich werde dir einen Empfehlungsbrief schreiben.«

»Ich gehe«, rief Mabruk, »nicht aus Furcht vor dir, du Klumpen alten Teiges, noch aus Angst vor deinem undankbaren, verrückten Vater, und schon gar nicht eures neuen Zauberers wegen, viel Glück wünsch' ich euch mit dem.« Seine Augen begegneten den wölfischen Augen des Königs, und er lachte meckernd.

»Haggard, um nichts in der Welt möcht' ich an deiner Stelle sein!« sagte er. »Du hast dein Verderben zur Vordertür hereingelassen, doch ich bin sicher, daß es auf einem anderen Wege gehen wird. Ich würde mich genauer ausdrücken, doch steh' ich nicht mehr in deinen Diensten. Das ist jammerschade, denn eine Zeit wird kommen, wo nur ein Meister dich wird retten können — und in jener Stunde wird Schmendrick deine Stütze sein! Leb wohl, armer Haggard, leb wohl!«

Lachend verschwand er, doch sein Frohlocken hielt sich noch lange in den Ecken und Winkeln der Kammer, wie der Geruch von Rauch oder der von altem, kaltem Staub.

»So«, sagte der König im grauen Mondlicht; er kam langsam auf Molly und Schmendrick zu, seine Schritte waren geräuschlos, sein Kopf wakkelte beinahe spielerisch hin und her. »Rührt euch nicht!«, befahl er dann. »Ich will eure Gesichter sehen.«

Sein Atem raspelte wie ein Messer am Schleifstein, als er die beiden musterte. »Näher«, brummte er, »kommt näher, noch näher! Ich möchte euch ganz genau sehen.«

»Dann mach ein Licht an«, sagte Molly Grue. Die Gelassenheit der eigenen Stimme jagte ihr mehr Angst ein als das Wüten des alten Hexenmeisters. ›Um ihretwillen mutig zu sein, das ist leicht‹, dachte sie, ›aber wenn ich einmal anfange, um meinetwillen mutig zu sein, wo wird das enden?‹

»Ich mache nie Licht«, erwiderte der König. »Was wäre der Nutzen von Licht?«

Er wandte sich von ihnen ab, wobei er vor sich hinmurmelte: »Das eine Gesicht ist so gut wie ohne Arg, beinah töricht, doch nicht töricht genug. Das andere Gesicht ist wie mein eigenes, und das bedeutet Gefahr. Das alles habe ich schon am Tor gesehen, warum ließ ich sie nur herein? Mabruk hat recht, ich bin alt geworden, kindisch und leichtsinnig. Und doch, wenn ich in ihre Augen blicke, dann sehe ich nichts als mich selbst.«

Prinz Lír zapppelte aufgeregt hin und her, als der König auf die Lady Amalthea zuging. Sie sah wieder aus dem Fenster, und Haggard stand schon fast neben ihr, bevor sie herumfuhr und ihren Kopf seltsam senkte. »Ich werde dich nicht berühren«, sagte er, und sie blieb stehen.

»Warum weilst du am Fenster«, wollte er wissen. »Was siehst du dir an?«

»Ich betrachte das Meer«, antwortete die Lady Amalthea. Ihre Stimme klang leise und bebend, aber nicht aus Furcht, sondern aus Lebensfülle, wie ein neuer Schmetterling in der Sonne bebt und zittert.

»Ja«, sagte Haggard, »ja, das Meer ist immer gut. Es gibt nichts, was ich lange anzusehen vermag, außer dem Meer.« Doch er starrte weiterhin ihr Gesicht an, ohne daß sein Gesicht etwas von ihrem Glanz gespiegelt hätte — wie Prinz Lírs Gesicht das getan hatte —, sein Gesicht saugte diesen Glanz vielmehr auf und barg ihn irgendwo. Sein Atem roch so modrig wie der Wind des Zauberers, doch die Lady Amalthea rührte sich nicht.

Plötzlich rief er: »Was ist nur mit deinen Augen? Sie sind voll grüner Blätter, sie quellen über von Bäumen und Bächen und kleinem Getier! Wo bin ich? Warum kann ich mich in deinen Augen nicht selber sehen?«

Die Lady Amalthea gab ihm keine Antwort. Der König fuhr herum, heftete seinen Blick auf Molly und Schmendrick. Sein säbelscharfes Lächeln legte sich kalt um ihre Hälse. »Wer ist sie?« fragte er drohend.

Schmendrick bekam einen Hustenanfall, dann stotterte er: »Die Lady Amalthea ist meine Nichte. Ich bin ihr einziger lebender Verwandter und deshalb ihr Vormund. Sicher verwundert dich der Zustand ihrer Gewänder, doch der ist leicht erklärt: Wir wurden unterwegs von Räubern überfallen und unsrer ganzen Habe beraubt . . .«

»Was für einen Unsinn faselst du da? Was soll mit ihrer Kleidung sein?« Haggard drehte sich nach dem weißen Mädchen um, und Schmendrick begriff in diesem Moment, daß weder der König noch sein Sohn bemerkt hatten, daß es unter den Fetzen des Mantels nackt war. Die Lady Amalthea trug Hadern und Lumpen so, als wären sie allein die einer Prinzessin geziemenden Gewänder; im übrigen war sie sich gar nicht bewußt, daß sie unter dem Mantel nichts anhatte. Vor ihr schien der König in seiner Rüstung nackt und bloß.

Haggard sagte: »Was sie trägt, was euch zugestoßen sein mag, wie ihr zueinander steht — das alles ist für mich glücklicherweise belanglos, hier magst du mich belügen, soviel du willst. Ich will wissen, wer sie ist! Ich will wissen, wie sie Mabruks Magie gebrochen hat, ohne auch nur ein einziges Wort zu sagen. Ich will wissen, warum in ihren Augen glänzendes Laub und Fuchswelpen zu sehen sind. Antworte schnell und meide die Lüge, besonders was das glänzende Laub angeht! Antworte!«

Schmendrick ließ sich Zeit. Er brachte ein paar wichtig klingende Laute hervor, doch kein verständliches Wort. Molly Grue nahm ihren ganzen Mut zusammen, obgleich sie argwöhnte, es sei unmöglich, König Haggard die Wahrheit zu sagen. Es lag etwas in seiner winterlichen Person, das alle Worte erfrieren ließ, alle Begriffe verwirrte und ehrliche Absichten zu Gebilden verbog, die so verzerrt waren wie die Türme seines Schlosses. Sie hätte dennoch gesprochen, wenn nicht eine andere Stimme erklungen wäre. Die helle, freundliche, einfältige Stimme des jungen Prinzen Lír scholl durch die düstre Kammer: »Vater, was liegt dir denn daran. Sie ist nun einmal hier!«

König Haggard seufzte. Es war kein angenehmer Laut, er klang tief und schabend, kein Laut des Verzichts, sondern das grollende Verharren eines zum Sprunge geduckten Tigers. »Du hast recht, sie ist jetzt hier, sie alle sind hier, und ob sie nun mein Verderben bedeuten oder nicht: ich werde sie mir eine Weile anschauen. Ein angenehmer Hauch von Unheil haftet ihnen an, vielleicht ist es das, was ich mir wünsche.«

Dann sagte er kurz angebunden zu Schmendrick: »Als mein Hofzauberer wirst du mich unterhalten, wenn ich Unterhaltung begehre, abwechselnd tiefsinnig und erheiternd. Es wird von dir erwartet, zu wissen, wann du gewünscht wirst und in welcher Verkleidung, denn ich habe weder Zeit noch Lust, meine Launen und Wünsche zu erklären. Du bekommst keinen Lohn, denn das war sicherlich nicht der Grund, der dich hierhergeführt hat. Was deine Dulcinea betrifft, deine Assistentin, oder wie immer du sie nennen magst, so wird sie mir ebenfalls dienen, wenn sie im Schloß bleiben will. Von heute abend an wird sie Köchin und Zimmermädchen, Putzfrau und Küchenmagd in einer Person sein.«

Er hielt inne, wartete anscheinend darauf, daß Molly protestierte, doch sie nickte nur zustimmend. Der Mond war am Fenster vorübergezogen, aber Prinz Lír stellte fest, daß der Raum deshalb nicht dunkler ward. Die kühle Helle der Lady Amalthea nahm langsamer zu als Mabruks Wind, doch der Prinz begriff sehr wohl, daß sie bei weitem gefährlicher war. Er wollte in diesem Licht Gedichte schreiben, und noch nie zuvor hatte er den Wunsch verspürt, Gedichte zu schreiben.

»Du magst kommen und gehen, wie es dir beliebt«, sagte Haggard zu der Lady Amalthea. »Es mag töricht von mir gewesen sein, dich einzulassen, doch bin ich nicht so töricht, dir diese oder jene Tür zu verbieten. Meine Geheimnisse hüten sich selber — werden die deinen es auch tun? Was siehst du dir an?«

»Ich sehe mir das Meer an«, erwiderte die Lady Amalthea.

»Ja, das Meer ist immer gut«, sagte der König. »Eines Tages werden wir es gemeinsam betrachten.« Er ging langsam zur Tür. »Es wird seltsam sein, ein Wesen im Schloß zu haben, dessen Gegenwart Lír dazu bringt, mich zum ersten Mal, seit er fünf Jahre alt war, ›Vater‹ zu nennen.«

»Sechs«, sagte Prinz Lír, »ich war sechs.«

»Fünf oder sechs«, erwiderte Haggard, »es hatte schon lange davor aufgehört, mich glücklich zu machen, und es macht mich auch jetzt nicht glücklich. Noch hat sich durch ihre Gegenwart nichts geändert.« Er verschwand fast so geräuschlos wie Mabruk, nur auf der Treppe konnten sie seine blechernen Stiefel klirren hören.

Molly Grue ging behutsam zur Lady Amalthea hinüber, stellte sich neben sie ans Fenster. »Was siehst du?« wollte sie wissen. Schmendrick lehnte gegen den Thron, beäugte Prinz Lír aus seinen großen grünen Augen. In der Ferne erklang im Tal von Hagsgate wieder das grollende Gebrüll.

»Ich zeig' euch eure Zimmer«, sagte Prinz Lír. »Habt ihr Hunger? Ich hol' euch gern etwas zum Essen. Ich weiß, wo ein Ballen Stoff liegt, feiner Atlas. Man könnte ein Kleid daraus machen.«

Niemand gab ihm eine Antwort. Die Nacht verschlang seine Worte, die Lady Amalthea, so schien ihm, sah ihn nicht, hörte ihn nicht. Sie stand reglos da, und dennoch war er sicher, daß sie sich von ihm, der stillstand, so unaufhaltsam wie der Mond entfernte. »Ich möchte dir helfen«, sagte Prinz Lír, »gibt es denn gar nichts, wobei ich dir helfen könnte?«

»Kann ich dir bei irgend etwas helfen?« fragte Prinz Lír. »Im Augenblick fällt mir nichts mehr ein«, sagte Molly Grue. »Ich habe nur das Wasser gebraucht. Es sei denn, du möchtest die Kartoffeln schälen, das wäre mir recht.«

»Nein, so hab' ich das nicht gemeint. Nein, nein, ich werde es gern tun, wenn du's möchtest, ich habe gerade in Gedanken mit ihr gesprochen. Wenn ich mit ihr spreche, frage ich sie immer dasselbe.«

»Setz dich hin und schäl mir ein paar Kartoffeln«, meinte Molly. »Das wird dich ein wenig ablenken und deine Hände beschäftigen.«

Sie saßen in der Küche, einem naßkalten Loch, das stark nach verfaulenden Kartoffeln und gärenden Rüben roch. In einer Ecke war ein Dutzend irdener Teller aufgestapelt, unter einem Dreifuß flackerte ein kümmerliches Feuer, das einen großen Topf trüben Wassers zum Kochen zu bringen versuchte. Molly saß an einem rohen Tisch, der mit Kartoffeln, Karotten, Zwiebeln, mit Lauch und anderem Gemüse bedeckt war, das meiste davon alt und schlaff. Prinz Lír stand vor ihr, wiegte sich auf seinen langen Beinen hin und her und knetete seine großen, weichen Finger.

»Ich hab' heut morgen wieder einen Drachen erschlagen«, brachte er nach einiger Zeit hervor.

»Das ist nett, das ist sehr nett«, antwortete Molly. »Wieviele sind es jetzt?«

»Fünf. Der von heute morgen war kleiner als die anderen, doch hat er mir mehr Mühe gemacht. Zu Fuß bin ich nicht an ihn rangekommen, ich mußte mit der Lanze arbeiten, mein Pferd hat's bös erwischt. Mit dem Pferd ging es dann seltsam . . .«

Molly unterbrach ihn: »Setz dich, Eure Hoheit, und hör mit dem Gezappel auf, es kribbelt mich schon überall, wenn ich dir nur zusehe.« Prinz Lír setzte sich ihr gegenüber an den Tisch, zog seinen Dolch aus dem Gürtel und fing verdrossen an, Kartoffeln zu schälen. Molly betrachtete ihn mit einem verhaltenen Lächeln.

»Ich hab' ihr den Kopf gebracht. Sie war in ihrem Zimmer, wie gewöhnlich. Ich schleppte diesen Kopf die ganzen Treppen rauf, um ihn ihr zu Füßen zu legen.« Er seufzte und schnitt sich mit dem Dolch in den Finger. »Verflucht! Es hat mir nichts ausgemacht. Den ganzen Weg die Treppen hinauf war es ein Drachenkopf, das stolzeste Geschenk, das man einem

Menschen machen kann. Doch als sie ihn ansah, da war es plötzlich nur noch ein kläglicher Mischmasch aus Hörnern und Schuppen, knorpeliger Zunge und blutigen Augen. Ich fühlte mich wie ein Bauernmetzger, der seinem Schatz einen netten Klumpen frisches Fleisch als Liebesbeweis bringt. Und dann hat sie mich angeschaut! Es tat mir leid, daß ich das Untier erschlagen hatte; es hat mir leid getan, einen Drachen getötet zu haben!« Er hieb nach einer glitschigen Kartoffel, schnitt sich zum zweitenmal.

»Schäl' von dir weg, nicht zu dir her«, riet ihm Molly. »Weißt du, ich denke, du solltest aufhören, für die Lady Amalthea Drachen zu töten. Wenn fünf ihr Herz nicht bewegt haben, dann tut einer mehr es auch nicht. Versuch' doch etwas anderes.«

»Was auf der Welt hab' ich denn noch nicht ausprobiert!« rief Prinz Lír. »Vier Flüsse habe ich durchschwommen, keiner unter einer Meile breit, und stets zur Hochwasserzeit. Sieben Berge habe ich bestiegen, die noch von keinem bezwungen, drei Nächte im ›Sumpf der Gehängten‹ geschlafen, bin lebend aus dem Wald gekommen, in dem einem die Blumen die Augen verbrennen, wo die Nachtigallen Gift singen. Ich habe mein Verlöbnis mit der Prinzessin gelöst, und wenn du denkst, das sei keine Heldentat, dann kennst du ihre Mutter nicht! Fünfzehn schwarze Ritter habe ich besiegt, die in fünfzehn schwarzen Pavillons an fünfzehn Furten warteten, um jeden, der übersetzen wollte, zum Zweikampf zu fordern. Und was die Hexen in ihren undurchdringlichen Wäldern betrifft, die Riesen und Ungeheuer, die als Damen verkleideten Dämonen, die Glasberge, tödlichen Rätsel und Zauberäpfel, die Wunderlampen und -ringe, die Siebenmeilenstiefel, Wunschhütlein und Tarnkappen: längst habe ich es aufgegeben, sie zu zählen. Ganz zu schweigen von den Geflügelten Pferden, Basilisken und Seeschlangen und der übrigen Menagerie.« Er hob den Kopf, seine dunkelblauen Augen sahen verwirrt und traurig aus.

»Alles umsonst, ich kann sie nicht beeindrucken, mit nichts, was ich auch tue. Um ihretwillen bin ich ein Held geworden, ich, der verschlafene Lír, meines Vaters Scham und Spott. Doch was die Lady Amalthea angeht, so hätte ich genausogut der tumbe Tor bleiben können, der ich war — meine Heldentaten bedeuten ihr nichts.«

Molly nahm ihr eigenes Messer und schnitt Paprika in Würfel und Streifen. »Vielleicht kann man die Lady Amalthea nicht mit Heldentaten erobern«, sagte sie nach einer Weile. Der Prinz sah sie an, seine Stirn runzelte sich vor Verwunderung.

»Gibt es denn einen anderen Weg, das Herz einer Jungfrau zu gewinnen?« fragte er eifrig. »Molly, weißt du einen anderen Weg? Bitte, sag ihn mir!« Er beugte sich über den Tisch und ergriff ihre Hand. »Es gefällt mir eigentlich ganz gut, tapfer zu sein, doch werde ich gern wieder ein fauler Feigling, wenn du denkst, das wäre besser. Ihr Anblick gibt mir das Gefühl, ich müsse alles Böse und Häßliche bekämpfen, doch dann möchte ich auch wieder ruhig dasitzen und unglücklich sein. Was soll ich nur tun, Molly?«

»Ich weiß es nicht«, sagte sie, plötzlich verlegen. »Freundlichkeit, Ritterlichkeit, gute Taten, solche Sachen, und vor allem Humor.« Eine kleine, aschgrau und fuchsrot gestromte Katze mit einem verkrümmten Ohr sprang in ihren Schoß, schnurrte ohrenbetäubend, rieb sich heftig an ihrer Hand. In der Hoffnung, das Thema zu wechseln, fragte Molly: »Was war denn mit deinem Pferd? Weshalb war das so seltsam?«

Doch Prinz Lír starrte die kleine Katze mit dem verkrümmten Ohr an. »Wo kommt sie her? Gehört sie dir?«

»Nein, ich gebe ihr nur zu fressen und halte sie ab und zu auf meinem Schoß.« Sie streichelte den mageren Hals der Katze, die wohlig ihre Augen schloß. »Ich dachte, sie gehört zum Haus.«

Lír schüttelte den Kopf. »Mein Vater haßt Katzen. Er sagt, so etwas wie eine Katze gebe es gar nicht, es sei nur die Gestalt, die alle möglichen Trolle und Kobolde und verwandtes Teufelszeug annähmen, um Eingang in die Häuser der Menschen zu erlangen. Er würde sie töten, wenn er von ihrer Anwesenheit etwas ahnte.«

»Was war nun mit deinem Pferd?« fragte Molly.

Prinz Lírs Gesicht verdüsterte sich wieder. »Als sie an meinem Geschenk keinen Gefallen fand, da dachte ich, es würde ihr vielleicht Freude machen, etwas darüber zu erfahren, wie es errungen ward. Also erzählte ich von meinem Schlachtplan, dem Angriff, dem Kampf, was es eben über das Feuerspeien, die nackten Flügel und den Drachengeruch an einem regnerischen Morgen zu sagen gibt. Und wie das schwarze Herzblut von meiner Lanzenspitze troff. Doch sie hörte gar nichts, nicht ein Wort, bis ich von dem Feuerstoß sprach, der die Beine meines armen Pferdes so bös verbrannte. Da, ach, da kam sie zurück von dem Ort, an den sie sich zurückzieht, wenn ich mit ihr spreche, und sie sagte, sie müsse sogleich nach meinem Pferd sehen. Ich führte sie in den Stall, wo das arme Tier steht und vor Schmerzen schreit; sie legt ihre Hand auf seine Beine — und das Pferd hört auf zu röcheln! Ein entsetzlicher Laut ist das, den sie machen, wenn sie schwer verletzt sind. Wenn sie aufhören damit, klingt es wie Musik.«

Der Dolch des Prinzen lag blitzend zwischen den Kartoffeln. Draußen umheulten dichte Regenschwaden die Schloßmauern, doch die beiden in der Küche konnten sie nur hören, denn in dem kalten Raum gab es kein Fenster. Licht gab es auch nicht, abgesehen von der spärlichen Glut des Herdfeuers. Die in Mollys Schoß schlummernde Katze sah aus wie ein Häufchen Herbstblätter.

»Und was geschah dann? Als die Lady Amalthea dein Pferd berührte?«

»Nichts geschah, überhaupt nichts.« Lír geriet unvermittelt in Wut, schlug mit der Faust auf den Tisch, daß Lauch und Linsen nach allen Seiten flogen. »Hast du erwartet, daß etwas geschehen würde? Sie jedenfalls hat es getan! Hast du erwartet, daß des Tieres Wunden augenblicklich heilten? Daß sich die aufgeplatzte Haut schlösse, das verbrannte Fleisch heil würde? Sie tat es — bei meiner Hoffnung auf sie schwör ich's, sie hat es erwartet! Und als die Beine unter ihrer Hand nicht gesundeten, da lief sie davon. Ich weiß nicht, wo sie jetzt ist.«

Seine Stimme wurde weich, während er sprach, und seine Hand auf dem Tisch öffnete sich verzagt. Er stand auf, ging zum Feuer und schaute in den Topf. »Das Wasser kocht, du kannst das Gemüse jetzt reintun. Sie hat geweint, als die Beine meines Pferdes nicht gesund wurden. Ich habe sie weinen hören, doch in ihren Augen waren keine Tränen zu sehen, als sie wegrannte. Alles andere war darin zu sehen, aber keine Tränen.«

Molly setzte die Katze sacht zu Boden, klaubte das welke Gemüse zusammen. Prinz Lír sah ihr zu, wie sie hin und her ging, um den Tisch herum, über den glitschigen Boden zum Feuer hinüber. Sie sang ein Lied vor sich hin:

Will tanzen am Tag in silbernen Schuh',
wie ich's nächtlich in meinen Träumen tu;
so elegant und entzückend,
so bezaubernd, berückend
wie Tod in rotem Tuch und Taft.
Doch wär' ich so schmuck und schick,
wünscht' flugs ich ein ander' Geschick —
wollt' treu sein oder toll und tugendhaft.

Lír sagte: »Molly, wer ist sie? Welche Frau glaubt — welche Frau *weiß*, denn ich sah ihr Gesicht —, daß sie durch eine Berührung ihrer Hand Wunden heilen kann? Und was für eine Frau ist das, die ohne Tränen weint?« Molly unterbrach ihre Arbeit nicht, sondern summte weiter vor sich hin.

»Jede Frau kann ohne Tränen weinen«, sagte sie nach einer Weile über die Schulter, »und die meisten können mit ihren Händen heilen. Sie ist eine Frau, Eure Hoheit, und das ist Rätsel genug!«

Doch der Prinz stellte sich ihr in den Weg; sie blieb stehen, ihre Schürze voll Kräuter, ihre Haare in die Augen hängend. Lírs Gesicht, um fünf Drachen älter, doch immer noch hübsch und töricht, kam ganz dicht an das ihre heran. »Du singst. Mein Vater läßt dich die beschwerlichsten Arbeiten verrichten, die es gibt, und du singst. In diesem Schloß hat es noch nie Gesang gegeben, noch nie eine Katze oder den Duft von gutem Essen. Die Lady Amalthea ist es, die all das zuwege bringt, so wie sie mich dazu bringt, am Morgen hinauszureiten und die Gefahr zu suchen.«

»Ich bin schon immer eine ziemlich gute Köchin gewesen«, sagte Molly milde. »Wenn man siebzehn Jahre lang mit Cully und seinen Männern im grünen Wald gelebt . . .«

Prinz Lír sprach weiter, als hätte sie gar nichts gesagt. »Ich möchte ihr dienen, so wie du es tust, ihr finden helfen, was immer sie hier sucht. Ich möchte sein, was sie am meisten braucht. Sag ihr das. Wirst du's ihr sagen?«

Während er sprach, hallte in seinen Augen ein lautloser Schritt wider, beunruhigte das Rascheln von Atlas sein Gesicht. Die Lady Amalthea stand unter der Tür.

Der Herbst in König Haggards frostigem Reich hatte ihrer Schönheit nichts anhaben können, und der Winter schien sie noch geschärft zu haben, denn jetzt drang diese Schönheit in den Betrachter ein wie ein Pfeil mit Widerhaken. Ihr weißes Haar war mit einem blauen Seidenband hochgebunden, ihr Gewand fliederfarben und leuchtend. Es paßte nicht sehr gut, denn Molly Grue nähte sehr nachlässig, und Satin machte sie nervös. Doch ließ die schlechte Arbeit die Lady Amalthea noch lieblicher erscheinen, so wie die feuchten Steine und der Rübengeruch es taten. In ihrem Haar glitzerte Regen.

Prinz Lír verneigte sich; es war eine hastige, mißratene Verneigung, als hätte ihn jemand in den Magen getreten. »Meine Lady«, murmelte er, »du solltest wirklich deinen Kopf bedecken, wenn du bei solchem Wetter ausgehst.«

Die Lady Amalthea setzte sich an den Tisch, und sofort sprang die gestromte kleine Katze auf, machte einen Buckel, schnurrte schnell und weich. Sie streckte ihre Hand aus, doch die Katze wich ihr, immer noch schnurrend, aus. Sie schien keine Angst zu haben, duldete es aber nicht, daß ihr rostfarbenes Fell berührt wurde. Die Lady Amalthea winkte ihr, die Katze wedelte wie ein Hund vom Kopf bis zum Schwanz, aber sie kam nicht näher.

Lír sagte mit rauher Stimme: »Ich muß gehen. Zwei Tagesritte von hier haust ein dorfmädchenverschlingender Oger. Es heißt, er könne nur von einem erschlagen werden, der die Große Axt des Herzogs Alban schwingt. Leider war Herzog Alban einer der ersten, die verschlungen wurden — er hatte sich als Dorfmädchen verkleidet, um das Ungeheuer zu täuschen —, und es besteht kein Zweifel, in wessen Besitz die Große Axt sich jetzt befindet. Wenn ich nicht wiederkehre, gedenket meiner. Lebt wohl.«

»Lebt wohl, Eure Hoheit«, erwiderte Molly. Der Prinz verbeugte sich wieder und verließ dann die Küche, um sich auf seine edle Ausfahrt zu begeben. Er blickte sich nur einmal um.

»Du bist grausam zu ihm«, sagte Molly. Die Lady Amalthea sah nicht auf; sie hielt der Katze ihre Handfläche hin, doch diese blieb, wo sie war, zitternd vor Begier, zu ihr zu kommen.

»Grausam?« fragte sie. »Wie könnte ich grausam sein? Das ist eine Sache für Sterbliche.« Doch dann erhob sie die Augen, die groß waren vor Gram und vor etwas, das an Spott grenzte. »Genau wie Mitgefühl.«

Molly Grue machte sich an dem Kessel zu schaffen, hantierte abwesend an ihm herum, rührte und würzte die Suppe. Leise sagte sie: »Du könntest ihm wenigstens ein freundliches Wort sagen. Er hat deinetwegen unerhörte Gefahren auf sich genommen.«

»Was sollte ich ihm sagen? Bisher habe ich nichts zu ihm gesagt, und dennoch kommt er jeden Tag mit neuen Köpfen an, mit neuen Hörnern, Häuten und Schwänzen, mit weiteren verzauberten Edelsteinen und verhexten Waffen. Was würde er erst tun, wenn ich mit ihm spräche?«

»Er möchte, daß du an ihn denkst. Ritter und Prinzen kennen nur diesen einen Weg, um sich in Erinnerung zu bringen. Es ist nicht seine Schuld. Ich denke, er tut sein Bestes.« Die Lady Amalthea richtete ihren Blick wieder auf die Katze. Ihre langen Finger zupften am Saum ihres Satingewandes.

»Nein, meine Gedanken will er nicht«, sagte sie leise. »Er will mich, so ungestüm, wie mich der Rote Stier wollte, und mit genau so wenig Verständnis. Er flößt mir noch mehr Furcht ein als der Stier, denn er hat ein gutes Herz. Nein, ich werde ihm nie ein hoffnungsvolles Wort sagen.«

Das Mal auf ihrer Stirn blieb in der Düsternis der Küche unsichtbar. Sie berührte es, zog ihre Hand so schnell zurück, als hätte sie sich daran gebrannt. »Das Pferd ist gestorben«, sagte sie zu der kleinen Katze. »Ich konnte nichts dagegen tun.«

Molly legte ihre Hand auf Lady Amaltheas Schulter. Unter dem glatten Stoff fühlte sich ihr Körper kalt und hart an, wie die Steine in König Haggards Schloß. »O meine Lady«, wisperte sie, »das ist nur, weil du dich nicht in deiner alten Gestalt befindest. Wenn du sie zurückbekommst, werden deine Stärke, deine Gewißheit und deine Macht zurückkehren. Sie werden zurückkehren zu dir.« Es fehlte ihr der Mut, das weiße Mädchen in die Arme zu schließen, es wie ein Kind tröstend hin und her zu wiegen. Nie zuvor hatte sie so etwas auch nur geträumt.

Doch die Lady Amalthea antwortete: »Der Zauberer hat mir nur die Gestalt eines Menschen gegeben, nicht sein Wesen. Wäre ich damals gestorben, wäre ich immer noch ein Einhorn gewesen. Der alte Mann, der Zauberer Mabruk, hat das gewußt. Er hat nichts gesagt, um sich an Haggard zu rächen, doch er hat es gewußt.«

Von selbst befreite sich das Haar von dem blauen Seidenband, stürzte ihren Nacken hinab und über die Schultern. Soviel Temperament hätte die Katze beinahe gewonnen; sie hob eine Pfote, um damit zu spielen, zog sie aber wieder zurück, setzte sich auf die Keulen, neigte den Kopf schräg und ringelte den Schwanz um die Vorderpfoten. Ihre Augen waren grün und goldgesprenkelt.

»Aber das ist lange her«, sagte das Mädchen. »Jetzt bin ich gespalten, bin ich selbst, und jene andere, die du ›meine Lady‹ nennst. Denn diese ist genau so wirklich und wahrhaftig hier, wie ich es bin, obwohl sie früher nur wie ein Schleier war. Sie geht durch das Schloß, sie schläft, kleidet sich an, ißt, denkt ihre eigenen Gedanken. Zwar hat sie nicht die Kraft zu heilen oder zu beruhigen, doch besitzt sie einen anderen Zauber. Männer sprechen mit ihr, nennen sie ›Lady Amalthea‹, und sie antwortet ihnen, oder sie antwortet ihnen nicht. Der König beobachtet sie unablässig aus seinen blassen Augen, zerbricht sich den Kopf, was sie wohl sei, und des Königs Sohn quält sich mit seiner Liebe zu ihr und zerbricht sich den Kopf, wer sie wohl sei. Jeden Tag sucht sie am Himmel und auf dem Meer, im Schloß und im Hof, im Burgverlies und in des Königs Gesicht nach etwas, woran sie sich nicht immer erinnern kann. Was sucht sie nur an diesem seltsamen Ort? Vor einem Augenblick wußte sie es, aber jetzt hat sie es vergessen.«

Sie wandte ihr Gesicht Molly Grue zu, ihre Augen waren nicht mehr die des Einhorns. Sie waren immer noch sehr schön, aber auf eine Art, die einen Namen trägt, waren schön, wie eine sterbliche Frau schön ist. Die Tiefe ihrer Augen war auslotbar, der Grad ihrer Dunkelheit beschreibbar. Molly sah Furcht, Verlorenheit und Verwirrung in ihnen, und sich selbst. Sonst nichts.

»Einhörner«, sagte sie. »Der Rote Stier hat sie alle zusammengetrieben, alle außer dir. Du bist das letzte Einhorn. Du bist hierhergekommen, um die anderen zu finden — und sie zu befreien —, und das wirst du auch.«

Allmählich kehrte die tiefe, geheimnisvolle See in die Augen der Lady Amalthea zurück, füllte sie, bis sie so alt und tief und unergründlich waren wie das Meer. Molly sah es, und es machte ihr Angst, doch dann packte sie die gesenkten Schultern noch fester, als könnten ihre Hände wie ein Blitzableiter Verzweiflung auffangen. Während sie die Lady Amalthea so hielt, erzitterte unter ihnen der Küchenboden mit einem Laut, den sie schon einmal gehört hatte, mit einem Laut, wie ihn gewaltige Zähne, Backenzähne, hervorbringen, wenn sie aufeinander mahlen. Der Rote Stier drehte sich im Schlaf um. ›Ob er wohl träumt?‹ dachte Molly.

Die Lady Amalthea sagte: »Ich muß zu ihm. Es gibt keinen anderen Weg, und ich darf keine Zeit verlieren. In dieser Gestalt oder in meiner eigenen, ich muß mich ihm stellen, auch wenn alle meine Gefährten tot sind und es nichts zu retten gibt. Ich muß zu ihm, bevor ich mich für immer vergessen habe. Doch ich kenne den Weg nicht, und ich bin so allein.« Die kleine Katze ringelte ihren Schwanz, gab einen Laut von sich, der weder Miauen noch Schnurren war.

»Ich werde mit dir gehen«, sagte Molly. »Ich weiß zwar den Weg zum Stier hinab so wenig wie du, aber es muß einen geben. Schmendrick wird mit uns gehen, er findet den Weg, wenn wir versagen.«

»Von dem Zauberer erhoffe ich keine Hilfe«, erwiderte die Lady Amalthea verächtlich. »Ich sehe ihn tagein, tagaus für König Haggard den Narren spielen, sehe, wie Haggard sich an seinem Mißgeschick weidet, an seinem Versagen bei den allereinfachsten Zauberstücken. Er sagt wohl, es könne ihm nicht besser gelingen, bevor seine Zaubermacht wieder in ihm spräche, doch sie wird es niemals wieder tun. Er ist kein Magier mehr, sondern des Königs Harlekin.«

Mollys Gesicht schmerzte plötzlich, sie wandte sich ab, um wieder nach der Suppe zu sehen. Mühsam unterdrückte sie eine scharfe Antwort, sagte stattdessen: »Er tut es für dich. Während du vor dich hinbrütest und schwermütig herumsitzt und dich veränderst, spielt er für Haggard den Hanswurst, um ihn abzulenken — damit du Zeit hast, deine Gefährten zu finden, sofern das möglich ist. Es dauert nicht mehr lange, dann wird der König seiner überdrüssig werden und ihn in seine Verliese werfen, oder in einen noch dunkleren Raum. Du tust Unrecht, wenn du ihn verspottest.«

Ihre Stimme klang wie eines Kindes dünnes, klägliches Greinen. »Dir wird sowas nie passieren, dich lieben ja alle.«

Einen Moment lang musterten sich die beiden Frauen, die eine fein und fremd in dem niedrigen kalten Raum, die andere — zu Hause in dieser Umgebung — ein zorniger kleiner Käfer von eigentümlicher Küchenschönheit. Dann hörten sie das Scharren von Stiefeln, das Klirren von Rüstungen und das Husten und Keuchen alter Männer: König Haggards vier Soldaten marschierten in die Küche herein.

Sie waren alle mindestens siebzig Jahre alt, dünn und lahm, zerbrechlich wie Schneekrusten, obgleich sie von Kopf bis Fuß in jämmerlichen Rüstungen staken und verbeulte Waffen trugen. Beim Eintreten grüßten sie fröhlich Molly Grue, fragten, was es zum Abendessen gebe; beim Anblick der Lady Amalthea verstummten sie, verbeugten sich vor ihr so tief, daß sie keuchten.

»Meine Lady«, sprach der älteste von ihnen, »befiehl deinen Dienern. Wir sind verbrauchte, nutzlose Männer, doch wenn du Wunder sehen willst, dann brauchst du nur von uns das Unmögliche zu verlangen. Wir werden wieder jung, wenn du es wünschst.« Seine drei Kameraden murmelten zustimmend.

Doch die Lady Amalthea flüsterte: »Nein, ihr werdet niemals wieder jung sein!« Dann lief sie hinaus, ihr wirres leuchtendes Haar verbarg ihr Gesicht, das Satingewand raschelte und rauschte.

»Wie weise sie ist«, rief der älteste Wächter. »Sie weiß, daß selbst ihre Schönheit die Zeit nicht besiegen kann. Eine seltene und traurige Weisheit für jemanden, der so jung ist. Die Suppe duftet köstlich, Molly.«

»Viel zu gut für diesen Ort«, brummte ein anderer Krieger, als sie rings um den Tisch saßen. »Haggard haßt gutes Essen. Er sagt, kein Mahl sei gut genug, um das ganze Geld und die ganze Anstrengung zu rechtfertigen, die man bei der Zubereitung verschwende. ›Es ist eine Illusion‹, sagt er, ›und eine Ausgabe. Lebt wie ich: ohne Täuschungen!‹ Brrh!« Er schauderte und schnitt eine Grimasse. Die anderen lachten.

»Leben wie Haggard«, sagte ein dritter, während Molly dampfende Suppe in seinen Napf schöpfte, »das wird in der nächsten Welt mein Los sein, wenn ich mich in dieser nicht bessere.«

»Warum bleibt ihr nur in seinen Diensten?« forschte Molly. Sie setzte sich zu ihnen, stützte ihr Kinn auf die Hände. »Er gibt euch keinen Lohn und gerade so viel zu essen, daß ihr nicht verhungert. Er schickt euch bei Nacht und Regen hinaus, um in Hagsgate für ihn zu stehlen, denn von den Reichtümern in seiner Schatzkammer gibt er keinen Heller aus. Er verbietet alles, Lichter und Lauten, Feuer und Feste, Singen und Sündigen; verbietet alles — von Lesen, Rauchen, Trinken viel bis Murmeln, Klatsch und Kartenspiel. Warum bleibt ihr nur? Was in der Welt hält euch denn hier?«

Die vier Männer sahen einander unsicher und aufgeregt an, sie husteten und ächzten. Der Älteste meinte: »Es ist unser Alter. Wohin könnten wir denn gehen? Wir sind zu alt, um noch auf Wanderschaft zu gehen, um nach Arbeit und Unterkunft Ausschau zu halten.«

»Es ist unser Alter«, sagte der zweite. »Wenn man alt ist, dann kommt einem alles, was einen nicht stört, wie eine Erquickung vor. Kälte, Dunkel und Langeweile, sie haben ihre scharfen Kanten für uns vor langer Zeit verloren, doch Wärme, Frühling, Gesang sind nur noch Störungen für uns. Es gibt Schlimmeres, als so wie Haggard leben zu müssen.«

Der dritte Mann sagte: »Haggard ist älter als wir. Eines Tages wird Prinz Lír König in diesem Reiche sein, und ich werde von dieser Welt nicht Abschied nehmen, bis ich diesen Tag erlebt habe. Ich habe den Jungen immer gern gehabt, seit er ein Kind war.«

Molly stellte fest, daß sie keinen Hunger hatte. Sie blickte in die Gesichter der alten Männer und lauschte den Geräuschen, die ihre gefurchten Lippen und verschrumpelten Kehlen machten, als sie die Suppe schlürften. Sie war froh, daß Haggard seine Mahlzeiten immer allein zu sich nahm — Molly gewann unvermeidlich jeden lieb, für den sie kochte.

Vorsichtig fragte sie: »Habt ihr je die Geschichte gehört, daß Prinz Lír gar nicht Haggards adoptierter Neffe ist?« Die vier Krieger zeigten nicht die geringste Überraschung bei dieser Frage.

»Ach«, antwortete der Älteste, »diese Geschichte kennen wir längst. Sie mag wohl wahr sein, denn der Prinz besitzt wahrlich keine Ähnlichkeit mit dem König. Doch was soll's? Besser, ein gestohlener Fremder regiert uns, als König Haggards leiblicher Sohn.«

»Doch wenn der Prinz aus Hagsgate stammt«, rief Molly, »dann ist er derjenige, der den auf dem Schloß lastenden Fluch erfüllen wird!« Sie wiederholte den Vers, den der Mann Drinn im Wirtshaus zu Hagsgate aufgesagt hatte:

Nur Einem aus Hagsgate wird es gelingen,
das Schloß zu zerstören, zum Einsturz zu bringen.

Doch die alten Männer schüttelten nur die Köpfe, bleckten grinsend Zähne, die genau so rostig und brüchig waren wie ihre Helme und Harnische. »Nicht Prinz Lír!«, rief der dritte Mann. »Der Prinz mag tausend Drachen töten, doch ein Schloß wird er nie zerstören, nie einen König stürzen. Das liegt einfach nicht in seiner Natur. Er ist ein pflichtbewußter Sohn, der — leider — nichts anderes im Sinne hat, als sich des Mannes würdig zu erweisen, den er seinen Vater nennt. Der Vers muß sich auf jemand anderen beziehen, nicht auf Lír.«

»Und selbst wenn Lír derjenige wäre«, fügte der zweite Mann hinzu, »selbst wenn ihn dieser Fluch zu seinem Vollstrecker bestimmt hätte, so müßte er dennoch scheitern. Denn zwischen Haggard und dem Untergang steht der Rote Stier.«

Ein Schweigen sprang in den Raum, verdunkelte mit seinem grausenvollen Schatten alle Gesichter, kühlte mit seinem Hauch die heiße Suppe. Die kleine gestromte Katze in Mollys Schoß hörte zu schnurren auf, das flackernde Küchenfeuer duckte sich. Die kalten Küchenwände schienen sich zusammenzuziehen.

Der vierte Krieger, der bisher nicht gesprochen hatte, rief Molly durch die Dunkelheit zu: »Das ist der wahre Grund, weshalb wir in Haggards Diensten bleiben. Er will nicht, daß wir gehen, und was König Haggard will oder nicht will, das ist des Roten Stieres einzige Sorge. Wir sind Haggards Diener — und des Roten Stieres Gefangene!«

Molly streichelte mit steter Hand die Katze, doch ihre Stimme klang gedrückt und trocken. »Was bedeutet denn der Rote Stier für König Haggard?«

»Das wissen wir nicht«, erwiderte der älteste der Wächter, »der Stier ist immer hiergewesen; er dient Haggard als Armee und Bollwerk, er ist sein starker Arm und die Quelle seiner Macht. Er ist wohl auch sein einziger Gefährte, denn ich weiß, daß er vor Tag und Tau über eine geheime Treppe zu seiner Höhle hinabsteigt. Doch ob er Haggard aus freien Stücken oder unter Zwang gehorcht, ob der Stier oder Haggard der wahre Herrscher ist — das wissen wir nicht.«

Der vierte und jüngste der Männer beugte sich zu Molly Grue, seine feuchten, rosa Augen voll Eifer. »Der Rote Stier ist ein Dämon! Der Preis, den er eines Tages für seine Dienste bei Haggard fordern wird, das wird Haggard selber sein!« Ein anderer fiel ihm ins Wort, bestand darauf, es sei ganz sonnenklar, der Stier sei Haggards verhexter Sklave und bleibe es, bis er eines Tages den Zauberbann bräche und seinen Herrn vernichtete. Sie fingen zu streiten an und verschütteten die Suppe.

Molly fragte, nicht laut, aber auf eine Weise, die alle verstummen ließ: »Wißt ihr, was ein Einhorn ist? Habt ihr jemals eines gesehen?«

Von allen lebenden Wesen im Raum schienen nur die Katze und das Schweigen sie mit irgendeinem Verständnis anzusehen. Die vier Krieger blinzelten und rülpsten, rieben sich die Augen. Tief drunten regte sich wieder ruhelos der Stier.

Nach dem Essen verabschiedeten sich die vier Männer und verließen die Küche, zwei in Richtung Bett, zwei in Richtung Turm, um ihre Nachtwache im Regen anzutreten. Der Älteste wartete, bis die anderen fort waren, dann sagte er leise zu Molly: »Hüte dich vor der Lady Amalthea. Als sie hierherkam, da war ihre Schönheit so groß, daß selbst dieses verfluchte Schloß schön ward. Wie der Mond, der ja nur ein beglänzter Felsen ist. Doch sie ist zu lange hiergewesen; sie ist heute so schön wie je, doch Haus und Hof sind ihretwegen häßlicher geworden.«

Er stieß einen langen Seufzer aus, der in ein Winseln überging. »Mit dieser Art von Schönheit bin ich vertraut, doch jene andere hab' ich noch nie zuvor gesehen. Hüte dich vor ihr. Sie sollte diesen Ort verlassen!«

Als sie allein war, barg Molly ihr Gesicht in dem spärlichen Fell der

Katze. Das Herdfeuer brannte herunter, doch sie legte kein Holz nach. Flinke Tierchen trippelten durch den Raum, machten ein Geräusch wie Haggards Stimme. Der Regen rauschte und prasselte gegen die Schloßmauern, tönte wie der Rote Stier. Wie als Antwort darauf hörte sie den Stier, sein Gebrüll ließ die Steine unter ihr erbeben, sie mußte sich am Tisch festhalten, um nicht zusammen mit der Katze zu Boden zu fallen. Sie schrie auf.

Die Katze sagte: »Er verläßt seine Höhle. Er geht jeden Tag bei Sonnenuntergang hinaus, um das seltsame weiße Tier zu jagen, das ihm entkommen ist. Das weißt du ganz genau. Stell dich nicht so dumm!«

Das hungrige Brüllen ertönte wieder, weiter weg. Molly starrte die Katze an; sie war nicht so verblüfft, wie es andere gewesen wären; in diesen Tagen war sie ungleich schwerer zu überraschen als die meisten Frauen. »Hast du schon immer sprechen können?« fragte sie. »Oder hat dir der Anblick der Lady Amalthea die Sprache verliehen?«

Die Katze leckte nachdenklich an einer Vorderpfote. »Es war ihr Anblick, der in mir den Wunsch zu sprechen erweckte«, sagte sie nach einiger Zeit. »Dabei wollen wir's bewenden lassen. Selbst für ein Einhorn ist sie sehr schön.«

»Woher weißt du, daß sie ein Einhorn ist?« fragte Molly. »Und warum hast du solche Angst vor ihrer Berührung gehabt? Ich habe deine Angst deutlich gesehen!«

»Ich bezweifle, daß mir sehr lange zum Sprechen zumute sein wird«, erwiderte die Katze ohne Groll. »An deiner Stelle würde ich keine Zeit für solche Torheiten verschwenden. Was deine erste Frage angeht, so läßt sich keine Katze, die aus ihrem ersten Fell heraus ist, jemals durch Äußerlichkeiten täuschen. Ganz im Gegensatz zu den Menschen, die ihre Freude daran haben. Was deine zweite Frage betrifft . . .«, hier stockte sie, konzentrierte ihre ganze Aufmerksamkeit darauf, sich den Pelz zu waschen; sie leckte sich flauschig, und dann leckte sie sich wieder glatt, beäugte angelegentlich ihre Krallen.

»Hätte sie mich berührt«, sagte sie sehr leise, »dann hätte ich ihr gehört und niemals wieder mir selbst. Ich wollte, daß sie mich anfaßte, aber ich brachte es nicht über mich. Keine Katze vermag das. Wir dulden, daß die Menschen uns liebkosen, denn es ist recht angenehm — und es beruhigt sie. Aber von ihr gestreichelt zu werden, der Preis dafür ist höher, als irgendeine Katze bezahlen kann.«

Da hob Molly sie auf, und sie schnurrte, an ihren Hals gepreßt, so lange, daß sie schon fürchtete, die Katze würde nie wieder reden. Doch dann sagte sie: »Ihr habt sehr wenig Zeit. Bald wird sie sich nicht mehr erinnern, wer sie ist oder warum sie hierher gekommen ist, und der Rote Stier wird des

Nachts nicht mehr nach ihr brüllen. Vielleicht wird sie den guten Prinzen heiraten, der sie liebt.« Die Katze stieß ihren Kopf auffordernd gegen Mollys plötzlich stille Hand. »Nur zu!« befahl sie. »Der Prinz ist sehr tapfer, ein Einhorn zu lieben. Katzen schätzen kühne Toren!«

»Nein, nein, das kann sie nicht. Sie ist das letzte Einhorn.«

»Nun, dann muß sie vollenden, was sie hierhergeführt hat. Sie muß den gleichen Weg zum Stier hinuntergehen, den auch der König geht.«

Molly preßte sie so fest an sich, daß die Katze ein mausartiges Quieken des Protestes von sich gab. »Kennst du diesen Weg?« fragte sie so ungestüm, wie es Prinz Lír von ihr hatte wissen wollen. »Zeig ihn mir, sag mir, wohin wir gehen müssen.« Sie setzte die Katze auf den Tisch und ließ sie los.

Die Katze blieb lange Zeit stumm, doch ihre Augen wurden heller und heller, Gold rieselte herab, bedeckte das Grün. Ihr verkrümmtes Ohr zuckte und die schwarze Schwanzspitze, sonst nichts.

»Wenn der Wein sich selber trinkt, wenn der Schädel spricht, wenn die Uhr die Stunde schlägt, nur dann findet ihr den Gang zum Stier.« Sie zog ihre Pfoten unter die Brust und setzte hinzu: »Natürlich ist ein Trick dabei!«

»Und ob!« fauchte Molly. »Auf einem Pfeiler in der großen Halle steht so ein schrecklicher, bröseliger Totenkopf, aber es ist schon eine Weile her, daß der was gesagt hat. Die Uhr, die in der Nähe steht, ist verrückt, sie schlägt die Stunden, wie es ihr gerade paßt, Mitternacht zu jeder Stunde, fünf Uhr nachmittags um vier Uhr in der Früh', dann wochenlang keinen einzigen Schlag. Und dann der Wein — o Kätzchen, wäre es nicht einfacher, du zeigtest mir den Gang? Du weißt doch, wo er ist, nicht wahr?«

»Natürlich weiß ich das«, antwortete die Katze und gähnte schimmernd und sperrangelweit. »Natürlich wäre es viel einfacher, wenn ich euch den Weg zeigte; ersparte euch eine Menge Zeit und Ärger!«

Ihre Stimme fiel zu einem schläfrigen, schleppenden Maunzen ab, und Molly merkte, daß die Katze, genau wie Haggard, das Interesse verlor. Rasch fragte sie: »Sag mir wenigstens noch eines: Was wird aus den Einhörnern? Wo sind sie?«

Die Katze gähnte wieder. »Nah und fern, fern und nah«, schnurrte sie. »Sie sind in Augenweite deiner Herrin, doch fast schon außerhalb ihres Erinnerungsvermögens. Sie nähern sich, und sie verschwinden wieder.« Sie schloß ihre Augen.

Mollys Stimme klang, als zupfte man ein sehr straffes Seil. »Der Teufel soll dich holen! Warum hilfst du mir denn nicht? Warum sprichst du nur in Rätseln?«

Langsam öffnete sich ein Auge, goldengrün wie Sonnenschein in feuchten Wäldern. »Ich bin, was ich bin. Ich würde dir gern sagen, was du wissen willst, denn du bist gut zu mir gewesen. Doch bin ich eine Katze, und keine Katze hat jemals eine klare Antwort gegeben.«

Ihre letzten Worte gingen in ein tiefes und regelmäßiges Schnurren über, sie schlief ein, das eine Auge halb geöffnet. Molly hielt sie in ihrem Schoß und streichelte sie; die Katze schnurrte im Schlaf, aber sie sprach nicht noch einmal.

Drei Tage nachdem er ausgezogen war, den Oger mit der Schwäche für Dorfmädchen zu erschlagen, kehrte Prinz Lír heim. Die Große Axt des Herzogs Alban hatte er umgehängt, der Kopf des Ogers baumelte an seinem Sattel. Keine der beiden Trophäen brachte er zur Lady Amalthea, auch eilte er nicht mit bluttriefenden Händen zu ihr. Er hatte sich entschlossen, die Lady Amalthea hinfort nicht mehr mit seinen Galanterien zu belästigen, vielmehr in Gedanken an sie still dahinzuleben, ihr voll Demut zu dienen bis zu seinem einsamen Tode, zu verzichten auf ihre Gesellschaft, ihre Bewunderung und ihre Liebe. »Ich werde so unauffällig sein wie die Luft, die sie atmet, so unsichtbar wie die Kraft, die sie an die Erde bindet«, sagte er am Abend seiner Heimkehr in der Küche zu Molly Grue. Nach einigem Nachdenken fügte er dann hinzu: »Vielleicht werde ich hie und da ein Gedicht für sie schreiben und es unter ihrer Tür durchschieben, oder es irgendwo liegenlassen, wo sie es zufällig finden wird. Aber keines von diesen Gedichten werde ich unterschreiben!«

»Das ist sehr edel«, erwiderte Molly. Sie war erleichtert, daß der Prinz seine Hofmacherei aufgab, ein wenig belustigt darüber und ein bißchen traurig. »Mädchen finden an Gedichten mehr Gefallen als an toten Drachen und Zauberschwertern«, tröstete sie ihn. »Ich zumindest tat es immer, als ich ein Mädchen war. Der Grund, weshalb ich damals mit Cully davonlief . . .«

Doch Lír fiel ihr ins Wort. »Nein, mach mir keine Hoffnungen«, sagte er fest, »ich muß lernen, ohne Hoffnung zu leben, wie es mein Vater tut. Vielleicht werden wir beide uns dann endlich verstehen«. Er suchte in seinen Taschen, und Molly hörte das Knistern von Papier. »Ich habe schon ein paar Gedichte darüber geschrieben, über Hoffnung, Liebe und solche Sachen. Wenn du Lust hast, kannst du sie ja mal durchsehen.«

»Mit Vergnügen«, sagte Molly. »Aber wirst du dann nie wieder hinausziehen, um mit schwarzen Rittern zu kämpfen und durch Waberlohen zu reiten?« Sie hatte ihn mit diesen Worten hänseln wollen, doch während sie sprach, fand sie plötzlich, daß es schade wäre, wenn es sich so verhielte, denn seine Abenteuer hatten ihn viel hübscher und um einiges schlanker gemacht, und ihm obendrein eine Spur von dem bitteren Todeshauch verliehen, der allen Helden anhaftet. Doch der Prinz schüttelte den Kopf und sah fast verlegen aus.

»Oh, ich werde wohl auch weiterhin mitmischen«, murmelte er. »Aber nicht, um damit anzugeben oder um sie zu beeindrucken. Zuerst habe ich es aus diesen Gründen getan, doch dann wird es eine Art Gewohnheit, Menschen zu retten, Verzauberungen zu lösen, den verruchten Grafen zum Zweikampf zu fordern; es fällt schwer, kein Held mehr zu sein, wenn man sich einmal daran gewöhnt hat. Gefällt dir das erste Gedicht?«

»Es steckt voller Gefühl«, antwortete sie. »Kann man wirklich ›Mythe‹ auf ›Tüte‹ reimen?«

»Es muß noch ein wenig poliert werden«, räumte Prinz Lír ein. »Mirakel ist das Wort, das mir Schwierigkeiten macht.«

»Ich habe mir schon über ›Tabernakel‹ den Kopf zerbrochen.«

»Nein, ich rede von der Rechtschreibung. Schreibt man das mit einem *r* und zwei *l*, oder gerade umgekehrt?«

»Mit einem *r*, glaub' ich«, meinte Molly. »Schmendrick« — denn der Zauberer trat gerade mit eingezogenem Kopf durch die Tür —, »wieviele *r* hat das Wort Mirakel?«

»Zwei«, antwortete er müde. »Hat den gleichen Stamm wie ›Myrrhe‹.« Molly schöpfte ihm einen Napf voll Brühe, und er ließ sich seufzend am Tisch nieder. Seine Augen sahen hart und wolkig wie Jade aus, eines seiner Augenlider zuckte.

»Ich halte das nicht mehr lange aus«, sagte er mühsam. »Es ist nicht dieser schreckliche Ort, und auch nicht, daß ich ihm die ganze Zeit zuhören muß — darin werde ich von Tag zu Tag besser —, nein, es ist dieser entsetzliche Hosenträgerjakob-Humbug, den ich ihm stundenlang vorführen muß. Gestern die ganze Nacht. Es würde mir nichts ausmachen, wenn er wirkliche Zauberei von mir verlangte, oder wenigstens richtige Kunststücke, aber er will immer das gleiche, die Ringe und die Goldfische, die Spielkarten und Halstücher und das Seil — genau wie in der Mitternachtsmenagerie. Ich kann nicht mehr. Nicht mehr lange.«

»Aber dafür hat er dich doch angestellt!« widersprach Molly. »Wenn er sich richtige Zauberei wünschte, hätte er den alten Zauberer behalten können, diesen Mabruk.« Schmendrick hob den Kopf und warf ihr einen Blick zu, der beinah belustigt wirkte. »Ich hab's nicht so gemeint«, sagte Molly. »Überhaupt ist es ja nur noch für kurze Zeit, dann werden wir den Weg zum Roten Stier gefunden haben, von dem die Katze mir erzählt hat.«

Sie dämpfte ihre Stimme zu einem Wispern, als sie die letzten Worte sagte; beide blickten verstohlen zu Prinz Lír hinüber, der auf einem Stuhl in der Ecke saß und offensichtlich an einem neuen Gedicht schrieb. »Gazelle«, murmelte er und klopfte mit der Feder gegen seine Zähne, »Demoiselle, Zitadelle, Asphodele, Philomele, Parallele . . .« Er entschied sich für ›Schattenseele‹ und kritzelte munter drauflos.

»Wir werden diesen Weg nie finden«, flüsterte Schmendrick. »Selbst wenn die Katze die Wahrheit gesagt hat, was ich bezweifle, so wird Haggard dafür sorgen, daß wir keine Zeit finden, die Uhr und den Schädel zu untersuchen. Was denkst du, weshalb er dir jeden Tag mehr Arbeit auflädt? Doch nur, um dich davon abzuhalten, daß du in der großen Halle herumschleichst und schnüffelst. Was denkst du, weshalb er sich von mir mit diesem Mumpitz unterhalten läßt? Weshalb er mich überhaupt als Hofzauberer angestellt hat? Molly, er *weiß* es, ich bin mir ganz sicher. Er weiß, was sie ist, doch kann er es noch nicht glauben; aber wenn er das einmal tut, dann weiß er, was er zu tun hat. Er weiß es. Ich sehe es manchmal auf seinem Gesicht!«

»O meiner Sehnsucht Schwellen, o meiner Liebe Fall«, rezitierte Prinz Lír, »o meines Schmerzes hm-ta-ta-all. Knall, Ball, Drall. Verflucht.«

Schmendrick beugte sich über den Tisch. »Wir können nicht hier herumsitzen und warten, bis er losschlägt. Unsere einzige Hoffnung ist Flucht bei Nacht, und zwar übers Meer, wenn ich ein Boot auftreiben kann. Die Wächter werden in die andere Richtung sehen, und das Tor . . .«

»Aber die anderen!« jammerte sie. »Wie können wir fliehen, wenn sie von so weit hergekommen ist, um die anderen Einhörner zu finden, und wenn wir wissen, daß sie hier sind?« Doch ein kleiner, verborgener, verräterischer Teil von ihr war plötzlich allzu bereit, sich von der Vergeblichkeit ihrer Suche überzeugen zu lassen; sie spürte es und war deswegen zornig auf Schmendrick. »Und was wird dann aus deiner Magie, aus deiner eigenen kleinen Suche? Willst du die auch aufgeben? Soll sie in ihrer menschlichen Gestalt sterben, während du in alle Ewigkeit fortlebst? Da könntest du sie gleich dem Stier übergeben!«

Der Zauberer sank in seinen Stuhl zurück, sein Gesicht sah bleich aus und verschrumpelt wie die Finger einer Waschfrau. »So oder so, es kommt nicht mehr drauf an«, sagte er, halb zu sich selbst. »Sie ist jetzt kein Einhorn mehr, sondern eine sterbliche Frau, jemand, den dieser Schafskopf beseufzt und bedichtet. Vielleicht findet Haggard die Wahrheit auch nie heraus, sie wird seine Schwiegertochter, und er wird es nie erfahren! Zu komisch.« Er schob die Suppe unberührt beiseite und stützte seinen Kopf in die Hände. »Selbst wenn wir die anderen fänden, ich könnte sie nicht mehr in ein Einhorn verwandeln. Aller Zauber hat mich verlassen.«

»Schmendrick«, fing Molly an, doch in diesem Augenblick sprang er auf und stürzte aus der Küche, obgleich sie nichts von des Königs Ruf vernommen hatte. Prinz Lír blickte nicht einmal auf, er trommelte Metren und probierte Reime. Molly hängte einen Kessel übers Feuer, um Tee für die Wachen zu bereiten.

»Ich bin beinah so weit, es fehlt nur noch das Verspaar am Schluß«, rief Lír nach einiger Zeit. Möchtest du es lieber jetzt hören oder später?«

»Was immer dir lieber ist«, seufzte sie, und er las es vor, doch sie nahm kein einziges Wort davon auf. Zum Glück kamen die Wächter herein, bevor er mit dem Vorlesen zu Ende war, denn er war zu schüchtern, um in deren Gegenwart Molly nach ihrer Meinung zu fragen. Als sie die Küche wieder verließen, arbeitete er schon wieder an einem neuen Gedicht. Es war sehr spät, als er ihr gute Nacht wünschte. Molly saß am Tisch und hielt ihre scheckige Katze im Schoß.

Das neue Gedicht sollte eine Sestine werden; Prinz Lír stieg fröhlich die Treppen zu seiner Kammer hinauf, in seinem Kopf hallten die Endungswörter wider, mit denen er jonglierte. »Das erste werd' ich vor ihre Tür legen«, dachte er, »und die anderen für morgen aufheben.« Er überdachte seine ursprüngliche Entscheidung, sein Werk nicht zu unterschreiben, erwog Pseudonyme wie ›Der Ritter der Schatten‹ und ›Le Chevalier Mal-Aimé‹, als er um eine Ecke bog und vor der Lady Amalthea stand. Sie kam rasch die Treppe herunter; als sie ihn erblickte, gab sie einen seltsamen, blökenden Laut von sich, blieb drei Stufen über ihm stehen.

Sie trug ein Gewand, das einer der Soldaten für sie in Hagsgate gestohlen hatte. Ihr Haar hing herab, und ihre Füße waren bloß. Ihr Anblick auf der Treppe ließ solch Leid über Prinz Lírs Haut lecken, daß ihm Gedichte und Maskeraden sogleich entfielen; er wandte sich, um davonzulaufen. Doch da er in allen Lagen ein Held blieb, so drehte er sich tapfer wieder um, sah sie an und sagte gelassen und höflich: »Einen guten Abend entbiet' ich dir, meine Lady.«

Die Lady Amalthea starrte ihn durch das Dunkel an, streckte eine Hand aus, zog sie aber wieder zurück, bevor sie ihn berührt hatte. »Wer bist du?« wisperte sie. »Bist du Rukh?«

»Ich bin Lír«, antwortete er. Er hatte plötzlich große Angst. »Kennst du mich nicht?« Sie wich vor ihm zurück, es schien dem Prinzen, als seien ihre Schritte so geschmeidig wie die eines Tieres und als senkte sie ihren Kopf wie eine Ziege oder ein Reh. Er sagt wieder: »Ich bin Lír.«

»Die alte Frau«, flüsterte die Lady Amalthea. »Der Mond erlosch, oh!« Ein Zittern überlief sie, dann erkannten ihre Augen den Prinzen, doch ihr übriger Körper blieb wild und wachsam, und sie kam nicht näher.

»Du hast geträumt«, sagte er, als er wieder höfischer Sprache fähig war. »Ich wünschte, du erzähltest mir deinen Traum.«

»Ich habe ihn schon früher geträumt«, erwiderte sie zögernd. »Ich war in einem Käfig gefangen, und da waren andere, andere Tiere in Käfigen, und eine alte Frau. Doch ich werde euch damit nicht belästigen, mein Prinz und Gebieter. Ich habe das schon oft geträumt.«

Sie wollte gehen, doch er sprach zu ihr mit einer Stimme, wie sie nur Helden haben, so wie viele Tiere einen bestimmten Ruf hervorbringen, wenn sie Junge haben. »Ein Traum, der immer wiederkehrt, ist sicherlich ein Bote, der dich vor Künftigem warnen oder an zu früh Vergessenes erinnern soll. Sprich mehr darüber, wenn es dir beliebt, und ich will mein Bestes geben, dies Rätsel für dich zu lösen.«

Daraufhin blieb sie stehen, sah ihn mit leicht geneigtem Kopf an; immer noch erschien sie ihm wie ein schlankes, bepelztes Tier, das aus einem Dickicht äugt. Doch in ihren Augen stand ein menschlicher Ausdruck von Schmerz, als hätte sie etwas Wichtiges verloren oder erinnerte sich plötzlich an etwas, das sie nie besessen. Hätte er auch nur geblinzelt, wäre sie verschwunden gewesen; doch er zuckte mit keiner Wimper. Er hielt sie gebannt, so wie er gelernt hatte, Greife und Schimären mit festem Blick zu bannen. Ihre bloßen Füße schmerzten ihn tiefer, als es irgendein Stoßzahn oder eine messerscharfe Klaue je getan. Doch er war ein Held.

Die Lady Amalthea sprach: »In meinem Traum sind schwarze, vergitterte Wagen und Tiere, Tiere, die sind und nicht sind, und ein geflügeltes Wesen, das im Mondlicht klirrt wie Eisen. Der große Mann hat grüne Augen und blutige Hände.«

»Der große Mann muß dein Onkel sein, der Zauberer«, grübelte Prinz Lír. »Dieser Teil ist klar genug, die blutigen Hände überraschen mich nicht. An seinem Anblick ist mir nie viel gelegen, wenn du meine offene Rede verzeihen willst. Ist das der ganze Traum?«

»Ich kann ihn dir nicht ganz erzählen«, sagte sie, »denn er ist nie zu Ende.« Furcht kehrte in ihre Augen zurück, wie ein großer Stein in einen Teich fällt: alles wölkte sich wirbelnd, schnelle Schatten schossen überallhin. »Ich laufe von einem guten, sicheren Ort weg, und die Nacht rings um mich steht in Flammen. Doch zur gleichen Zeit ist es Tag, ich wandle in warmem, herbem Regen unter großen Buchen, Schmetterlinge und süße Töne umgeben mich, getüpfelte Straßen und Städte wie Fischgräten, und das geflügelte Wesen tötet die alte Frau. Ich laufe und laufe, lauf' in das eisige Feuer, kann nicht entrinnen, und meine Beine sind die Beine eines Tieres . . .«

»Lady«, unterbrach Prinz Lír sie, »Lady, ich bitt' Euch, nicht weiter!« Ihr Traum schob sich wie ein Abgrund zwischen sie, plötzlich lag ihm nichts mehr daran, seine Bedeutung zu ergründen. »Nicht weiter«, sagte er.

»Aber ich muß weiter«, erwiderte die Lady Amalthea, »denn er kommt nie zu einem Ende. Selbst wenn ich wach bin, kann ich nicht unterscheiden, was Wirklichkeit und was Traum, wenn ich gehe, esse und spreche. Ich erinnere, was nicht geschehen sein kann, und vergesse, was mir jetzt geschieht. Menschen sehen mich an, als sollte ich sie kennen, und in dem Traum kenne ich sie; immer näher kommen die Flammen, obwohl ich wach . . .«

»Nicht weiter!« rief er verzweifelt. »Eine Hexe hat dieses Schloß erbaut; wenn man hier von Albträumen spricht, werden sie wahr.« Nicht ihr Traum machte ihn frösteln, sondern die Tatsache, daß sie nicht weinte, während sie ihn erzählte. Als Held verstand er weinende Frauen und wußte, wie man sie tröstet — gewöhnlich, indem man etwas umbrachte —, doch ihr gefrorenes Entsetzen verwirrte und entmutigte ihn. Ihr unbewegtes Gesicht ließ seine vornehme Würde zerbröckeln, auf die er so stolz gewesen war. Als er wieder sprechen konnte, klang seine Stimme jung und stammelnd.

»Ich würde dir mit mehr Artigkeit den Hof machen, wenn ich wüßte, wie. Meine Drachen und Heldentaten langweilen dich, doch sie sind alles, was ich zu bieten habe. Ich bin noch nicht sehr lange ein Held, und bevor ich es ward, da war ich überhaupt nichts als meines Vaters unerfahrener, törichter Sohn. Mag sein, daß ich heute nur auf eine andere Art töricht bin, doch ich bin jetzt hier, und du tust Unrecht, wenn du dir nicht von mir helfen läßt. Es müßte ja nicht unbedingt eine Heldentat sein, nur etwas Nützliches.«

Da lächelte ihn die Lady Amalthea an, zum ersten Mal, seit sie in König Haggards Schloß weilte. Es war ein winziges Lächeln, eine schmale Sichel Licht an der Grenze zur Nacht, doch Lír neigte sich ihr zu, um sich zu wärmen. Er hätte gerne seine Hände darum herumgelegt, wie um eine Flamme, hätte es gerne heller geblasen, doch wagte er es nicht.

»Sing etwas für mich«, sagte sie. »An diesem einsamen, dunklen Ort deine Stimme zu erheben, das wäre tapfer — und nützlich. Sing für mich, lösche meine Träume aus, bewahre mich davor, das zu erinnern, was mich quält. Sing für mich, mein Prinz und Gebieter, ich bitte dich. Es mag keine Heldentat sein, doch ich wäre froh darüber.«

Also sang Prinz Lír fröhlich drauflos, mitten auf der eisigen Treppe, und viele klamme, unsichtbare Tiere plumpsten und huschten vor der taghellen Munterkeit seiner Stimme in ihre schützenden Löcher. Er sang die ersten Worte, die ihm in den Sinn kamen, und die gingen so:

Als ich jung war und viel von mir man hielt,
verwöhnten mich die Frauen mit Küssen und Kosen.
Ich sprach nie von Liebe, doch ich wußte, ich log,
gelangweilt pflückt' ich ihre Herzen wie Rosen.

Ich sagte mir: Keine von ihnen allen kann
das Geheimnis, das ich berge, benennen.
Ich harre der Einen, die meine Maske durchschaut,
und mein Lieben werd' an dem gewissen Gefühl ich erkennen.

Wie Wolken am Himmel verflogen die Jahre,
und Frauen zogen wie Schnee dem Winde voran;
bezaubernd betrog und heuchelnd hinterging ich,
stete ging's hinab die süße Sünderbahn.

Ich sagte mir: Keine von ihnen allen sieht,
daß ein Teil von mir unberührt von Prickeln und Brennen.
Meine Lady läßt auf sich warten, doch ich bleib' ihr treu.
Und mein Lieben werd' an dem gewissen Gefühl ich erkennen.

Endlich kam eine Dame, die klug war und zart;
sie sagte: „Du bist nicht, was mit meinen Augen ich seh'!«
Ich betrog sie, bevor ihren Satz sie beendet.
Da schluckte sie Schierling und sprang in den See.

Und ich sagte mir: Solange noch Zeit für Worte ist . . .
Täglich werd' ich verderbt' und verdorbner, deliziös und elegant.
Ach, Liebe mag stark sein, doch Süchte sind stärker.
Und mein Lieben hab' an dem gewissen Gefühl ich erkannt!

Als er fertig war, lachte die Lady Amalthea; die uralte Finsternis des Schlosses schien fauchend vor ihnen zurückzuweichen. »Das war sehr nützlich«, lachte sie, »ich danke dir, mein Gebieter.«

»Ich weiß nicht, weshalb ich gerade dieses Lied gesungen habe«, erwiderte Prinz Lír unbeholfen. »Einer von meines Vaters Männern hat es früher oft für mich gesungen. Ich glaube nicht so richtig daran, ich denke, Liebe ist stärker als Gewohnheiten oder Umstände. Ich glaube, es ist möglich, sich lange, lange Zeit für jemanden zu bewahren und sich, wenn sie dann kommt, daran zu erinnern, warum man gewartet hat.« Die Lady Amalthea lächelte wieder, gab ihm jedoch keine Antwort. Der Prinz tat einen einzigen Schritt auf sie zu.

Über seine eigene Kühnheit staunend, sagte er sanft: »Ich möchte in deinen Schlaf kommen und dich darin behüten, ich möchte alles erschlagen, was dich verfolgt und beunruhigt, wie ich es auch täte, wenn diese

Dinge den Mut hätten, mir im Tageslicht entgegenzutreten. Aber das kann ich nicht, es sei denn, du träumtest von mir.«

Bevor sie darauf eine Antwort hätte geben können, hörten sie unter sich auf der Wendeltreppe Schritte und König Haggards verhangene Stimme. »Ich habe ihn singen hören! Wie kommt er dazu, hier zu singen?«

Schmendrick der Hofzauberer beeilte sich, unterwürfig zu sagen: »Sire, das war nur eine Heldenballade, ein *chanson de geste,* wie er sie oftmals singt, wenn er hinauszieht in den Ruhm oder heimkehrt zur Ehre. Seid versichert, Majestät . . .«

»Er hat hier noch nie gesungen«, sagte der König. »Ich bin sicher, daß er auf seinen Narrenfahrten ununterbrochen singt, weil das von Helden erwartet wird. Aber er hat hier gesungen, und zwar nicht von Heldenmut und Kampf, sondern von Liebe. Wo ist sie? Ich wußte, daß er ein Liebeslied singt, bevor ich auch nur ein einziges Wort hörte, denn selbst die Steine erbebten, wie sie es sonst nur tun, wenn sich der Stier dort drunten regt. Wo ist sie?«

Der Prinz und die Lady Amalthea sahen einander im Dunkeln an, und in diesem Augenblick standen sie Seite an Seite, obwohl sich keines gerührt hatte. Da erfüllte sie große Furcht vor dem König, denn was immer in diesem Augenblick zwischen ihnen entstanden sein mochte — es war etwas, was er zerstören wollte. Ein Treppenabsatz über ihnen mündete in einen langen Gang, sie liefen nebeneinander, konnten nicht weiter sehen, als ihr Atem reichte. Ihre Füße waren so lautlos wie das Versprechen, das sie ihm gegeben hatte, doch seine schweren Stiefel klangen wie schwere Stiefel auf einem Steinboden. Der König verzichtete auf eine Verfolgung, seine Stimme jedoch rasselte den Gang hinunter hinter ihnen her, übertönte, was der Zauberer sagte: »Mäuse, Majestät, ohne jeden Zweifel. Zum Glück bin ich im Besitze eines einzigartigen Zauberspruches . . .«

»Laß sie laufen«, sagte der König. »Es freut mich, daß sie davonlaufen.«

Als sie nicht mehr rannten, sahen sie, ohne des Ortes zu achten, einander wieder in die Augen.

So klagte und kroch der Winter dahin, nicht einem Frühling entgegen, sondern dem kurzen, verzehrenden Sommer in König Haggards Land. Das Leben im Schloß ging weiter, ging weiter in dem Schweigen, das einen Ort erfüllt, an dem niemand mehr auf irgend etwas hofft. Molly Grue wusch und kochte, schrubbte Steinböden, flickte Rüstungen und schärfte Schwerter; sie hackte Holz, mahlte Mehl, striegelte Pferde und säuberte ihre Ställe, schmolz gestohlenes Gold und Silber ein für des Königs Schatztruhen und machte Ziegel ohne Stroh. Des Abends, bevor sie zu Bett ging, las sie für gewöhnlich Lírs neue Gedichte durch, die er für die Lady Amalthea geschrieben hatte, lobte sie und verbesserte die Rechtschreibung.

Schmendrick riß seine Possen, trieb Mumpitz und Gaukeleien, wie ihm der König gebot; er haßte seine Tätigkeit und war sich im klaren, daß Haggard dies wußte und sich darüber freute. Er schlug Molly nicht mehr vor, zu fliehen, bevor König Haggard sich wegen der Lady Amalthea ganz sicher war; versuchte nicht mehr, den geheimen Gang zum Roten Stier zu finden, selbst wenn Haggard ihm freie Zeit dafür ließ. Er schien kapituliert zu haben, nicht vor dem König, sondern vor einem weit älteren, grausameren Feinde, der ihn endlich eingeholt hatte, in diesem Winter und an diesem Ort.

Die Lady Amalthea ward mit jedem Tage schöner, die Tage wurden immer grauer und grimmiger. Die alten Krieger, die durchnäßt und zitternd von ihren Rundgängen herabkamen oder von ihren Diebesfahrten heimkehrten, öffneten sich lautlos wie Blumen, wenn sie ihr auf der Treppe oder in der Halle begegneten. Sie lächelte ihnen zu und gab ihnen gute Worte, doch wenn sie vorüber war, schien das Schloß düstrer als je zuvor, und der Wind rüttelte und schüttelte die Wolken, als wären sie Bettücher auf einer Wäscheleine. Denn die Schönheit der Lady Amalthea war jetzt menschlicher Art und vergänglich, es lag in ihr kein Trost für alte Männer. Ihnen blieb nichts übrig, als ihre tropfnassen Mäntel fester um sich zu ziehen und zu dem schwachen Feuer in der Küche hinabzuhinken.

Doch die Lady Amalthea und Prinz Lír wandelten und sprachen und sangen so glückselig, als hätte sich König Haggards Schloß in einen grünen Wald verwandelt, blühend und schattend vor Lenz. Sie erstiegen die schiefen Türme, als wären es Hügel, picknickten auf Steinwiesen unter steinernem Himmel, planschten Gänge hinauf und hinunter, die sich für sie in muntere Bäche verwandelt hatten. Er erzählte ihr, was er nur wußte, vertraute ihr an, was er über die Welt und über die Liebe dachte, ersann ein gemeinsames glückliches Leben für sie beide; und sie half ihm dabei, indem sie ihm lauschte. Sie spielte ihm nichts vor, denn sie konnte sich an nichts mehr erinnern, was vor ihm und Haggards Schloß gewesen war. Ihr Leben begann und endete mit Prinz Lír — außer in den Träumen, und die verblaßten bald, wie Lír es vorhergesagt.

Nur noch selten vernahmen sie bei Nacht des Stieres Jagdgebrüll; doch wenn sie das drohende Grollen hörte, dann fürchtete sie sich sehr; der Winter und die Wände richteten sich wieder steil vor ihnen auf, so als wäre ihr gemeinsamer Frühling ganz allein die Schöpfung der Lady Amalthea gewesen, das ihrer Freude entsprungene Geschenk an Prinz Lír. Zu solchen

Zeiten hätte er sie in die Arme geschlossen, wenn er nicht schon lange ihre Furcht vor Berührungen erkannt hätte.

Eines Nachmittags stand die Lady Amalthea auf dem höchsten Söller des Schlosses und wartete auf Prinz Lírs Heimkehr von einer Ausfahrt gegen den Schwager jenes Ogers, den er damals erschlagen hatte. Der Himmel türmte sich grau und seifig über dem Tal von Hagsgate, doch es regnete nicht. Weit drunten glitt das Meer in silbernen, grünen und tangbraunen Streifen auf einen rauchigen Horizont zu. Die häßlichen Vögel flogen ruhelos zu zweien oder dreien umher, kreisten mit schnellen Schwingen über dem Wasser, kehrten zurück und stolzierten am Strand auf und ab, krächzten und kreischten, beäugten mit schiefen Köpfen König Haggards Schloß auf dem Kliff. »Sagteso, sagteso!« Die Ebbe war auf ihrem niedrigsten Stand, gleich mußte die Flut einsetzen.

Die Lady Amalthea sang. Ihre Stimme schwebte und schwankte in der trägen, kalten Luft wie ein Vogel:

Ich bin eine Königstochter
und werde grau und alt,
gefangen nicht im Kerker,
im Turm der eigenen Gestalt!
Noch heut ließ' alles Gut ich fahren,
zög' bettelnd über Land und Meer . . .

Sie erinnerte sich nicht, dieses Lied schon einmal gehört zu haben, doch die Worte zupften und zerrten an ihr wie Kinder, die sie an einen Platz zurückziehen wollten, den sie gern wiedergesehen hätten. Sie schüttelte sie mit einer Schulterbewegung ab.

»Aber ich bin doch nicht alt«, sprach sie vor sich hin, »und ich bin keine Gefangene. Ich bin die Lady Amalthea, Geliebte des Prinzen Lír, welcher in meine Träume kam, damit ich nicht einmal im Schlaf mehr an mir zweifle. Wo könnte ich ein Lied von Leid gelernt haben? Ich bin die Lady Amalthea, und ich kenne nur die Lieder, die mich Prinz Lír gelehrt.«

Sie hob eine Hand und berührte das Mal auf ihrer Stirn. Das Meer rollte ruhig und regelmäßig wie der Tierkreis, die häßlichen Vögel schrien. Es beunruhigte sie ein wenig, daß das Mal nicht verschwinden wollte.

»Eure Majestät«, sagte sie, obwohl nicht das geringste Geräusch zu hören gewesen war. Sie hörte ein rasselndes Lachen in ihrem Rücken, wandte sich und sah den König. Er trug über seiner Rüstung einen grauen Mantel, doch sein Haupt war unbedeckt. Die tiefen Furchen in seinem Gesicht zeigten, wo die Krallen der Zeit seine harte Haut herabgefahren waren, doch er sah stärker aus als sein Sohn und wilder.

»Du bist schnell für das, was du bist«, sagte er, »doch langsam für das, was du warst. Man sagt, die Liebe mache Männer flink und Frauen träg. Ich werde dich bald einholen, wenn du noch mehr liebst!«

Sie lächelte ihn ohne Antwort an. Sie wußte nie, was sie zu dem blaßäugigen alten Mann sagen sollte, den sie so selten sah, und auch dann nur wie einen Schatten an der Küste des Eilandes, das sie und Prinz Lír bewohnten. Tief im Tal blitzte eine Rüstung auf, und sie hörte den Hufschlag eines müden Pferdes, klappernd auf nacktem Gestein. »Dein Sohn kehrt heim«, sagte sie. »Wir wollen ihn zusammen betrachten.«

König Haggard trat zögernd neben sie an die Brüstung, doch verschwendete er nur einen einzigen Blick auf die winzige, blinkende Figur dort drunten. »Nein, was geht uns beide Prinz Lír an?« fragte er. »Er ist nicht von meinem Fleisch und Blut, gehört mir weder durch Abstammung noch durch geistige Verwandtschaft zu. Ich habe ihn irgendwo aufgelesen, wo ihn andere hingelegt hatten; denn ich dachte, ich sei noch nie glücklich gewesen, weil ich keinen Sohn hatte. Am Anfang war es ganz unterhaltsam, aber das verging recht bald. Alle Dinge sterben, wenn ich sie anfasse. Ich weiß nicht, weshalb sie sterben, aber es ist immer so gewesen, mit einer Ausnahme. Es gibt etwas, das ich besitze, was niemals starr und kalt geworden ist unter meiner Hand, das einzige, was je ganz allein mir gehört hat.« Sein grimmiges Gesicht verschloß sich jählings wie eine zuschnappende Falle. »Und Lír wird dir bei der Suche keine Hilfe sein. Er weiß nicht einmal, was es ist.«

Ohne Warnung erzitterte das gesamte Schloß wie eine angerissene Saite, das schlafende Untier in seinem Bauche verlagerte sein gräßliches Gewicht. Die Lady Amalthea fand mühelos ihr Gleichgewicht wieder, denn in der Zwischenzeit hatte sie sich daran gewöhnt. »Der Rote Stier?« fragte sie leichthin. »Wie kommst du nur darauf, daß ich gekommen bin, um den Roten Stier zu stehlen? Ich habe kein Königreich zu bewachen und kenne keine Eroberungsgelüste. Was sollte ich mit ihm anfangen? Wieviel frißt er denn?«

»Verspotte mich nicht!« erwiderte der König. »Der Rote Stier gehört mir so wenig wie der Junge, und er frißt nichts, und er kann nicht gestohlen werden. Er dient jedem, der frei ist von Furcht — und ich bin ebenso ohne Furcht, wie ich ohne Ruhe bin.« Die Lady Amalthea sah böse Vorzeichen über das lange graue Gesicht gleiten und in die Augenhöhlen und Runzeln flüchten. »Verspotte mich nicht«, sagte er zum zweiten Mal. »Warum spielst du mir vor, du hättest deine Suche vergessen, und läßt dich von mir daran erinnern? Ich weiß, weshalb du gekommen bist, und du weißt sehr wohl, daß ich es besitze. Nimm es dir, wenn du kannst — aber laß dir nicht einfallen, jetzt aufzugeben!« Die tiefen Furchen waren messerscharf.

Prinz Lír sang im Reiten, doch die Lady Amalthea konnte die Worte noch nicht verstehen. Furchtlos sagte sie zum König: »Mein Gebieter, in deinem gesamten Schloß, in deinem ganzen Reich, in all den Ländern, die der Rote Stier noch für dich erobern mag, gibt es nur ein einziges Ding, das ich begehre. Und du hast mir vor weniger als einer Minute selbst gesagt, daß du nicht darüber verfügst! Was immer du außer ihm so hoch schätzest — ich wünsche dir von Herzen Freude daran. Lebt wohl, Eure Majestät.«

Sie ging zur Turmtreppe, doch Haggard stellte sich ihr in den Weg, und sie blieb stehen. Sie sah ihn aus Augen an, die so dunkel waren wie Hufspuren im Schnee. Der graue König lächelte, ein seltsames Gefühl der Zuneigung durchfröstelte sie einen Moment, denn sie bildete sich plötzlich ein, daß sie einander sehr ähnlich seien. Doch dann sagte er: »Ich kenne dich. Ich erkannte dich beinahe im gleichen Augenblick, als ich dich auf der Straße dort unten sah, wie du mit deinem Harlekin und deiner Köchin vor meiner Tür standest. Seit damals hat dich jede deiner Bewegungen verraten. Ein Schritt, ein Blick, ein Wenden des Kopfes, das Schimmern deines Halses, wenn du atmest, selbst deine Art, vollkommen reglos zu stehen — das alles waren meine Spione. Eine Weile hast du mir Kopfzerbrechen bereitet, und auf meine Weise bin ich dir dankbar dafür. Doch deine Zeit ist abgelaufen.«

Er sah über die Schulter aufs Meer hinaus, trat jäh an die Brüstung, mit der sorglosen Anmut eines jungen Mannes. »Die Flut setzt ein! Komm her und schau! Komm her!« Er sprach sehr sanft, doch in seiner Stimme lag plötzlich etwas vom Geschrei der häßlichen Vögel am Strand. »Komm her!« sagte er ungestüm. »Ich werde dich nicht anfassen.«

Prinz Lír sang:

Ich werde dich lieben, solang ich nur kann,
und sei es bis übermorgen . . .

Der gräßliche Kopf an seinem Sattel schien schaukelnd die Begleitung zu singen, in einer Art Baß-Falsett. Die Lady Amalthea gehorchte und stellte sich neben den König.

Die Wellen liefen ein unter einem schweren, schlierigen Himmel, langsam wie Bäume wachsend, während sie sich über das Meer schoben. Sie duckten sich, sobald sie in die Nähe der Küste kamen, bogen ihre Rücken höher und höher, sprangen dann so wild an den Strand wie gefangene Tiere, die gegen eine Mauer anspringen und zu Boden fallen und mit einem klagenden Knurren wieder und wieder springen, bis ihre Krallen stumpf werden und brechen. Klagend krächzten die häßlichen Vögel. Die Wellen waren taubengrün und taubenblau, bis sie brachen, dann färbten sie sich wie das Haar, das vor Lady Amaltheas Augen wehte.

»Da!« sagte eine seltsam hohe Stimme neben ihr. »Da sind sie!« König Haggard grinste sie an und wies auf das weiße Wasser hinunter. »Da sind sie.« Er lachte wie ein geängstigtes Kind. »Sie sind da! Sag, sie seien nicht deine Gefährten, sag, du seist nicht auf der Suche nach ihnen hierhergekommen, sag, aus Liebe wärst du einen ganzen Winter in meinem Schloß geblieben!«

Er konnte ihre Antwort nicht abwarten, er mußte den Wellen zuschauen. Sein Gesicht hatte sich unglaublich verändert, Entzücken färbte die fahle Haut, glättete die scharfen Knochen, lockerte den wie eine Sehne gespannten Mund. »Sie gehören mir«, sagte er leise, »sie gehören mir ganz allein. Der Rote Stier hat sie für mich eingefangen, eins nach dem anderen, und ich befahl ihm, jedes von ihnen ins Meer zu treiben. Was für einen besseren Ort könnte es geben, um Einhörner zu halten? Welcher andere Käfig könnte sie einschließen? Der Rote Stier bewacht sie, im Wachen wie im Schlafen, denn er hat ihnen den Mut schon vor langer Zeit geraubt. Jetzt leben sie im Meer, und jede Flut bringt sie bis auf einen einzigen Schritt ans Land heran, doch sie wagen es nicht, diesen Schritt zu tun, sie wagen es nicht, aus dem Wasser zu kommen! Sie haben Angst vor dem Roten Stier!«

In der Nähe sang Prinz Lír:

Andre mögen dir mehr versprechen, als sie halten können,
all ihre Habe, solange sie leben . . .

Die Lady Amalthea krampfte ihre Hände um die Brüstung und sehnte ihn herbei, denn der König mußte wahnsinnig sein. Unter ihnen lagen der fahle Strand, die Felsen und die einlaufende Flut, sonst nichts.

»Ich sehe ihnen gerne zu. Sie erfüllen mich mit Freude.« Die kindische Stimme sang beinahe. »Es kann nichts anderes als Freude sein. Zwei von ihnen standen in den ersten Morgenschatten. Eines trank aus einem Bach, das andere hatte den Kopf auf seinen Rücken gelegt. Ich dachte, ich müsse sterben. Da sagte ich zum Roten Stier: ›Das muß mir gehören. Ich muß alles davon besitzen, denn meine Sehnsucht ist sehr groß.‹ Und der Rote Stier hat sie gefangen, eins nach dem andern. Ihm war es gleichgültig, ich hätte genausogut Maikäfer oder Krokodile verlangen können. Er kann nur unterscheiden zwischen dem, was ich will, und dem, was ich nicht will.«

Er vergaß ihre Anwesenheit, beugte sich über die niedrige Mauer; sie hätte leicht den Turm verlassen können. Doch sie blieb, wo sie war, denn ein alter böser Traum erwachte ringsum, obgleich es Tag war. Die Flut zerschellte an den Felsen, schoß schäumend wieder zusammen, und Prinz Lír ritt singend daher. »Ich werde dich lieben, solang ich nur kann, und nie nach deiner Liebe fragen.«

»Ich muß sehr jung gewesen sein, als ich sie zum ersten Mal sah«, sagte König Haggard. »Jetzt bin ich wohl alt, denn inzwischen habe ich viele, viele Dinge aufgehoben und wieder weggelegt; nichts war mir den Einsatz meines Herzens wert, weil nichts von Dauer ist. Ich hatte recht — und bin immer alt geblieben. Doch sehe ich ein Einhorn, dann ist es wieder genau so wie an jenem Morgen in den Wäldern, und ich bin wahrlich jung, mir selbst zum Trotz, und alles ist möglich in einer Welt, die solche Schönheit birgt.«

›In dem Traum sah ich auf vier weiße Beine hinab und spürte die Erde unter gespaltenen Hufen. Auf meiner Stirn fühlte ich das gleiche Brennen, das ich jetzt fühle. Doch es gab keine Einhörner, die auf der Flut hereinkamen. Der König ist wahnsinnig.‹ Haggard sagte: »Ich frage mich, was aus ihnen wird, wenn ich nicht mehr bin. Der Rote Stier wird sie unverzüglich vergessen, das weiß ich, und einen neuen Herren suchen. Doch bin ich nicht sicher, ob sie selbst dann den Mut zur Freiheit finden werden. Ich hoffe nicht, denn dann gehören sie auf ewig mir!«

Er drehte sich um und sah sie an; seine Augen waren so gut und gierig wie die des Prinzen Lír, wenn er sie anblickte. »Du bist das letzte Einhorn«, sagte er. »Der Stier verfehlte dich, weil du wie eine Frau geformt warst, doch ich habe es die ganze Zeit gewußt. Wie hast du übrigens diese Verwandlung zuwege gebracht? Dein Zauberer kann es nicht gewesen sein; ich glaube nicht, daß er aus einem Ei ein Omelett machen könnte.«

Ohne den Halt an der Brüstung wäre sie zu Boden gesunken, doch so antwortete sie ihm gelassen: »Mein Gebieter, ich verstehe dich nicht. Ich sehe nicht das Geringste im Wasser.«

Das Gesicht des Königs zitterte verschwommen, als blickte sie ihn durch ein Feuer hindurch an. »Verleugnest du dich immer noch?« flüsterte er. »Wagst du es, dich selbst zu verleugnen? Pfui, das ist so falsch und feige, als wärst du wirklich ein Mensch. Ich werde dich mit diesen meinen Händen zu deinen Gefährten hinunterwerfen, wenn du dich weiter verleugnest!« Er machte einen Schritt auf sie zu, sie sah ihm mit aufgerissenen Augen zu, keiner Bewegung fähig.

Das Tosen des Meeres, Prinz Lírs Gesang und der Todesschrei des Mannes Rukh gellten in ihren Ohren. König Haggards graues Gesicht hing wie ein Hammer über ihr. »Es muß so sein«, murmelte er, »ich kann mich nicht irren. Doch ihre Augen sind so töricht wie die seinen, wie alle Augen, die nie ein Einhorn erblickten, Augen, die in einem Spiegel nie etwas anderes sehen als sich selbst. Was für ein Trug ist das? Wie kann das sein? In ihren Augen sind keine grünen Blätter zu sehen!«

Da schloß sie ihre Augen, doch sperrte sie mehr ein als aus. Die bronzeflüglige Kreatur mit dem Hexengesicht schwang vorüber, lachte und plapperte, und der Schmetterling legte die Flügel an, um zuzustoßen. Der Rote Stier trabte geräuschlos durch den Wald und stieß mit seinen fahlen Hörnern die Zweige beiseite. Sie spürte, daß König Haggard sich entfernte, doch sie öffnete ihre Augen nicht.

Viel später, oder einen Augenblick darauf, hörte sie hinter sich des Zauberers Stimme. »Ruhig, ganz ruhig. Es ist alles vorbei.« Es war ihr nicht bewußt, daß sie irgendeinen Laut von sich gegeben hatte.

»Im Meer«, sagte er, »im Meer! Mach dir nichts draus. Auch ich habe sie nicht gesehen, weder heute noch zu irgendeiner anderen Zeit, als ich hier oben stand und die einlaufende Flut beobachtete. Doch *er* hat sie gesehen, und wenn Haggard etwas sieht, dann ist es da!« Er lachte, und sein Lachen klang wie eine ins Holz krachende Axt. »Mach dir nichts draus. Das hier ist ein Hexenschloß, da fällt es einem schwer, die Dinge richtig zu sehen, vor allem, wenn man lange hier gelebt hat. Es genügt nicht, zum Sehen bereit zu sein, man muß die Augen Tag und Nacht offen halten.« Er lachte wieder, sanfter dieses Mal. »Schon gut. Wir werden sie jetzt finden. Komm, komm mit mir.«

Ihr Mund bewegte sich, formte Worte, doch blieb sie stumm. Der Zauberer betrachtete mit seinen grünen Augen ihr Gesicht genauer. »Dein Gesicht ist feucht«, meinte er besorgt, »ich hoffe, es ist nur Sprüh. Wenn du schon so menschlich geworden wärest, daß du weinen kannst, dann könnte kein Zauber auf dieser Welt — oh, es kann nur Sprüh sein. Komm mit mir. Es muß einfach Sprüh sein!«

In der Schloßhalle schlug die Uhr sechs. In Wirklichkeit war es elf Minuten nach Mitternacht, doch die Halle war kaum dunkler, als sie am Morgen oder zur Mittagszeit war. Die Schloßbewohner lasen die Zeit an den Schattierungen der Dunkelheit ab. Zuweilen war die Halle kalt, weil eben Wärme fehlte, und düster aus Mangel an Licht. Die Luft hing abgestanden und drückend in den Räumen, die Steine stanken nach faulem Wasser, denn es gab kein Fenster, um frischen Wind hereinzulassen. Das war der Tag.

Zur Nacht aber war das Schloß mit Dunkelheit geladen, strömte über davon, so wie es Bäume gibt, die den ganzen Tag mit der Unterseite ihrer Blätter Licht speichern und es nach Sonnenuntergang abgeben. Die kleinen Geräusche, die am Tage schliefen, erwachten jetzt, scharrten und schabten in allen Ecken und Winkeln. Kälte, Finsternis und Fäulnis füllten das Schloß.

»Mach Licht«, sagte Molly Grue. »Bitte, mach Licht!«

Schmendrick murmelte etwas Kurzes und Kundiges; zunächst geschah nichts, dann breitete sich allmählich eine blasse Helligkeit über den Boden hin aus, verteilte sich in der Halle auf tausend schillernden, huschenden, quiekenden Körpern. Das kleine Nachtgetier erglühte wie Leuchtkäfer, sie schossen in dem Saal umher, brachten mit ihrem kränklichen Licht flackernde Schatten hervor und machten die Finsternis noch kälter als zuvor.

»Hättest du's nur nicht getan«, seufzte Molly. »Kannst du sie nicht wieder abstellen? Wenigstens die purpurroten mit den — mit den Beinen?«

»Nein, das kann ich nicht«, erwiderte Schmendrick grob. »Sei still. Wo ist der Schädel?«

Die Lady Amalthea sah ihn von einer Säule herabgrinsen, zitronenklein im Dunkel und blaß wie der Morgenmond, aber sie sagte nichts. Seitdem sie den Turm verlassen hatte, war kein Wort über ihre Lippen gekommen.

»Dort!« sagte der Zauberer. Er ging zu dem Totenkopf hinüber und spähte in dessen geborstene und zerfallende Augenhöhlen, nickte gemessen und gab feierliche Laute von sich. Molly Grue starrte den Schädel genauso eifrig an, blickte jedoch immer wieder nach der Lady Amalthea. Nach einiger Zeit meinte Schmendrick: »Ausgezeichnet. Geht ein bißchen zur Seite.«

»Gibt es wirklich Zaubersprüche, die einen Totenkopf zum Sprechen bringen können?« fragte Molly. Der Zauberer spreizte seine Finger und warf ihr ein kleines, kompetentes Lächeln zu.

»Es gibt für alles Zauberformeln! Die Meistermagier waren große Zuhörer, und sie ersannen Mittel und Wege, alle Dinge dieser Welt zu bezaubern — ob lebend oder tot —, bis sie mit ihnen redeten. Das ist für einen Magier das Wichtigste: Hören und Sehen.« Er schöpfte tief Luft und rieb sich die Hände. »Der Rest ist Handwerk. Dann wollen wir mal.«

Er sah den Schädel scharf an, legte eine Hand auf dessen kahlen Scheitel und sprach ihn mit tiefer, befehlender Stimme an. Die Worte marschierten wie Soldaten aus seinem Munde, ihre Schritte hallten wider vor Kraft, als sie die finstere Luft durchschritten, doch der Schädel gab nicht die geringste Antwort.

»Das werden wir gleich haben«, flüsterte Schmendrick. Er nahm die Hand von dem Totenkopf und sprach wieder zu ihm. Dieses Mal klang sein Spruch gemessen und schmeichelnd, beinahe bittend. Der Schädel schwieg; doch Molly kam es vor, als huschte über die gesichtslose Vorderseite etwas wie Wachsamkeit und verschwände wieder.

In dem schwanken Licht des leuchtenden Ungeziefers schimmerte das Haar der Lady Amalthea wie eine Blume. Sie schien weder neugierig noch gleichgültig, sondern war auf eine Art ruhig, wie es ein Schlachtfeld zuweilen ist; sie beobachtete Schmendrick, wie er eine Zauberformel nach der anderen aufsagte, an einen sandfarbenen Knochenknorren hin, der genauso stumm war wie sie selbst. Jeder Spruch klang verzweifelter als der vorhergegangene, doch der Totenkopf rührte und regte sich nicht. Molly Grue war ganz sicher, daß er Bewußtsein besaß, daß er sie hörte und sich über sie lustig machte. Sie kannte das Schweigen des Spotts zu gut, um es mit dem des Todes zu verwechseln.

Die Uhr schlug neunundzwanzigmal, wenigstens gab Molly an diesem Punkt das Zählen auf. Die rostigen Schläge klirrten noch gegen den steinernen Boden, als Schmendrick plötzlich beide Fäuste schüttelte und schrie: »Du hast es ja gewollt, du eingebildete Kniescheibe! Was hältst du zur Abwechslung von einem Schlag aufs Auge?« Seine Stimme löste sich auf in ein Gefauche aus Wut und Schmerz.

»Nur zu!« sagte der Schädel. »Schrei, weck den alten Haggard ruhig auf!« Seine Stimme klang wie knackende Zweige, die der Wind gegeneinander schlägt. »Schrei noch lauter. Der alte Knabe ist wahrscheinlich sowieso in der Nähe, er schläft nicht viel.«

Molly stieß einen leisen, entzückten Schrei aus, und selbst die Lady Amalthea kam einen Schritt näher. Schmendrick stand mit geballten Fäusten da, auf seinem Gesicht zeigte sich kein Triumph. Der Schädel sagte:

»Auf, frag mich, wie man den Roten Stier findet. Du tätest gut daran, meinen Rat einzuholen. Ich bin des Königs Aufseher, eingesetzt, den Weg zum Roten Stier zu bewachen. Nicht einmal Prinz Lír kennt den geheimen Gang, doch ich kenne ihn.«

Furchtsam fragte Molly: »Wenn du wirklich hier auf Wache stehst, warum schlägst du dann nicht Alarm? Weshalb bietest du uns deine Hilfe an, anstatt die anderen Wächter herbeizurufen?«

Der Schädel lachte klappernd. »Ich stehe schon sehr lange auf dieser Säule. Ich bin Haggards Hauptmann gewesen, bis er mir eines Tages grundlos den Kopf abschlagen ließ. Das war zu der Zeit, als er Böses tat, um herauszufinden, ob es wirklich das wäre, was er gern getan hätte. Nun, das war es nicht; er aber dachte, man könne aus meinem Kopf genausogut einen Nutzen ziehen, also hat er ihn hier raufgestellt, und ich muß ihm jetzt als Wächter dienen. Unter diesen Umständen bin ich König Haggard nicht ganz so treu ergeben, wie ich es sein könnte.«

Leise sagte Schmendrick: »Dann löse das Rätsel. Zeig uns den Weg zum Roten Stier.«

»Nein«, erwiderte der Schädel. Dann lachte er wie verrückt.

»Warum denn nicht?« schrie Molly zornig. »Was für ein Spiel . . .?« Die langen, gelben Kiefer bewegten sich um keinen Deut, doch dauerte es einige Zeit, bis das häßliche Gelächter verschepperte. Sogar das huschende Nachtgetier stand still, verharrte gebannt in seinem zuckrigen Licht, bis das Lachen verstummte.

»Ich bin tot«, sprach der Schädel, »ich bin tot und hange hier in Finsternis, um Haggards Besitz zu bewachen. Das einzige, kleine Vergnügen, das ich noch habe, ist es, die Lebenden zu ärgern und zu tratzen, und dazu habe ich nicht sehr oft Gelegenheit. Höchst bedauerlich, denn im Leben war ich ein Kerl, für den es nichts Schöneres gab, als anderen Ärger zu bereiten. Ihr werdet mir bestimmt verzeihen, wenn ich mit euch ein wenig meine Possen treibe. Versucht es morgen wieder. Vielleicht verrate ich es euch dann.«

»Aber wir haben doch keine Zeit!« flehte Molly. Schmendrick stieß sie in die Rippen, doch sie sprach hastig weiter, trat dicht an den Schädel heran, wandte sich unmittelbar an seine leeren Augen. »Wir haben keine Zeit. Wir sind womöglich jetzt schon zu spät dran!«

»Ich habe Zeit«, erwiderte der Schädel nachdenklich. »Es ist wahrlich nicht gut, Zeit zu haben. Eile, Hast, Verzweiflung, dies versäumt und jenes vergessen, alles außer Rand und Band — so muß das Leben sein! Manchmal muß man einfach zu spät kommen. Macht euch deswegen keine Sorgen.«

Molly hätte weitergebettelt, doch der Zauberer packte ihren Arm und zog sie beiseite. »Still!« fuhr er sie rasch und zornig an. »Kein Wort mehr! Das verfluchte Ding hat gesprochen, oder nicht? Mag sein, das ist alles, was zu des Rätsels Lösung erforderlich ist.«

»Nein, das ist es nicht«, unterrichtete ihn der Schädel. »Ich werde reden, soviel du willst, aber ich werde dir nichts sagen. Das ist recht niederträchtig, nicht? Du hättest mich erst sehen sollen, als ich noch am Leben war!«

Schmendrick schenkte ihm keine Aufmerksamkeit. »Wo ist der Wein?« wollte er von Molly wissen. »Ich will sehen, was ich mit dem Wein anfangen kann.«

»Ich konnte keinen finden«, antwortete sie nervös. »Ich habe alles durchsucht, doch im ganzen Schloß gibt es keinen einzigen Tropfen.« Der Zauberer blickte sie lange schweigend an. »Ich hab' getan, was ich konnte«, sagte sie.

Schmendrick hob langsam beide Hände und ließ sie dann wieder fallen. »Das wär's dann. Wenn wir keinen Wein haben, ist alles aus. Ich bin zwar ein Zauberer, doch aus Luft kann ich keinen Wein machen!«

Der Schädel kicherte knirschend und klappernd. »Materie kann weder erschaffen noch zerstört werden! Wenigstens nicht von den meisten Magiern.«

Molly zog aus einer Rockfalte ein Fläschchen, das in der Dunkelheit schwach glänzte. »Ich dachte, wenn du zu Beginn ein bißchen Wasser hättest ...« Schmendrick und der Totenkopf sahen sie auf eine unheimlich ähnliche Weise an. »Es ist schon geglückt«, sagte sie laut, »du müßtest ja nichts Neues erschaffen. Das würde ich nie von dir verlangen!«

Während sie sprach, sah sie die Lady Amalthea an; Schmendrick nahm das Flakon aus ihrer Hand und betrachtete es eingehend, drehte es in seinen Händen hin und her und murmelte merkwürdig zarte Worte vor sich hin. Schließlich meinte er: »Weshalb eigentlich nicht? Wie du gesagt hast: es ist ein Trick, der zum Repertoire jedes Zauberers gehört, der etwas auf sich hält. Es gab eine Zeit, in der er sich großer Beliebtheit erfreute, doch heute ist er ein wenig aus der Mode geraten.« Mit einer Hand fuhr er nachdenklich über das Fläschchen, webte ein Wort in die Luft.

»Was treibst du da?« fragte der Schädel eifrig. »He, komm näher ran, ich kann ja gar nichts sehen!« Der Zauberer entfernte sich ein paar Schritte, preßte das Fläschchen an die Brust und beugte sich darüber. Er begann mit wispernder Stimme ein Lied zu singen, das Molly an die Geräusche erinnerte, die ein Feuer macht, wenn seine Kohlen schon längst erloschen sind.

»Es ist dir klar«, unterbrach er sich, »daß es nichts Besonderes werden kann. Höchstens *vin ordinaire.*« Molly nickte gewichtig. »Und gewöhnlich ist er zu süß. Wie ich ihn dazu bringen soll, sich selbst zu trinken, ist mir schleierhaft.« Er setzte seinen Zaubersang fort, noch leiser und sanfter, während der Schädel sich bitterlich beklagte, er könne nicht das Geringste hören oder sehen. Molly sprach beruhigend und ermunternd auf die Lady Amalthea ein, die weder eine Antwort gab noch zurücksah.

Der Singsang brach unvermittelt ab, Schmendrick setzte das Flakon an seine Lippen. Er roch daran und murmelte: »Schwach, sehr schwach, kaum Bukett. Noch niemand hat guten Wein mit Zauberei gemacht.« Dann neigte er das Fläschchen, schüttelte es, starrte es an, und mit einem schrecklichen Lächeln drehte er es um. Nichts lief heraus, nicht das Geringste.

»Erledigt«, sagte Schmendrick fast fröhlich. Er leckte mit ausgetrockneter Zunge über seine trockenen Lippen und wiederholte: »Erledigt, aus und vorbei.« Immer noch lächelnd hob er das Flakon und machte Anstalten, es quer durch die Halle zu schleudern.

»Nein, halt, warte, tu's nicht!« Die klatternde Stimme des Totenkopfes protestierte so verzweifelt, daß Schmendrick innehielt, ehe das Fläschchen seine Hand verließ. Molly und er drehten sich zusammen nach dem Schädel um, der — so ungeheuer war seine Qual — angefangen hatte, hin und herzuwackeln, wobei sein mürber Hinterkopf schwer gegen die steinerne Säule schlug, während er sich zu befreien suchte. »Halt ein!« jammerte er. »Ihr müßt ja verrückt sein, mit Wein so umzugehen! Gebt ihn mir, wenn ihr ihn nicht wollt, aber werft ihn um Himmelswillen nicht weg!« Er wakkelte und schlingerte wimmernd auf der Säule.

Ein verblüffter, träumerischer Ausdruck zog über Schmendricks Gesicht, es sah aus, als zöge eine Regenwolke über trockenes Land. Verwundert fragte er: »Was könntest du mit Wein anfangen, du, der du keine Zunge zum Schmecken, keinen Gaumen zum Genießen, keine Gurgel zum Hindurchjagen hast? Fünfzig Jahre tot, wie ist es möglich, daß du dich immer noch erinnerst, immer noch voll Sehnsucht . . .«

»Fünfzig Jahre tot, was bleibt mir andres übrig.« Der Schädel stellte sein groteskes Zappeln ein, doch Enttäuschung und Gier gaben seiner Stimme einen menschlichen Klang. »Ich erinnere mich«, sprach er, »ich erinnere mich an mehr als nur an Wein. Gib mir einen Schluck, nur ein Schlückchen, und ich werde ihn genießen, wie ihr es niemals könnt, ihr, die ihr noch Fleisch und Blut seid, Nerven und Organe besitzt. Ich habe Zeit zum Nachdenken gehabt. Ich weiß, was Wein ist. Gib her!«

Schmendrick schüttelte grinsend den Kopf. »Du kannst gut reden, doch leider fühle ich mich in der letzten Zeit auch etwas boshaft.« Zum dritten Mal hob er das leere Flakon, der Schädel stöhnte auf in Todesnot.

Mitleidig sagte Molly Grue: »Aber das ist nicht ...«, doch der Zauberer trat ihr auf den Fuß. »Natürlich«, überlegte er laut, »wenn du dich an den Eingang zur Höhle des Roten Stieres erinnern könntest — so gut, wie du dich an den Wein erinnern kannst —, dann gäbe es vielleicht eine Möglichkeit, ins Geschäft zu kommen.« Er schwenkte das Fläschchen lässig zwischen zwei Fingern.

»Einverstanden!« schrie der Schädel augenblicklich. »Topp und abgemacht, nur her damit! Der Gedanke an Wein hat mich durstiger gemacht, als ich in meinem ganzen Leben war, solange ich noch eine trockene Kehle hatte. Nur einen einzigen Zug, und ich werde alles sagen, was du wissen willst.« Die morschen Kiefer begannen gierig zu mahlen, die schiefrigen Zähne bebten und barsten.

»Gib's ihm«, flüsterte Molly; sie verging vor Angst, die leeren Augenhöhlen könnten sich mit Tränen füllen, doch Schmendrick schüttelte den Kopf.

»Ich werde dir alles geben — sobald du uns gesagt hast, wie wir den Stier finden.«

Der Schädel seufzte, zögerte aber keinen Augenblick. »Durch die Uhr«, sagte er. »Ihr geht einfach durch die Uhr und seid am Ziel. Kann ich jetzt, bitte, den Wein haben?«

»Durch die Uhr!« rief der Zauberer; er drehte sich um und spähte in den Winkel der großen Halle, wo die Uhr stand. Sie war groß, schwarz und schlank, das Schattenbild einer Uhr. Das Glas über dem Zifferblatt war geborsten, der Stundenzeiger fehlte. Hinter dem trüben Glas war das Uhrwerk kaum sichtbar, es drehte sich und zuckte hin und her, so munter wie ein Fisch im Wasser. Schmendrick fragte: »Du meinst, wenn die Uhr die richtige Stunde schlägt, öffnet sie sich, ein Gang wird sichtbar, eine Geheimtreppe?« Seine Stimme klang zweifelnd, denn die Uhr schien viel zu schmal für solch einen Durchgang zu sein.

»Darüber weiß ich nichts«, erwiderte der Schädel. »Wenn du warten willst, bis diese Uhr die richtige Stunde schlägt, wirst du hierbleiben müssen, bis du so kahl bist wie ich. Weshalb ein einfaches Geheimnis komplizieren? Man geht durch die Uhr, und auf der anderen Seite ist der Stier. Her mit!«

»Aber die Katze sagte doch ...«, fing Schmendrick an. Doch dann ging er zur Uhr hinüber. Die Finsternis bewirkte, daß er einen Hügel hinunterzugehen schien, er wurde kleiner und gebeugter. Als er die Uhr erreicht hatte, ging er ohne anzuhalten weiter, als wäre sie wirklich nur ein Schatten, und stieß sich die Nase blutig.

»Sehr witzig!« sagte er kühl zu dem Schädel, als er zurückkam. Hast du gedacht, du könntest mich so leicht reinlegen? Der Weg zum Stier mag zwar durch diese Uhr führen, aber dazu muß man noch das Geheimnis wissen. Sag's mir, oder ich verschütte sogleich den Wein, dann kannst du dich an seinen Geschmack und an seinen Geruch erinnern, solang du willst. Entscheide dich schnell!«

Der Schädel lachte; dieses Mal klang es nachdenklich, fast freundlich. »Ruf dir ins Gedächtnis, was ich über Zeit gesagt habe. Als ich noch lebte, glaubte ich — so wie du jetzt —, Zeit sei zumindest so fest und real wie ich selbst, womöglich noch mehr. Ich sagte ›ein Uhr‹, als ob ich es sehen, und ›Montag‹, als ob ich es auf einer Landkarte finden könnte. Ich ließ mich jagen, von Minute zu Minute, von Tag zu Tag, von Jahr zu Jahr ließ ich mich jagen, so als bewegte ich mich von einem Ort an einen anderen. Wie alle Menschen lebte ich in einem Haus, das aus Sekunden und Minuten, aus Wochenenden und Neujahrstagen erbaut war, und ich traute mich nie hinaus, bis ich starb; denn eine andere Tür gab es für mich nicht. Heute weiß ich, daß ich durch die Mauern hätte gehen können.«

Molly blinzelte ratlos, doch Schmendrick nickte. »Ja«, sagte er, »so machen es die großen Magier. Aber die Uhr . . .«

»Die Uhr wird nie die richtige Stunde schlagen«, sagte der Schädel. Haggard hat ihr Werk vor langer Zeit ruiniert, als er eines Tages versuchte, die Zeit festzuhalten, als sie vorüberschwang. Doch das Wichtigste, was es zu verstehen gilt, ist: Es kommt nicht darauf an, ob die Uhr demnächst zehnmal schlägt, oder sieben, oder fünfzehn Uhr. Man kann seine eigene Zeit schlagen, und mit dem Zählen anfangen, wo man will. Wenn man das verstanden hat, dann ist jede Stunde für dich die richtige.«

Die Uhr schlug vier. Der letzte Schlag war noch nicht verklungen, als unter der Halle eine Antwort erscholl. Es war weder ein Brüllen noch das drohende Grollen, welches der Rote Stier im Traum oft von sich gab; es war ein langgezogener, fragender Ton, als wäre der Stier davon erwacht, daß er in der Nacht etwas Ungewohntes gewittert hatte. Die Steinfliesen zischelten wie Schlangen, und sogar die Finsternis schien zu erschauern. Das glimmernde Nachtgetier flüchtete eiligst in die Ecken und Winkel der Halle. Molly wußte, daß König Haggard in der Nähe war.

»Gib mir den Wein«, forderte der Schädel. »Ich habe meinen Teil der Abmachung gehalten.« Schweigend setzte Schmendrick das leere Fläschchen an den leeren Mund, der Schädel seufzte und gurgelte und schmatzte. »Ah,« rief, er »das war die richtige Sorte, das war *Wein*! Du bist ein besserer Zauberer, als ich gedacht hätte. Verstehst du mich, was die Zeit betrifft?«

»Ja«, antwortete Schmendrick, »ich glaube.« Der Rote Stier wiederholte den seltsamen Ton, der Totenkopf auf der Säule hüpfte. »Nein«, sagte Schmendrick, »ich verstehe es nicht. Gibt es denn keinen anderen Weg?«

»Wie könnte es!« Molly hörte Schritte. Stille. Dann die dünne, vorsichtige Ebbe und Flut eines Atems. Sie konnte nicht sagen, von wo es kam. Schmendrick sah sie an, sein Gesicht schien vor Furcht und Verwirrung von innen heraus fleckig geworden zu sein, wie das Innere einer Lampe. Es war auch ein Licht darin zu sehen, doch es schwankte wie eine Laterne im Sturm.

»Ich glaube, ich versteh's«, sagte er, »aber ich bin mir alles andere als sicher. Ich will es versuchen.«

»Ich denke immer noch, es ist eine gewöhnliche Uhr«, sagte Molly. »Aber das macht nichts. Ich kann auch durch eine richtige Uhr gehen.« Sie wollte ihn mit ihren Worten beruhigen, doch dann spürte sie in ihrem Körper eine Wärme, denn sie wußte, daß sie die Wahrheit gesagt hatte. »Ich weiß, wohin wir gehen müssen, und das ist mindestens so gut, wie die richtige Zeit zu wissen.«

Der Schädel unterbrach sie. »Weil der Wein so gut war, will ich euch einen kostenlosen Rat mit auf den Weg geben.« Schmendrick blickte verlegen zu Boden. »Zerschlagt mich«, sagte der Schädel, »laßt mich einfach fallen, und ich werde in tausend Stücke zerspringen. Fragt nicht, warum, tut es einfach.« Er sprach sehr hastig, fast flüsternd.

Molly und Schmendrick sprachen gleichzeitig: »Wie? Warum?« Der Schädel wiederholte seine Bitte. Schmendrick rief: »Was redest du da? Warum in aller Welt sollten wir dich zerbrechen?

»Tut es!« beharrte der Schädel. »Tut es schnell!« Das Atmen näherte sich von allen Seiten, aber sie hörten nur ein Paar Füße.

»Nein«, sagte Schmendrick, »du bist übergeschnappt.« Er wandte sich ab und machte sich auf den Weg zu der düsteren, hageren Uhr. Molly faßte die Lady Amalthea bei der kalten Hand und folgte ihm; sie zog das weiße Mädchen wie einen Papierdrachen hinter sich her.

»Wie ihr wollt!« rief der Schädel traurig. »Ich habe euch gewarnt!« Und spornstreichs begann er mit einer entsetzlichen Stimme zu schreien, die klang wie Hagelschlag auf Eisen: »Hilfe! Zu Hilfe! Wachen herbei! Einbrecher, Banditen, Strauchdiebe, Entführer, Straßenräuber, Mörder, Rufmörder, Plagiatoren! König Haggard! Heho! König Haggard!«

Jetzt hörten sie über ihren Köpfen und ringsum trappelnde Tritte und die röchelnden, pfeifenden Stimmen der alten Wächter. Keine Fackeln flammten auf, denn im gesamten Schloß durfte nur auf Haggards ausdrücklichen Befehl Licht gemacht werden, und noch schwieg Haggard. Die drei Diebe standen bestürzt und geschlagen da, starrten mit offenen Mündern den Totenkopf an.

»Tut mir leid«, sagte er. »Ich bin eben so — verräterisch. Aber ich habe versucht ...« Da erblickten seine erloschenen Augen die Lady Amalthea, und sie wurden wieder weit und hell, obgleich das ganz unmöglich war. »O nein«, sagte er sehr sanft, »nein, du nicht. Ich bin untreu, aber nicht *so* untreu!«

»Lauft«, rief Schmendrick, so wie er vor langer Zeit der wilden, meerweißen Legende zugerufen, die er soeben befreit hatte. Gemeinsam rannten sie durch die große Halle, während die Wächter hereingepoltert kamen. »Einhorn! Einhorn!« zeterte der Schädel. »Haggard! Haggard! Dort läuft es, zum Roten Stier hinunter! Paß auf die Uhr auf! Haggard, wo bist du? Einhorn, Einhorn!«

Da durchschnitt die eiserne Stimme des Königs den Tumult. »Narr, Verräter! Du hast es ihnen gesagt!« Seine behenden, verstohlenen Schritte erklangen ganz nah, und Schmendrick machte sich schon zum Kampfe bereit. Doch dann hörten sie ein Grunzen und ein Krachen, ein scharrendes Fallen und dann den knirschenden Aufprall alter Knochen auf altem Stein. Der Zauberer rannte weiter.

Als sie vor der Uhr standen, gab es wenig Raum für Zweifel oder Zögern. Die Wachen liefen schon durch die Halle, ihre klirrenden Schritte schallten zwischen den Wänden hin und her, während König Haggard sie geifernd und fluchend antrieb. Die Lady Amalthea zögerte keine Sekunde, sie betrat die Uhr und war verschwunden, so geschwind wie der Mond hinter die Wolken tritt, von ihnen verborgen, aber nicht in ihnen, sondern tausend Meilen entfernt und ganz allein.

›Als wäre sie eine Dryade und die Zeit ihr Baum‹, dachte Molly benommen. Durch das trübe, gefleckte Glas konnte sie das Pendel und die Gewichte sehen. Das rostzerfressene Läutwerk schwankte und flimmerte vor ihren Augen. Auf der anderen Seite befand sich keine Tür, durch welche die Lady Amalthea gegangen sein konnte. Es gab nichts als die rostige Straße des Uhrwerks, die ihre Augen in den Regen führte. Die Gewichte trieben wie Seetang hin und her.

König Haggard schrie: »Haltet sie! Zerschmettert die Uhr!« Molly wollte Schmendrick sagen, sie glaube jetzt zu verstehen, was der Schädel gemeint hatte, doch der Zauberer war verschwunden und die große Halle des Königs Haggard ebenfalls. Die Uhr war auch nicht mehr da, und sie selbst stand an einem kalten Ort neben der Lady Amalthea.

Von weit her erklang die Stimme Haggards, weniger hörbar als erinnerlich. Sie wandte ihren Kopf und blickte in das Gesicht des Prinzen Lír. Hinter ihm flirrte ein feiner Nebelschleier wie die Flanken eines Fisches, ohne jede Ähnlichkeit mit einem verrosteten Uhrwerk. Schmendrick war nirgends zu sehen.

Prinz Lír verbeugte sich vor Molly, sprach aber zuerst die Lady Amalthea an. »Du wärest also ohne mich gegangen. Du hast mir niemals zugehört.«

Sie antwortete ihm, sie, die weder mit Molly noch mit Schmendrick ein Wort gesprochen hatte. Mit klarer, leiser Stimme sagte sie: »Ich wäre zurückgekommen. Ich weiß nicht, weshalb ich hier bin, und ich weiß nicht, wer ich bin. Aber ich wäre zurückgekommen.«

»Nein«, antwortete der Prinz, »nie wärest du zurückgekommen!«

Bevor er weitersprechen konnte, mischte sich Molly ein, rief — sehr zu ihrer eigenen Überraschung —: »Das ist doch jetzt ganz gleichgültig! Wo ist Schmendrick?« Die beiden Fremden blickten sie höflich verwundert an, verwundert, daß noch andere Menschen auf dieser Welt etwas zu sagen hatten, und Molly fühlte sich von Kopf bis Fuß erzittern. »Wo ist er? Wenn du nicht zurückgehst, werde ich es tun!«, und sie machte sich bereit.

Er kam aus dem Nebel, ging mit gebeugtem Kopf, als müsse er gegen einen heftigen Wind anlehnen. Eine Hand preßte er gegen seine Schläfe. Als er die Hand wegnahm, sickerte Blut die Wange hinab.

»Halb so schlimm«, sagte er, als er das Blut auf Molly Grues Hände tropfen sah. »Es ist nur ein Kratzer. Ich konnte nicht eher hindurch.« Er verneigte sich zittrig vor Prinz Lír. »Ich dachte mir schon, daß du derjenige warst, der in der Halle an mir vorüberging. Sag mir, wie du so leicht durch die Uhr gekommen bist. Der Schädel sagte, du wüßtest den Weg nicht.«

Der Prinz sah sehr verwirrt aus. »Welchen Weg?« fragte er. »Was gab es da zu wissen? Ich sah sie und bin ihr gefolgt.«

Schmendricks Lachen rieb sich an den rohen Wänden wund, die auf sie zugeschwommen kamen, als ihre Augen sich an die neue Dunkelheit gewöhnten. »Natürlich«, sagte er, »einige Dinge haben von Natur aus ihre eigene Zeit.« Er lachte wieder und schüttelte den Kopf, das Blut begann von neuem zu fließen. Molly riß ein Stück von ihrem Rock ab.

»Die armen alten Männer«, sagte der Zauberer. »Sie wollten mir nicht wehtun, und ich ihnen ebensowenig. Wir hüpften und hopsten umeinander herum, baten uns um Verzeihung, und Haggard brüllte, und ich stieß die ganze Zeit gegen diese Uhr. Ich wußte, daß es keine wirkliche Uhr war, doch sie hat sich sehr real angefühlt. Dann kam Haggard mit seinem Schwert heran und traf mich.« Er schloß die Augen, als Molly seinen Kopf verband. »Haggard, allmählich gewann ich ihn gern. Ich mag ihn immer noch. Er sah so verängstigt aus.« Die fernen, schwachen Stimmen des Königs und seiner Wächter schienen lauter zu werden.

»Ich versteh' dich nicht«, sagte Prinz Lír. »Warum sollte er verängstigt gewesen sein, mein Vater. Was hat er ...?« In diesem Moment hörten sie jenseits der Uhr ein Triumphgeheul und ein gewaltiges Krachen. Der flirrende Nebel verschwand unverzüglich, von allen Seiten stürzte schwarzes Schweigen über sie herein.

»Haggard hat die Uhr zerstört«, sagte Schmendrick nach einer Weile. »Jetzt gibt es keinen Weg zurück und keinen hinaus — außer am Roten Stier vorbei.« Ein schwerer brackiger Wind erhob sich.

Der Weg war so breit, daß sie alle nebeneinander hätten gehen können, aber sie zogen im Gänsemarsch dahin. Die Lady Amalthea schritt voran, weil sie es so wollte; Prinz Lír, Schmendrick und Molly Grue richteten sich nach dem Leuchten ihres Haares, doch der Lady Amalthea ging kein Licht voran. Sie wandelte so mühelos, als wäre sie schon früher hier gewesen.

Sie hatten nicht die geringste Ahnung, wo sie sich befanden. Der kalte Wind und der ihm beigemischte faule Geruch schienen Wirklichkeit zu sein, und die Finsternis ließ sie viel unwilliger passieren, als die Uhr es getan hatte. Der Weg besaß Realität genug, um ihre Füße weh und wund zu stoßen, sie bisweilen mit Steinen und Erdmassen, die von den Höhlenwänden abbröckelten, fast zu erdrücken; doch sein Verlauf war nur in einem Traume möglich. Verdreht und schief, sich krümmend und kräuselnd, wellte und wand er sich in die Nacht hinein. Bald fiel er schroff ab, bald stieg er sanft an, hier bauchte er sich aus, dort verengte er sich, formte Schleifen und Schnecken, die sie wieder zurückzuführen schienen, zurück unter die Schloßhalle, in der König Haggard zwischen einer geborstenen Uhr und einem zu Staub zerfallenen Schädel wütete. ›Hexenwerk‹, dachte Schmendrick, ›und nichts von Hexenhand ist von Bestand.‹ Aber dann setzte er hinzu: ›Doch dies muß das Letzte sein; wenn es nicht das Letzte ist, wird uns dieser Spuk überwältigen.‹

Während sie so dahinstolperten, gab er Prinz Lír hastig einen Bericht von ihren Abenteuern; er begann mit seiner eigenen, seltsamen Lebensgeschichte und seinem bösen Geschick, berichtete vom Untergang der Mitternachtsmenagerie und von seiner Flucht mit dem Einhorn, vom Zusammentreffen mit Molly Grue, von ihrer Wanderung nach Hagsgate, und vergaß auch nicht die Geschichte Drinns von dem zweifachen Fluch auf Stadt und Schloß. Dann schwieg er, denn jenseits lag die Nacht des Roten Stieres, eine Nacht, die im Guten wie im Bösen magisch enden würde — und mit einem nackten Mädchen, das im eigenen Körper kämpfte wie eine Kuh im Treibsand. Schmendrick hoffte, den Prinzen interessiere die eigene heldische Geburt mehr als die Herkunft der Lady Amalthea.

Prinz Lír staunte argwöhnisch — ein schwieriges Kunststück — und sagte: »Ich wußte seit langem, daß der König nicht mein leiblicher Vater ist. Dennoch setzte ich alles daran, ihm ein guter Sohn zu sein. Ich bin der

Feind all derer, die sich gegen ihn verschwören, und es braucht mehr als das Funkeln einer Krone, um mich auf seinen Sturz sinnen zu lassen. Was Einhörner betrifft, so bin ich sicher, daß es keine mehr gibt. Und ich weiß, daß König Haggard niemals eines gesehen hat. Wie könnte ein Mensch so traurig und freudlos wie König Haggard sein, wenn er auch nur einmal in seinem Leben ein Einhorn gesehen hätte! Ganz zu schweigen von Tausenden bei jeder Flut. Und wenn ich *sie* nur ein einziges Mal gesehen und nimmer wieder ...« Verwirrt verstummte er, denn er spürte, daß seine Worte zu einem Leid hinführten, von dem es keine Rückkehr gab. Mollys Nacken und Schultern lauschten gebannt, doch wenn die Lady Amalthea den beiden Männern zuhörte, so ließ sie es sich in keiner Weise anmerken.

»Hat der König nicht irgendwo in seinem Leben eine verborgene Freude?« forschte Schmendrick. »Hast du nie eine Spur davon bemerkt, wirklich nie einen Schimmer dieser Freude in seinen Augen gesehen? Ich habe es. Denk drüber nach, Prinz Lír.«

Der Prinz schwieg, und sie schlängelten sich tiefer hinein in die widrige Finsternis. Manchmal konnten sie nicht unterscheiden, ob sie bergauf oder bergab gingen, ob der Weg um eine Biegung führte, bis die Rauheit eines Steines an ihren Schultern zu einem schmerzlichen Schlag gegen die Wange ward. Von dem Stier war nicht das geringste Geräusch, nicht ein Schimmer seines verderblichen Lichtes zu bemerken. Doch als Schmendrick sein beschlagenes Gesicht abwischte, blieb der Geruch des Stieres an seinen Fingern hangen.

Prinz Lír sagte: »Manchmal, wenn er vom Turm herunterkommt, liegt etwas auf seinem Gesicht. Nicht gerade ein Leuchten, aber eine Helligkeit. Da fällt mir ein: Als ich klein war, sah er niemals so aus, weder wenn er mich anblickte, noch wenn er etwas anderes betrachtete. Und ich hatte einen Traum.« Er ging sehr langsam und schlurfend. »Den gleichen Traum, ohne Unterlaß. In dem Traum stand ich mitten in der Nacht am Fenster und sah den Roten Stier, sah den Roten Stier ...«

»Sah den Roten Stier die Einhörner ins Meer treiben«, sagte Schmendrick. »Es war kein Traum. Haggard hat es fertiggebracht, daß sie zu seinem Vergnügen mit jeder Flut herein- und mit jeder Ebbe wieder hinaustreiben, alle, außer einem.« Er holte tief Luft. »Und dieses eine ist die Lady Amalthea.«

»Ja«, erwiderte Prinz Lír, »ja, ich weiß.«

Schmendrick starrte ihn an. »Was soll das heißen: ich weiß?« wollte er aufgebracht wissen. »Wie solltest du wissen, daß die Lady Amalthea ein Einhorn ist? Sie kann es dir nicht gesagt haben, denn sie weiß es selbst nicht mehr. Seitdem sie nur noch dich im Kopf hat, will sie doch nichts als eine Frau sein.« Er wußte recht wohl, daß es in Wahrheit genau umgekehrt war, doch in diesem Moment war ihm das gleichgültig. »Woher weißt du es?« fragte er wieder.

Prinz Lír blieb stehen und sah ihn an. Im Dunkeln konnte Schmendrick nur das kühle milchige Schimmern seiner Augen wahrnehmen.

»Ich wußte bis zu diesem Augenblick nicht, was sie gewesen ist«, sprach er. »Doch als ich sie zum ersten Mal erblickte, da wußte ich schon, daß sie mehr war, als ich zu sehen vermochte. Einhorn, Zauberin, Fee oder Nixe, kein Name, den du ihr gibst, könnte mich überraschen oder ängstigen. Ich liebe, wen ich liebe.«

»Das ist ein sehr nettes Gefühl«, meinte Schmendrick, »doch wenn ich ihr die ursprüngliche Gestalt zurückgebe, damit sie mit dem Roten Stier kämpfen und ihre Gefährten befreien kann . . .«

»Ich liebe, wen ich liebe«, wiederholte Prinz Lír standhaft. »Du hast keine Macht über wichtige Dinge.«

Bevor der Zauberer antworten konnte, stand die Lady Amalthea zwischen den beiden Männern, ohne daß einer sie hätte zurückkommen hören. In der Finsternis gleißte und zitterte sie wie rasch fließendes Wasser. »Ich gehe nicht mehr weiter«, sagte sie.

Sie sagte es zu Lír, doch Schmendrick war es, der antwortete: »Wir haben keine Wahl, wir können nur weitergehen.« Molly Grue näherte sich, ein ängstliches Auge und der mattschimmernde Ansatz eines Wangenbogens. Der Zauberer sagte zum zweiten Mal: »Wir können nur weitergehen.«

Die Lady Amalthea wich seinem Blick aus. »Er darf mich nicht verwandeln«, sagte sie zu Prinz Lír. »Erlaub' ihm nicht, mich zu verzaubern. Der Stier kümmert sich nicht um Menschen, wir werden an ihm vorüber- und hinausgehen. Der Stier ist hinter einem Einhorn her. Sag ihm, daß er mich nicht in ein Einhorn verwandeln darf!«

Prinz Lír zerrte an seinen Fingern, bis sie knacksten. Schmendrick sagte: »Es ist wahr, wir könnten dem Roten Stier ohne weiteres entgehen, wie wir es schon einmal getan haben. Doch wenn wir das tun, wird es nie wieder eine Möglichkeit geben; alle Einhörner der Welt bleiben dann immer und ewig seine Gefangenen, alle außer einem, und das würde sterben. Es wird alt werden und sterben.«

»Alles stirbt«, sagte sie, immer noch zu Prinz Lír gewandt. »Es ist gut, daß alles stirbt. Ich will sterben, wenn du stirbst. Verbiete ihm, mich zu verwandeln, erlaube nicht, daß er mich unsterblich macht. Ich bin kein Einhorn, kein Zauberwesen. Ich bin ein Mensch, und ich liebe dich.«

»Ich weiß nicht viel über Zauberei und Zaubersprüche«, antwortete er ihr sanft, »weiß nur, wie man sie bricht. Aber ich weiß auch, daß selbst der größte Magier machtlos ist gegen Zwei, die fest zueinander halten; und dieser hier ist nur der arme Schmendrick. Fürchte dich nicht, fürchte dich vor nichts. Was immer du gewesen sein magst, jetzt gehörst du zu mir. Ich werde dich beschützen.«

Endlich blickte sie dem Zauberer ins Gesicht; selbst in der Dunkelheit vermochte er das Entsetzen in ihren Augen zu erkennen. »Nein«, sagte sie, »nein, wir sind nicht stark genug. Er wird es tun, und was immer danach geschehen mag, du und ich werden einander verlieren. Wenn ich ein Einhorn bin, werde ich dich nicht lieben, und du wirst mich nur lieben, weil du nicht anders kannst. Ich werde schöner sein als alles andere in der Welt, und ich werde ewig leben.«

Schmendrick wollte etwas sagen, doch sie kauerte sich vor ihm zusammen wie eine Kerzenflamme. »Ich will nicht, nicht um alles in der Welt«, klagte sie. Sie schaute zwischen Lír und Schmendrick hin und her, hielt ihre Stimme zusammen wie die Ränder einer Wunde. »Wenn er mich verzaubert, und es ist eine Sekunde der Liebe übrig, dann wirst du es sehen. Ich lasse mich von dem Roten Stier wie die anderen ins Meer treiben. Dann werde ich dir wenigstens nahe sein!«

»All das ist völlig unnötig«, sagte Schmendrick leichthin und zwang sich zu einem Lachen. »Ich bezweifle, daß ich dich verwandeln könnte, selbst wenn das dein Wunsch wäre. Sogar Nikos vermochte es nicht, einen Menschen in ein Einhorn zu verwandeln. Und du bist jetzt Mensch. Du liebst und du fürchtest dich, verbietest den Dingen, so zu sein, wie sie sind, und du übertreibst. Wir wollen es hier enden lassen, wir wollen die Suche hier beenden. Ist die Welt wirklich schlechter dran, wenn sie die Einhörner verliert? Wäre sie besser dran, wenn sie wieder frei umherschweiften? Eine gute Frau mehr auf dieser Welt ist bei weitem jedes verschwundene Einhorn wert. Heirate den Prinzen und leb' vergnügt bis an dein Ende.«

Der Gang schien sich zu erhellen, Schmendrick bildete sich ein, der Rote Stier schliche heran, setze seine Hufe so zierlich und behutsam wie ein Reiher. Der schwache Schimmer von Molly Grues Wange erlosch, als sie ihr Gesicht abwandte. »Ja«, sagte die Lady Amalthea, »das ist mein Wunsch.«

Im gleichen Augenblick sagte Prinz Lír: »Nein!«

Das Wort entfuhr ihm so plötzlich wie ein Niesen, ein fragendes, quiekendes Nein. Es war die Stimme eines törichten jungen Mannes, der unendlich verlegen ist angesichts eines großen und schrecklichen Geschenks. »Nein«, wiederholte er, und dieses Mal erscholl es mit anderer Stimme, mit der Stimme eines Königs. Nicht eines Haggards Stimme, sondern die Stimme eines Königs, dessen Leid nicht dem galt, was er nicht besaß, sondern dem, was er nicht geben konnte.

»Meine Lady«, begann er, »ich bin ein Held. Es ist ein Handwerk, wie jedes andere auch, wie Weben, Brauen und Backen. Und genau wie diese hat es seine Kunstgriffe, Fertigkeiten und Schliche. Es gibt Mittel und Wege, um Hexen hinters Licht zu führen und vergiftete Flüsse zu erkennen; alle Drachen haben eine ungepanzerte Stelle, alle vermummten Fremden geben dem Suchenden bestimmte Rätsel auf. Doch das Geheimnis, ein Held zu sein, liegt in dem Wissen von der Ordnung der Dinge. Der Schweinehirt kann nicht schon zu Beginn seiner Abenteuer die Prinzessin heiraten, Hänsel nicht an die Tür des Hexenhauses pochen, wenn die Hexe verreist ist. Der böse Oheim kann nicht entdeckt und unschädlich gemacht werden, bevor er etwas Böses getan hat. Die Dinge müssen geschehen, wenn die Zeit dafür reif ist. Weissagungen dürfen nicht wie ungepflückte Früchte verderben, Fahrten und Fahndungen nicht einfach abgebrochen werden. Einhörner dürfen lange Zeit unerrettet bleiben — aber nicht für immer. Der glückliche Ausgang einer Geschichte darf nicht schon in deren Mitte stattfinden.«

Die Lady Amalthea gab ihm keine Antwort. Schmendrick fragte: »Warum nicht? Wer sagt denn das?«

»Helden«, erwiderte Prinz Lír melancholisch, »Helden wissen Bescheid mit der Ordnung und dem Ablauf von Geschichten, und vor allem mit dem glücklichen Ende. Helden wissen, daß einige Dinge besser als andere sind. Zimmerleute kennen sich aus mit Maserungen, Schindeln und Richtschnüren.« Er streckte seine Hände nach der Lady Amalthea aus und trat einen Schritt auf sie zu. Sie wich nicht zurück, wandte nicht ihr Gesicht. Sie hob den Kopf, und Prinz Lír schlug die Augen nieder.

»Du bist es gewesen, die mich das gelehrt hat«, sagte er. »Ich habe dich kein einziges Mal angeblickt, ohne die süße Harmonie zu sehen, die die Welt zusammenhält, oder den Gram über ihre Verwüstung. Ich bin ein Held geworden, um dir zu dienen, dir und allem, das so ist wie du. Und auch, um zu lernen, wie man eine Konversation beginnt.« Die Lady Amalthea blieb stumm.

Kalkige Helle breitete sich in der Höhle aus. Sie konnten einander deutlich sehen, jeder gespenstisch weiß und talgig vor Furcht. Sogar die Schönheit der Lady Amalthea zerfiel unter diesem stumpfen, zehrenden Licht. Sie sah hinfälliger aus als irgendeiner der anderen.

»Der Stier!« sagte Prinz Lír. Er drehte sich um und ging mit den kühnen, entschlossenen Schritten eines Helden den Gang hinunter. Die Lady Amalthea folgte ihm, ging so leicht und stolz, wie man es Prinzessinnen — meist vergeblich — beizubringen versucht. Molly Grue hielt sich dicht an den Zauberer, faßte ihn bei der Hand, so wie sie früher das Einhorn berührt hatte, wenn Einsamkeit oder Furcht sie überfielen. Er lächelte auf sie herab und schien sehr mit sich zufrieden.

Molly sagte: »Laß sie, wie sie ist. Laß sie.«

»Das mußt du Lír sagen«, erwiderte er vergnügt. »Hab' ich gesagt, Ordnung sei alles? Hab' ich gesagt, sie müsse den Stier zum Kampf herausfordern, weil es so Vorschrift ist? Mir liegt nichts an geregelten Rettungen und amtlich-glücklichem Ende. Das ist Lír!«

»Aber du hast ihn dazu gebracht«, sagte sie. »Du weißt, das einzige, was er will, ist, daß sie ihre Suche aufgibt und bei ihm bleibt. Und das hätte er auch getan, wenn du ihn nicht daran erinnert hättest, daß er ein Held ist; jetzt muß er tun, was alle Helden tun. Er liebt sie, und du hast ihn reingelegt.«

»Nie!« antwortete Schmendrick. »Sei still, sonst hört er dich.« Molly fühlte, wie ihr zunehmend schwindlig ward, so benommen machte sie die Nähe des Stieres. Licht und Gestank flossen zusammen in ein klebriges Meer, in dem sie nun wie die Einhörner dümpelte, ewig und ohne Hoffnung. Der Weg senkte sich dem heller werdenden Licht zu. Da vorne schritten Prinz Lír und die Lady Amalthea ihrem Verhängnis entgegen, so ruhig wie herabbrennende Kerzen. Molly Grue kicherte.

»Ich weiß auch, warum du's getan hast. Du kannst nicht sterblich werden, bevor du sie wieder in ein Einhorn verwandelt hast. Dir ist es egal, was aus ihr wird, oder aus den anderen, wenn du nur endlich ein richtiger Zauberer wirst. Ist es nicht so? Aber du wirst nie ein richtiger Zauberer sein, selbst wenn du diesen Ochsen in einen Ochsenfrosch verwandelst! Denn wenn du es tust, dann ist es nur ein Trick, und nichts weiter. Dich interessiert doch nichts als deine Magie, und was für ein Magier wäre das! Schmendrick, mir ist so schlecht. Ich muß mich ein wenig setzen.«

Schmendrick mußte sie eine Weile getragen haben, denn sie war bestimmt nicht auf ihren Beinen, und seine grünen Augen kreisten wie feurige Räder in ihrem Kopf. »Ganz recht! Nur Magie bedeutet mir was. Ich würde die Einhörner persönlich für König Haggard zusammentreiben, wenn das meine Zauberkraft auch nur um ein halbes Haar erhöhte. Da kannst du Gift drauf nehmen. Ich kenne keine Verpflichtungen und keine Treue. Ich kenne nur meine Magie!« Seine Stimme klang traurig und rauh.

»Wirklich?« fragte sie. Aus Furcht wiegte sie sich träumerisch hin und her, beobachtete die vorüberflutende Helle. »Das ist ja schrecklich!« Sie war sehr beeindruckt. »Bist du wirklich so?«

»Nein«, antwortete er da, oder etwas später. »Nein, es ist ja gar nicht wahr. Wie könnte ich so sein und dennoch die ganze Zeit in diesen Schwierigkeiten stecken?« Dann sagte er: »Molly, du mußt jetzt allein gehen. Er ist da. Er ist da.«

Molly sah zuerst die Hörner. Das grelle Licht zwang sie, ihr Gesicht zu bedecken, doch die fahlen Hörner bohrten sich unerbittlich durch Hände und Augenlider, bis tief in ihr Gehirn hinein. Sie sah Prinz Lír und die Lady Amalthea vor diesen Hörnern stehen, und das Feuer flackerte die Höhlenwände hinauf, loderte empor in die deckenlose Dunkelheit. Prinz Lír zog sein Schwert, doch es flammte auf, und er ließ es fallen; es brach wie ein Stück Eis. Der Rote Stier stampfte auf, und alle fielen zu Boden.

Schmendrick hatte erwartet, daß der Stier in seiner Höhle auf sie lauerte, oder an einer Stelle, die breit genug für einen Kampf wäre. Doch lautlos war er den Gang heraufgekommen, um sich ihnen zu stellen. Jetzt stand er ihnen quer gegenüber; er reichte nicht nur von einer flammenden Wand bis zur anderen, er ragte in diese Wände hinein und über sie hinaus. Und es war kein Luftbild, sondern ein dampfender, schnaubender Stier, der sein blindes Haupt schüttelte. Seine Kiefer zermalmten knirschend und krachend seinen Atem.

Jetzt, jetzt ist die Zeit gekommen, wo ich Heil oder Unheil bewirken werde. Die Entscheidung ist da. Langsam erhob sich der Zauberer, schenkte dem Stier keine Beachtung, lauschte nur seinem umschlossenen Ich, als wäre es eine Muschel. Die Macht rührte und regte sich nicht. Er vernahm nichts als ein fernes, dünnes, leeres Rauschen in seinem Ohr. So wie es Haggard wohl im Schlafen und im Wachen vernehmen mußte, und nie einen anderen Laut. *Sie wird nicht zu mir kommen. Nikos hatte unrecht. Ich bin, was ich scheine.*

Die Lady Amalthea wich einen einzigen Schritt vor dem Roten Stier zurück, betrachtete ihn gelassen, wie er mit den Vorderfüßen stampfte und scharrte, wie er aus seinen ungeheuren Nüstern gewaltige, grollende, sprühende Atemstöße schnob. Ihre Gegenwart schien ihn zu verwirren und ratlos zu machen. Er brüllte nicht. Die Lady Amalthea stand in seinem frostigen Licht; sie hatte ihren Kopf weit zurückgeworfen, um seine ganze Größe ermessen zu können. Ohne den Kopf zu wenden, streckte sie eine Hand nach Prinz Lír aus.

Gut, gut. Ich kann nichts, gar nichts tun, und ich bin froh darüber. Der Stier wird sie vorüberlassen, und sie wird mit Prinz Lír davonziehen. Es ist nur recht und billig. Es tut mir nur um die Einhörner leid. Der Prinz hatte die ausgestreckte Hand noch nicht bemerkt, doch im nächsten Augenblick mußte er sie sehen und die Lady Amalthea zum ersten Mal berühren. *Er wird nie wissen, was sie ihm gegeben hat, doch sie wird es genausowenig wissen.* Der Rote Stier senkte den Kopf und griff an.

Er kam ohne Warnung und ohne Laut, nur das Knirschen seiner Hufe war zu hören. Hätte er gewollt, wären sie von seinem ersten Ansturm alle vier zerschmettert worden. Er duldete es, daß sie auseinanderliefen und sich gegen die runzligen Wände preßten. Er stampfte vorüber, ohne sie zu verletzen, obwohl es ihm ein Leichtes gewesen wäre, sie aus ihren armseligen Verstecken mit seinen Hörnern herauszuspießen wie Regenwürmer. Geschmeidig wie Feuer wendete er, wo es keinen Raum zum Wenden gab, griff wieder an; sein Maul streifte fast den Boden, sein Nacken schwoll wie eine Woge. Dann brüllte er.

Sie flohen, und er folgte ihnen, nicht so ungestüm wie bei seinem Angriff, aber schnell genug, um sie voneinander getrennt zu halten, allein und freundlos in der Finsternis. Die Erde schien sich unter ihren Füßen aufzutun, und sie schrieen auf, aber sie konnten sich nicht einmal selbst hören. Jedes Brüllen des Roten Stieres ließ Erd- und Steinmassen auf sie herniederprasseln. Immer noch taumelten sie weiter, wie geknickte Insekten, und immer noch verfolgte er sie. Durch sein zorniges Geschmetter hindurch hörten sie einen anderen Laut: das klagende Winseln des Schlosses, das in seinen Wurzeln ächzte, das vor der Wut des Stieres knatterte wie eine Fahne im Wind. Und ganz schwach wehte der Geruch des Meeres den Gang herauf.

Er weiß es! Er weiß es! Ich habe ihn einmal damit hereingelegt, aber nicht ein zweites Mal. Einhorn oder Weib, er wird sie diesmal ins Meer jagen, wie es ihm befohlen ward. Und mein Zauber wird ihn nicht davon abhalten. Haggard hat gesiegt.

Das waren die Gedanken des Zauberers, während er rannte, zum ersten Mal in seinem langen, seltsamen Leben ohne eine Hoffnung. Plötzlich verbreiterte sich der Weg, und sie gelangten in eine Grotte, die nur des Stieres Lagerstätte sein konnte. Sein Gestank erfüllte sie, so überwältigend und scharf, daß ihm eine widerliche Süße anhaftete. Schlundrot erglühte die Grotte, als hätte sein Licht auf die Wände abgefärbt und sich in den Rissen und Ritzen verkrustet. Jenseits der Grotte lag wieder der Gang und der schwache Glanz schäumenden Wassers.

Die Lady Amalthea fiel, so unwiderruflich, wie eine Blume bricht. Schmendrick sprang zur Seite, zog Molly mit sich. Sie prallten schwer gegen einen spitzen Felsbrocken, kauerten nieder, dicht aneinandergepreßt, als der Stier an ihnen vorüberdonnerte. Zwischen zwei Schritten kam er zum Stehen, und die jähe Stille, nur von dem Schnauben des Stieres und dem fernen Rauschen des Meeres durchbrochen, wäre absurd gewesen, wenn es nicht diesen Grund gehabt hätte.

Sie lag auf der Seite, ein Bein unter sich; dann bewegte sie sich langsam und ohne einen Laut. Prinz Lír stand zwischen ihr und dem Stier, die leeren Hände schützend erhoben, als hielten sie immer noch Schild und Schwert. Zum wievielten Male in dieser endlosen Nacht sagte er »nein«?

Er sah lächerlich aus, und im nächsten Augenblick würde ihn der Stier zertreten. Da er ihn nicht sehen konnte, würde er über ihn hinwegrennen und ihn töten, ohne auch nur zu ahnen, daß Lír sich ihm in den Weg gestellt hatte. Wunder, Liebe und großes Leid schüttelten Schmendrick den Zauberer und flossen in ihm zusammen, füllten ihn, bis er spürte, daß er bis zum Rande gefüllt war, daß er in etwas flutete, das nichts von diesen Dingen war. Er konnte es nicht glauben, doch es kam dennoch zu ihm, so wie es ihn schon zweimal berührt und leerer gelassen hatte als je zuvor. Zuviel war es, als daß er alles hätte halten können. Es strömte durch seine Haut, sprang aus seinen Fingern und Zehen, quoll in seine Augen und Haare und Achselhöhlen. Es war zuviel für ihn, zuviel, als daß er es je hätte alles aufbrauchen können, und dennoch weinte er vor Schmerz, weil seine Gier so grenzenlos war. Er dachte, sagte oder sang: *Wie leer muß ich gewesen sein, um so viel zu fassen!*

Die Lady Amalthea lag, wo sie gefallen, doch jetzt versuchte sie aufzustehen; Prinz Lír erhob schützend seine bloßen Hände gegen den ungeheuren Schatten, der über ihm aufragte. Die Zungenspitze hing ihm aus dem Mundwinkel, und er sah so ernst aus wie ein Kind, das gerade etwas in seine Bestandteile zerlegt. Viele Jahre später, als Schmendricks Name schon berühmter war als der Nikos', als Poltergeister und schlimmere Unholde flohen, wenn er nur genannt ward, gelang es ihm nie, auch nur den kleinsten Zauber zu bewirken, ohne Lír vor sich zu sehen: die Zunge heraushängend und mit blinzelnden Augen in die Helle starrend.

Der Rote Stier stampfte wieder, Prinz Lír fiel aufs Gesicht und erhob sich blutend. Der Stier grollte, und sein blindes, gedunsenes Haupt senkte sich, senkte sich wie eine Waagschale des Jüngsten Gerichts. Prinz Lírs tapferes Herz hing zwischen den fahlen Hörnern, tropfte schon von ihren Spitzen, und er selbst schien schon zertreten und zerstampft zu sein. Sein Mund zuckte ein wenig, aber er wich keinen Zoll.

Da trat Schmendrick hervor und sprach einige Worte. Es waren kurze, einfache Worte, die sich weder durch Klang noch durch Betonung auszeichneten. Schmendrick selbst konnte sie wegen des dumpfen Stiergedröhns nicht hören, aber er kannte ihre Bedeutung und meisterte ihre Aussprache und war sich sicher, daß er sie auch in Zukunft würde sprechen können, wenn er wollte, genau so oder auf eine andere Art. Jetzt sprach er sie sanft und voller Freude, und während er es tat, fühlte er seine Unsterblichkeit von sich fallen wie einen Panzer oder ein Leichentuch.

Bei den ersten Worten des Zauberspruches tat die Lady Amalthea einen kläglichen, schmerzvollen Schrei. Sie streckte ihre Hand aus nach Prinz Lír, doch der kehrte ihr den Rücken zu, weil er sie beschützte, und er hörte sie nicht. Molly Grue packte, voll Herzeleid, den Zauberer beim Arm, doch der sprach unaufhaltsam weiter. Als schon das Wunder erblühte, dort, wo die Lady Amalthea gewesen war, meerschaumweißes, grenzenlos schönes Wunder, so schön wie der Stier mächtig, da klammerte sich die Lady Amalthea noch immer an ihre alte Gestalt, noch einen einzigen Augenblick. Es gab sie nicht mehr, doch ihr Gesicht schwebte noch wie ein Hauch in dem kalten, dunstigen Licht.

Prinz Lír hätte sich besser nicht umgedreht, doch tat er es und sah das Einhorn. Es schimmerte in ihm wie in einem Spiegel, er aber rief der anderen zu, der Verstoßenen, seiner Lady Amalthea. Seine Stimme bedeutete ihr Ende: als er ihren Namen aussprach, verschwand sie, als hätte er den Tag herbeigekräht.

Alles geschah rasend schnell und langsam zugleich, wie es in Träumen geschieht. Das Einhorn stand reglos, sah sie aus verlorenen Augen an, schon Meilen von ihnen entfernt. Es war noch schöner, als Schmendrick es in Erinnerung hatte, denn niemand kann ein Einhorn lang im Gedächtnis behalten. Doch war es anders als früher, so wie auch er sich geändert hatte. Molly Grue ging auf das Einhorn zu, sprach sanfte, törichte Worte, doch das Einhorn gab kein Zeichen des Erkennens. Das wunderkräftige Horn blieb trüb wie Regen.

Mit einem Brüllen, das die Höhlenwände bauchte und platzen machte wie Zirkusleinwand, griff der Stier zum zweiten Mal an. Das Einhorn floh quer durch die Grotte und in die Finsternis. Prinz Lír hatte sich beim Umdrehen einen Schritt zur Seite bewegt, und bevor er wieder herumfahren konnte, schmetterte ihn des Stieres jähe Jagd zu Boden. Betäubt und mit offenem Munde lag er da.

Molly wollte ihm zu Hilfe eilen, doch Schmendrick hielt sie fest, zerrte sie hinter Stier und Einhorn her. Keines der Tiere war zu sehen, doch der Tunnel dröhnte von ihrer wilden Jagd. Betäubt und benommen stolperte Molly neben dem hitzigen Fremden her, der es weder zuließ, daß sie fiel, noch duldete, daß sie langsamer ging. Über und rings um sich fühlte sie das Schloß ächzen, im Felsen knirschen wie ein sich lockernder Zahn. Der Hexenvers schrillte laut in ihrem Gedächtnis:

Nur Einem aus Hagsgate wird es gelingen,
das Schloß zu zerstören, zum Einsturz zu bringen.

Plötzlich hemmte Sand ihre Schritte, und der Geruch des Meeres — so kalt wie der andere Geruch — umschmeichelte sie so gut und freundlich, daß sie im Laufen innehielten und lauthals lachten. Über ihnen auf dem

Kliff ragte König Haggards Schloß in einen graugrünen Morgenhimmel, der mit milchigen Wölkchen gesprenkelt war. Molly spürte, daß König Haggard von einem der schwankenden Türme herab sie beobachtete, doch konnte sie ihn nicht sehen. In dem schwerblauen Himmel überm Wasser flimmerten noch ein paar Sterne. Es herrschte Ebbe, und der verlassene Strand schimmerte grau und feucht wie ein gehäuteter Fisch. Ganz am Ende des Strandes krümmte sich das Meer wie ein Bogen, und Molly erkannte, daß die Ebbe vorüber war.

Im Scheitelpunkt dieses Bogens standen sich Einhorn und Stier gegenüber, das Einhorn mit dem Rücken zur See. Langsam bewegte sich der Rote Stier voran, ohne jedoch anzugreifen; fast zärtlich trieb er es in die Richtung des Wassers, ohne es je zu berühren. Es leistete ihm keinen Widerstand, sein Horn war dunkel und sein Kopf gesenkt. Wie damals auf der Ebene von Hagsgate, so war der Rote Stier auch jetzt sein Gebieter. Wäre das Meer nicht gewesen, hätte es die gleiche hoffnungsleere Dämmerung sein können.

Doch war das Einhorn nicht ganz und gar besiegt; es wich zurück, bis es mit einem Hinterfuß ins Wasser trat. Da schnellte es durch den tückischen Dunstkreis hindurch und rannte den Strand entlang; so leicht und geschwind lief es dahin, daß der Luftzug seine Spuren verwehte. Der Stier folgte.

»Tu etwas!« sagte eine heisere Stimme zu Schmendrick, wie Molly das vor langer, langer Zeit gesagt hatte. Prinz Lír stand neben ihm, mit blutendem Gesicht und wahnwitzigen Augen. Er sah aus wie König Haggard. »Tu etwas!« rief er. »Du hast die Macht dazu. Du hast sie in ein Einhorn verwandelt, jetzt rette sie! Ich werde dich töten, wenn du sie nicht rettest!« Er drohte dem Zauberer mit den Fäusten.

»Ich kann es nicht«, erwiderte gelassen der Zauberer. »Aller Zauber dieser Welt kann ihr jetzt nicht mehr helfen. Wenn sie sich ihm nicht stellt, muß sie zu den anderen ins Meer. Weder Mord noch Magie können ihr helfen.«

Molly hörte winzige Wellen gegen den Sand schwappen, die Flut setzte ein. So sehr sie nach ihnen Ausschau hielt und sie herbeiwünschte: kein Einhorn tummelte sich im Wasser. ›Was, wenn es zu spät ist? Wenn sie mit der letzten Ebbe hinausgezogen worden sind, hinaus aufs weite Meer, dorthin, wohin kein Schiff sich wagt, wegen der Seeschlange und der Kraken, und wegen der schwebenden Wrack-Dschungel, die sogar diese Ungeheuer umschlingen und ertränken. Es wird sie niemals finden! Ob es wohl bei mir bleiben wird?‹

»Wofür gibt es denn dann Magie?« schrie Prinz Lír wütend. Wozu gibt es Zauberei, wenn man damit nicht einmal ein Einhorn retten kann?« Er mußte sich an des Zauberers Schultern festhalten, um nicht vor Schwäche umzufallen.

Schmendrick drehte nicht einmal den Kopf. In seiner Stimme lag eine Spur wehmütigen Spotts, als er sagte: »Dafür gibt es Helden.«

Der Rote Stier verdeckte das Einhorn ganz und gar. Es mußte einen Haken geschlagen haben, denn es kam den Strand herauf auf sie zugeflogen. Blind und geduldig wie das Meer folgte ihm der Stier. Seine Hufe gruben tiefe Gräben in den nassen Sand. Rauch und Feuer, Gischt und Sturm, so kamen sie daher, keines gewann an Boden. Prinz Lír gab ein leises, verstehendes Grunzen von sich.

»Ja, natürlich!« rief er. »Genau dafür gibt es Helden! Zauberer sind ohne Bedeutung, deshalb sagen sie, alles sei ohne Bedeutung; aber Helden sind dafür da, daß sie für Einhörner sterben!« Er ließ Schmendricks Schultern los und lächelte leicht.

»In deiner Beweisführung steckt ein grundsätzlicher Trugschluß!« entrüstete sich Schmendrick; doch Prinz Lír sollte nie erfahren, was dieser Trugschluß war.

Das Einhorn flog an ihnen vorüber, blauweiß floß sein Atem, den Kopf hielt es zu hoch, da sprang Prinz Lír in den Weg des Stieres. Für eine Sekunde verschwand er vollständig, wie eine Feder in einer Flamme verschwindet. Der Stier rannte über ihn hinweg, ließ ihn am Boden liegen. Eine Seite seines Gesichtes schmiegte sich zu tief in den Sand und ein Bein kickte dreimal in die Luft, bis es endlich still lag.

Er war ohne einen Schrei gestürzt, und auch Molly und Schmendrick verstummten. Doch das Einhorn machte kehrt. Der Stier verhielt, wendete, um das Einhorn wieder zwischen sich und das Meer zu bringen. Er begann sein geziertes, tänzelndes Treiben von neuem. Genausogut hätte er ein balzender Vogel sein können: reglos stand das Einhorn da und starrte den verkrümmten Körper des Prinzen Lír an.

Rollend und grollend stampfte die Flut herein, der Strand ward um einen Streifen schmaler. Schaum- und Kammwellen sprühten in die Morgenröte, doch noch immer sah Molly Grue kein anderes Einhorn als das ihre. Der Himmel über dem Schloß färbte sich purpurn, auf dem höchsten der Türme stand König Haggard, schwarz und klar umrissen wie ein Baum im Winter. Molly konnte die Narbe seines Mundes sehen und seine sich dunkel färbenden Fingernägel, die er in die Brüstung krallte. ›Aber das Schloß kann doch nicht fallen, nur Prinz Lír kann es zum Einsturz bringen.‹

Jäh schrie das Einhorn auf. Ganz anders klang dieser Schrei als das herausfordernde Röhren, mit dem es dem Roten Stier beim ersten Mal entgegengetreten war — ein schriller, gellender Schrei voll Gram und Schmerz und Wut, wie ihn noch kein unsterbliches Wesen ausgestoßen hatte. Das Schloß bebte, und König Haggard taumelte zurück, einen Arm vors Gesicht geschlagen. Der Rote Stier zögerte, scharrte im Sand und brüllte unschlüssig.

Wieder schrie das Einhorn auf, bäumte sich wie eine Schlange vor dem Biß. Die köstliche Kontur seines Körpers zwang Molly, ihre Augen zu schließen, doch öffnete sie sie rechtzeitig, um zu sehen, wie das Einhorn den Roten Stier ansprang, und wie der Stier vor diesem Ansturm wich. Das Horn des Einhorns erstrahlte wieder, es leuchtete und zitterte wie ein Schmetterling.

Wieder griff das Einhorn an, und wieder wich der Rote Stier, schwerfällig vor Bestürzung, aber noch immer flink wie ein Fisch. Seine Hörner waren wie Blitze, die geringste Bewegung seines Kopfes machte das Einhorn straucheln. Doch er wich und wich, stetig strandab, wie zuvor das Einhorn es getan. Es stürzte sich auf ihn, um ihm den Todesstoß zu versetzen, aber es konnte ihn nicht erreichen. Es war, als stoße es nach einem Schatten oder nach einer Erinnerung.

Kampflos zog sich der Rote Stier zurück, bis ihn das Einhorn an den Rand des Wassers getrieben hatte. Dort blieb er stehen. Die Flut umspülte seine Hufe, der Sand unter ihnen gab nach. Er kämpfte nicht, und er floh nicht, da erkannte das Einhorn, daß es ihn nicht besiegen konnte. Dennoch machte es sich für einen neuen Angriff bereit, während er verwundert knurrte.

Für Molly Grue war die Welt in diesem gläsernen Moment erstarrt. Sie sah, als stünde sie auf einem Turm, der höher war als der Turm König Haggards, hinab auf einen fahlen Streifen Strand. Spielzeugmann und Spielzeugfrau starrten mit zusammengekniffenen Augen auf einen tönernen Stier und ein winziges elfenbeinernes Einhorn, vergessene Spielsachen. Da lag noch eine Puppe, halb im Sand vergraben. Und dort stand eine Sandburg, mit einem Steckenkönig auf einem schiefen Turm. ›Im nächsten Moment wird die Flut alles verschlingen, und nichts bleibt als die schlappen Strandvögel, die im Kreise hüpfen.‹

Dann packte Schmendrick sie und schüttelte sie, bis sie wieder neben ihm stand. »Molly!« rief er. Weit draußen auf dem Meer zeigten sich Spritzwellen, lange schwere Brecher rollten heran, weißer Schaum über grünen Herzen; sie zerbarsten an den Sandbänken und schleimigen Felsen zu Gischt, raspelten mit einem Laut wie Feuer den Strand herauf. Die Vögel flogen in schreienden Klumpen auf, doch ihre kreischende Wut ging in dem Brausen der Wellen unter, als wären es Nadeln.

Und in der Weiße, ein Teil der Weiße, aus dem aufgewühlten Wasser erblühend, wölbten sich ihre Leiber; Leiber, die sich mit den gemaserten Marmorhöhlen der Wogen bogen. Ihre Mähnen und Schweife, die feinen Bärte der Männchen, sie leuchteten blendend hell, und ihre Augen waren so dunkel und diamanten wie die tiefe See. Und das helle Funkeln der Hörner, das perlmuttene Funkeln und Leuchten der Hörner! Wie regenbogenschimmernde Masten auf silbernen Schiffen kamen die Hörner hereingeritten.

Doch die Einhörner trauten sich nicht an Land, solange der Stier dastand. Sie schlingerten in dem seichten Wasser, zuckten umher wie zu Tode erschrockene Fische, wenn das Netz eingeholt wird. Sie gehörten nicht mehr der See an, sie waren ausgespien. Jede Woge trug hundert heran, schleuderte sie gegen die, die sich schon dagegen sträubten, an Land gespült zu werden; sie schlugen ungestüm aus, bäumten sich auf und stampften, bogen ihre langen wolkigen Hälse weit zurück.

Das Einhorn senkte seinen Kopf noch einmal und warf sich gegen den Stier. Wäre er Fleisch und Blut oder ein luftgeborener Spuk gewesen — der Anprall hätte ihn wie eine faule Frucht zerplatzen lassen. Er aber wendete sich achtlos ab und watete langsam ins Meer. Die Einhörner im Wasser zappelten wild, um ihn vorbeizulassen, traten und peitschten die Brandung zu einer trüben Gischt, die ihre Hörner zu Regenbogen verwandelte. Strand und Kliff und König Haggards ganzes Reich seufzten erleichtert auf, als das Gewicht des Stieres nicht mehr auf ihnen lastete.

Er watete weit hinaus, bevor er zu schwimmen begann. Die gewaltigsten Wellen reichten ihm nur bis zu den Hechsen, und die furchtsame Flut lief vor ihm davon. Als er sich schließlich in die Wogen sinken ließ, da richtete sich hinter ihm eine Sturzsee auf, eine schwarzgrüne Wand, tief, glatt und hart wie der Wind. Lautlos zog sie sich zusammen, faltete sich von einem Ende des Horizontes bis zum anderen, bis sie für einen Moment die gedrungenen Schultern und den gewölbten Rücken des Stieres verbarg. Schmendrick hob den toten Prinzen auf, rannte zusammen mit Molly zum Kliff. Die Sturzsee fiel in sich zusammen wie ein Wolkenbruch schwerer Ketten.

Dann kamen die Einhörner aus dem Meer.

Molly konnte sie nie deutlich sehen, es waren Licht und Laut, die sie ansprangen und betäubten. Sie war weise genug, um zu wissen, daß es keinem Sterblichen vergönnt ist, alle Einhörner dieser Welt zu sehen, und so versuchte sie, ihr eigenes Einhorn zu finden und nur dieses anzuschauen. Aber es waren ihrer zu viele, und sie waren zu schön. Blind wie der Stier ging sie ihnen entgegen und streckte die Arme nach ihnen aus.

Die Einhörner hätten sie sicherlich niedergerannt, so wie der Rote Stier Prinz Lír umgerannt hatte, denn sie waren trunken vor Freude. Aber Schmendrick sprach, und sie strömten links und rechts von den Dreien vorbei, wie eine Woge, die sich am Felsen bricht und schäumend wieder zusammenschießt. Rings um Molly flutete und blühte ein Licht, das genauso unmöglich war wie feuriger Schnee, und tausend gespaltene Hufe sangen wie Zimbeln vorüber. Sie rührte sich nicht, lachte nicht und weinte nicht, denn die Freude war zu groß, als daß ihr Körper sie hätte begreifen können.

»Sieh«, rief Schmendrick, »das Schloß fällt!«

Sie drehte sich um und sah, wie die Türme zerbröckelten, während die Einhörner das Kliff hinaufjagten und sie umfluteten, als wären die Söller und Zinnen aus Sand gebaut und das Meer glitte über sie hinweg. Das Schloß zerfiel in große, glatte Blöcke, die dünn und wächsern wurden, während sie durch die Luft wirbelten, bis sie verschwanden. Es zerfiel und verging ohne einen Laut. Keine Reste blieben zurück, weder auf dem Lande noch in dem Gedächtnis der beiden, die es fallen sahen. Eine Minute später konnten sie sich nicht mehr erinnern, wo es gestanden und wie es ausgesehen hatte.

König Haggard aber fiel inmitten der Trümmer seines entzauberten Schlosses wie ein Messer, das durch Wolken fällt. Molly hörte ihn auflachen, als hätte er es nicht anders erwartet. König Haggard war kaum zu überraschen.

Als das Meer dann ihre rautenförmigen Hufspuren verschlungen hatte, wies nichts mehr darauf hin, daß sie je hiergewesen waren, und nichts ließ erkennen, daß es jemals ein Gebilde wie König Haggards Schloß gegeben hatte. Molly Grue erinnerte sich jedoch sehr genau an die Einhörner.

»Wie gut, daß es ohne Abschied gegangen ist«, murmelte sie vor sich hin. »Ich hätte mich doch nur dumm benommen. Sehr bald werde ich mich sowieso dumm benehmen, aber so ist es wirklich besser.« Da glitt wie Sonnenlicht eine Wärme über ihre Wange und in ihr Haar, und sie drehte sich um und legte ihre Arme um den Hals des Einhorns.

»Oh, du bist ja noch da!« wisperte sie. »Du bist ja noch da!« Sie hätte beinahe etwas Törichtes getan und gefragt: ›Wirst du bleiben?‹, doch das Einhorn entzog sich ihr sehr sanft und ging zu der Stelle, wo Prinz Lír lag. Seine dunkelblauen Augen verloren schon Farbe und Glanz. Das Einhorn stand über ihm, so wie er die Lady Amalthea geschützt hatte.

»Sie kann ihn zum Leben erwecken«, flüsterte Schmendrick. »Das Horn ist ein Mittel gegen den Tod selbst.« Molly sah ihn durchdringend an, wie sie es seit langem nicht mehr getan, und erkannte, daß er endlich zu seiner Macht und zu sich selber gefunden hatte. Sie vermochte nicht zu sagen, woran sie es sah, denn keine strahlende Glorie umgab ihn, kein Omen zeigte sich ihm zu Ehren, wenigstens nicht in diesem Moment. Er war, wie immer, Schmendrick der Zauberer, und doch sah sie ihn zum ersten Mal.

Lange stand das Einhorn neben Prinz Lír, bevor es ihn mit seinem Horn berührte. Zwar hatte seine Suche ein gutes Ende genommen, doch lag in seiner Haltung eine große Mattigkeit und in seiner Schönheit eine Trauer, wie Molly sie noch nie gesehen. Es schien ihr, als gälte diese Trauer nicht dem Prinzen, sondern dem unwiederbringlich entschwundenen Mädchen, der Lady Amalthea, welche bis zu ihrem seligen Ende hätte mit dem Prinzen glücklich und zufrieden leben können. Das Einhorn senkte den Kopf, sein Horn glitt über Lírs Brust, so unbeholfen wie ein erster Kuß.

Er richtete sich blinzelnd und kopfschüttelnd auf, lächelte über etwas, das vor langer Zeit geschehen. »Vater«, sagte er mit atemloser, staunender Stimme, »Vater, ich hatte einen Traum!« Dann sah er das Einhorn; er stand auf, und das Blut auf seinem Gesicht glänzte und floß. »Ich war tot«, sagte er.

Das Einhorn berührte ihn ein zweites Mal, diesmal über dem Herzen, und dort ließ es sein Horn für eine Weile ruhen. Sie zitterten beide. Prinz Lír streckte seine Hände wie Worte nach ihm aus. Das Einhorn sagte: »Ich habe dich nicht vergessen, ich habe dich nicht vergessen.«

»Als ich tot war . . .«, begann Lír, aber es war schon davon. Kein Stein prasselte hinter ihm herab, kein Busch splitterte und brach, als das Einhorn das Kliff hinaufsprang. Leicht wie der Schatten eines Vogels glitt es dahin. Oben angekommen, sah es zurück: einen gespaltenen Huf in der Schwebe, die Sonne auf seinen Flanken, Kopf und Hals so zierlich, zerbrechlich unter der Last des Hornes. Da riefen die Drei klagend und jammernd zu ihm hinauf. Es wandte sich und verschwand. Doch Molly Grue spürte, daß ihre Stimmen sich wie Pfeile in das Einhorn hineingebohrt hatten, und noch mehr als die Rückkehr des Einhorns wünschte sie, daß sie nicht nach ihm gerufen hätten.

Prinz Lír sagte: »Sobald ich sie sah, wußte ich, daß ich tot gewesen war, genau wie damals, als ich sie vom Turme meines Vaters aus erblickte.« Er sah hinauf und seufzte. Dies war der einzige Laut der Klage um König Haggard, den irgend ein lebendes Wesen je von sich gab.

»Bin ich das gewesen?« flüsterte er. »Der Fluch besagte doch, daß ich es sein würde, der das Schloß zum Einsturz bringt; doch ich hätte es nie getan! Er war nicht gut zu mir, aber nur, weil ich nicht war, was er sich wünschte. Ist es wirklich durch mich gefallen?«

Schmendrick gab ihm Antwort. »Hättest du nicht versucht, das Einhorn zu retten, hätte es sich nie dem Roten Stier gestellt und ihn ins Meer getrieben. Der Stier hat das Meer zum Überlaufen gebracht und so die Einhörner befreit, und diese haben das Schloß zerstört. Jetzt, da du dies weißt — würdest du anders handeln?«

Prinz Lír schüttelte den Kopf, sagte aber nichts. Molly dagegen fragte: »Aber warum lief der Stier vor dem Einhorn davon? Weshalb stellte er sich nicht zum Kampf?«

Als sie aufs Meer hinausblickten, war er spurlos verschwunden, obgleich er zu ungeheuer war, um in so kurzer Zeit ihrer Sicht zu entschwinden. Doch ob er an einer anderen Küste dem Wasser entstieg, oder ob die Fluten schließlich selbst seine Körpermassen hinabzogen, das erfuhren sie erst lange, lange danach. Und in diesem Königreich ward er nie wieder gesehen.

»Der Rote Stier kämpft nie«, sagte Schmendrick. »Er unterwirft, aber er kämpft nicht.«

Er wandte sich Prinz Lír zu und legte ihm eine Hand auf die Schulter. »Du bist jetzt König.« Auch Molly berührte er, und dann sprach er ein

Wort, mehr ein Pfeifen als ein Wort, und alle drei schwebten wie Wolfsmilchdolden hinauf zum Kamm des Kliffs. Molly empfand nicht die geringste Angst, der Zauber hob sie, als wäre sie eine von ihm gesungene Note. Sie fühlte, daß es nie sehr weit war bis zu Gefahr und Ungestüm, doch als es sie sanft niedersetzte, war sie traurig.

Von dem Schloß war kein Stein, keine Spur zurückgeblieben; wo es gestanden, war die Erde nicht einmal eine Schattierung heller. Vier junge Männer in rohen, rostigen Rüstungen wanderten mit offenen Mündern durch die entschwundenen Gänge, drehten sich ratlos im Kreise, wo einst die Schloßhalle gewesen war. Als sie Lír, Molly und Schmendrick erblickten, kamen sie lachend auf die drei zugelaufen. Vor Lír fielen sie auf die Knie und riefen vereint: »Lang lebe der König! Lang lebe König Lír!«

Lír errötete und versuchte, sie emporzuziehen. »Das sollt ihr nicht, bitte nicht«, brummte er. »Wer seid ihr?« Er blickte verwundert von einem Gesicht zum nächsten. »Dich kenne ich doch, und dich auch! Aber wie ist das möglich?«

»Es ist so, Eure Majestät«, sagte glücklich der erste der jungen Männer. »Wir sind wirklich König Haggards Krieger, dieselben, die ihm durch so viele kalte und elende Jahre hindurch gedient haben. Nachdem du in der Uhr verschwunden warst, sind wir aus dem Schloß geflohen, denn der Stier brüllte, daß alle Türme bebten. Wir fürchteten uns sehr, denn wir wußten, daß der Fluch sich endlich erfüllte.«

»Eine riesige Welle verschlang das Schloß«, sagte der zweite Mann, »genau wie die Hexe es vorhergesagt. Ich sah sie so langsam wie Schnee über den Rand des Kliffs laufen, und weshalb sie uns nicht mitriß, das kann ich nicht sagen.«

»Die Welle teilte sich und ging um uns herum«, sagte ein anderer. »Das habe ich noch nie eine Welle tun sehen. Es war ein seltsames Wasser, wie das Gespenst einer Welle, es brodelte in einem Regenbogenglanz, und einen Augenblick lang kam es mir so vor ...« Er rieb sich die Augen und zuckte mit den Schultern, lächelte hilflos. »Ich kann es nicht erklären. Es war wie ein Traum.«

»Aber was ist euch widerfahren?« wollte Lír wissen. »Ihr seid alte Männer gewesen, als ich zur Welt kam, und jetzt seid ihr jünger als ich! Welch Wunder ist das?«

Die drei, die schon gesprochen hatten, kicherten nur und sahen sehr verlegen aus, doch der vierte erwiderte: »Es ist das Wunder, daß wir wirklich meinten, was wir versprachen. Einmal haben wir der Lady Amalthea erzählt, wenn sie es wünschte, würden wir wieder jung, und wir müssen die

Wahrheit gesagt haben. Wo ist sie? Wir werden ihr zu Hilfe kommen, und wenn wir uns mit dem Roten Stier persönlich anlegen müßten!«

König Lír sagte: »Sie ist gegangen. Sucht mein Pferd und sattelt es. Auf!« Seine Stimme klang hart und heftig, die vier Krieger stürzten davon, um ihrem neuen Gebieter zu gehorchen.

Doch Schmendrick, der hinter ihm stand, sagte ruhig: »Majestät, es darf nicht sein. Du darfst ihr nicht folgen.«

Der König drehte sich um, und er sah aus wie Haggard. »Zauberer, sie gehört mir!« Nach einem Moment des Schweigens fuhr er in ruhigerem Tone fort, beinahe bittend: »Zweimal hat sie mich vom Tode erweckt, was wäre ich da ohne sie — tot zum dritten Mal?« Er packte Schmendrick an den Handgelenken, sein Griff war stark genug, um Knochen in Staub zu verwandeln, doch der Zauberer regte sich nicht. »Ich bin nicht König Haggard«, sagte Lír. »Ich trage kein Verlangen, sie zu fangen und zu besitzen, ich will mein Leben damit verbringen, ihr zu folgen, Kilometer, Meilen, ja Jahre hinter ihr, ohne sie vielleicht je zu sehen, aber zufrieden. Ein Held hat ein Recht auf ein gutes Ende, wenn es einmal greifbar nah vor ihm liegt!«

Doch Schmendrick erwiderte: »Dies ist nicht das Ende, weder für dich noch für sie. Du bist der König eines wüsten Landes, in dem es nie einen anderen Herrscher gegeben hat als die Furcht. Deine wirkliche Aufgabe hat eben erst begonnen. Mag sein, du wirst während deines ganzen Lebens nicht erfahren, ob sie dir gelingt, es sei denn, du versagtest. Was sie angeht, so hat ihre Geschichte kein Ende, weder ein gutes noch ein schlimmes. Sie wird nie jemandem gehören, der sterblich genug ist, sie zu begehren.«

Dann tat er etwas sehr Seltsames, er legte seine Arme um den jungen König und hielt ihn einige Zeit. »Sei zufrieden, mein Gebieter«, sprach er leise. »Kein Mensch hat jemals mehr Gunst von ihr erfahren als du, und kein anderer wird jemals mit ihrem Gedenken gesegnet sein. Du hast sie geliebt, und du hast ihr gedient. Sei zufrieden und sei König.«

»Aber das will ich doch gar nicht!« schrie Lír. Der Zauberer gab keine Antwort, sah ihn nur an. Blaue Augen starrten in grüne, ein hager und herrisch gewordenes Gesicht blickte in eines, das weder so schön noch so kühn war. Der König fing zu blinzeln und schielen an, als schaute er in die Sonne, und nach kurzer Zeit schlug er die Augen nieder. »So sei es«, murmelte er. »Ich werde bleiben und allein über ein elendes Volk herrschen, in einem Lande, das ich hasse. Doch an meiner Herrschaft werde ich nicht mehr Freude haben als der arme Haggard.«

Eine kleine gestromte Katze mit einem verkrümmten Ohr strich aus dem

Nirgendwo heran und gähnte Molly an. Sie hob sie auf, preßte sie gegen ihr Gesicht, und die Katze begann mit ihren Pfoten nach Mollys Haar zu haschen. Schmendrick lächelte und sagte zu dem König: »Wir müssen dich jetzt verlassen. Wirst du uns den Freundesdienst erweisen, bis an die Grenze deines Reiches mit uns zu reiten? Zwischen hier und dort liegt viel, was deiner Aufmerksamkeit wert ist. Und ich kann dir versprechen, daß wir einige Spuren von Einhörnern sehen werden.«

Der König rief nach seinem Pferd, und die Männer suchten und fanden es; aber für Schmendrick und Molly gab es keine Pferde. Doch als die Männer zurückkamen, da drehten sie sich, Lírs Erstaunen gewahrend, um und sahen, daß zwei weitere Pferde gehorsam hinter ihnen hertrotteten, ein Rappe und ein Brauner, beide schon gesattelt und aufgezäumt. Schmendrick gab Molly den Braunen und nahm den Rappen für sich selbst.

Sie fürchtete sich vor den Tieren. »Gehören sie dir?« fragte sie. »Hast du sie gemacht? Kannst du das jetzt? Einfach Dinge machen?« Des Königs Verblüffung war wie ein Echo auf ihr Erstaunen.

»Ich habe sie gefunden«, antwortete der Zauberer, »doch unter Finden verstehe ich etwas anderes als du. Frag nicht weiter.« Er hob sie in den Sattel und sprang dann selber auf.

Also ritten die Drei davon, und die Soldaten folgten zu Fuß. Niemand blickte zurück, denn es gab nichts zu sehen. Doch König Lír sagte, ohne sich umzudrehen: »Seltsam, an einem Ort zum Mann herangewachsen zu sein und dann zu sehen, wie dieser Ort verschwunden ist, wie sich alles verändert hat — und plötzlich ist man König. Ist denn nichts davon Wirklichkeit gewesen? Bin ich Wirklichkeit?« Schmendrick gab keine Antwort.

König Lír trieb zur Eile, doch Schmendrick bestand auf einer gemächlichen Gangart und auf zahlreichen Umwegen. Wann immer Lír unruhig wurde und schneller voran wollte, ermahnte ihn Schmendrick, Rücksicht auf seine Männer zu nehmen, die unberitten waren und dennoch während der gesamten Reise wunderbarerweise niemals ermüdeten. Molly merkte bald, daß der Zauberer trödelte, um König Lír Zeit und Gelegenheit zu geben, sein Reich lang und aufmerksam zu betrachten. Zu ihrer eigenen Überraschung entdeckte sie, daß sich der Anblick des Landes lohnte.

Der Frühling hielt allmählich Einzug in das öde Land, das früher Haggard gehörte. Ein Fremder hätte den Wandel nicht bemerkt, doch Molly sah, daß die ausgetrocknete Erde sich mit einem rauchzarten Grün überzog. Kümmerliche, knorrige Bäume, blütenlos seit Anbeginn, trieben Knospen, so behutsam, wie eine Armee ihre Kundschafter vorschickt. Lang vertrocknete Flüsse begannen in ihren Betten zu rauschen und brausen, und überall rief kleines Getier sich fröhlich zu. Gerüche trieben vorüber in Schwaden und Bändern, braunes Gras und schwarzer Schlamm, Honig und Walnuß, Minze und Heu, verfaulendes Apfelbaumholz. Selbst die Nachmittagssonne besaß den zarten, nasenkitzelnden Duft, der Molly wohlbekannt war. Sie ritt an Schmendricks Seite, sah dem sachten Frühlingseinzug zu und dachte darüber nach, wie er in ihr Einzug gehalten hatte: spät, aber dauerhaft.

»Einhörner sind hier durchgekommen«, wisperte sie Schmendrick zu. »Ist das der Grund dafür, oder König Haggards Fall und des Stieres Verschwinden? Was ist es nur, was hier geschieht?«

»Alles«, antwortete Schmendrick, »alles, und alles zur gleichen Zeit. Es ist nicht ein Frühling, sondern fünfzig; nicht ein oder zwei entschwundene Schrecken, sondern tausend kleine Schatten wurden von dem Land genommen. Warte ab und halte die Augen offen.«

Und auf Lír gemünzt, sagte er: »Es ist nicht der erste Frühling, der je in dieses Land gekommen ist. Vor langer Zeit war es ein gutes Land, und es bedarf nur eines guten Königs, um wieder so zu werden. Schau, wie es vor deinen Augen grün und weich wird!«

König Lír sagte nichts, doch während des Rittes schweiften seine Augen links und rechts umher, konnten nicht anders, als das Reifen ringsum wahrzunehmen. Sogar im Tal von Hagsgate — voll böser Erinnerungen — sproßten alle möglichen Blumen: Akelei und Glockenblume, Lavendel und Lupine, Fingerhut und Schafgarbe. Malven milderten die alten, tief eingetretenen Spuren des Stieres.

Als sie jedoch am späten Nachmittag nach Hagsgate kamen, harrte ihrer ein seltsamer und finsterer Anblick. Die gepflügten Felder waren zertrampelt und verheert, die schönen Obstgärten und Weinberge verwüstet, weder Hain noch Baum war stehengeblieben. Selbst der Stier hätte keine vollkommenere Verwüstung bewirken können. Molly Grue dachte, fünfzig Jahre gespeicherten Leides hätten Hagsgate in einer Sekunde heimgesucht, während ebensoviele Lenze das übrige Land wärmten. Die zertrampelte Erde sah im Abendlicht grau und aschen aus.

König Lír sagte leise: »Was ist hier geschehen?«

»Reite weiter, Majestät«, erwiderte Schmendrick.

Die Sonne ging gerade unter, als sie durch das eingestürzte Stadttor von Hagsgate ritten und ihre Pferde langsam durch die Gassen lenkten, die verstopft waren mit Habseligkeiten aller Art, mit Brettern und zerbrochenem Glas, Mauertrümmern und Fenstern, Kaminen, Stühlen, Küchengeräten, Dächern, Badewannen und Betten, Simsen und Kommoden. Jedes Haus in Hagsgate war zerstört, alles Zerbrechliche zerbrochen; die Stadt sah aus, als hätte ein Riese sie zertreten.

Die Bewohner saßen auf ihren Haustreppen, wo immer sie diese wiedergefunden hatten, und betrachteten die Trümmer. Sie hatten früher das Aussehen von Hungerleidern gehabt, mitten im Überfluß; doch wirkliches Leid ließ sie nun beinah erleichtert aussehen und um kein Jota ärmer. Sie bemerkten Lír kaum, als er heranritt, bis er sagte: »Ich bin der König. Was ist hier geschehen?«

»Ein Erdbeben«, murmelte ein Mann benommen, doch ein anderer widersprach ihm: »Es war ein Sturm, ein Nordoster, direkt vom Meer her. Er hat die Stadt in Stücke gerüttelt, Hagel fiel wie Hufschlag.« Ein dritter bestand darauf, eine Flutwelle sei über Hagsgate hinweggegangen, eine Welle so weiß wie Alabaster, so schwer wie Marmor, die keinen ertränkt und alles zerschmettert. König Lír lauschte ihnen, grimmig lächelnd.

»Hört!« rief er, als sie mit ihren Berichten fertig waren. »König Haggard ist tot. Sein Schloß ist nicht mehr. Ich bin Lír, Hagsgates Sohn, den man bei seiner Geburt ausgesetzt hat, um die Erfüllung des Hexenfluches zu verhindern. Ausgesetzt, um zu verhindern, daß *dies* geschähe!« Mit einer schwungvollen Armbewegung wies er auf die geborstenen Häuser. »Elende, törichte Menschen! Die Einhörner sind zurückgekommen, die Einhörner, die von dem Stier zusammengetrieben wurden. Ihr habt gesehen, wie er es getan hat, doch ihr habt so getan, als wäret ihr blind. Sie haben das Schloß zerstört und eure Stadt desgleichen. Doch euch selbst haben eure Gier und eure Angst zerstört!«

Die Leute seufzten ergeben, doch eine Frau in mittleren Jahren trat vor und sagte mit einiger Lebhaftigkeit: »Das scheint ein wenig ungerecht, halten zu Gnaden. Was hätten wir tun können, um die Einhörner zu retten? Wir hatten Angst vor dem Roten Stier, was hätten wir denn tun können?«

»Vielleicht hätte ein einziges Wort genügt«, erwiderte König Lír. »Jetzt werdet ihr es niemals wissen.«

Er wollte sein Pferd herumreißen und davonreiten, doch da rief eine schwache, zittrige Stimme: »Lír, mein kleiner Lír, mein liebes Kind, mein König!« Molly und Schmendrick erkannten den Mann, der mit ausgebreiteten Armen schnaufend und keuchend herbeigeschlurft kam und sich alle Mühe gab, älter auszusehen, als er war. Es war Drinn.

»Wer bist du?« herrschte ihn der König an. »Was willst du von mir?«

Drinn fummelte an Línrs Steigbügeln, rieb sich die Nase an seinen Stiefeln. »Kennst du mich denn nicht, mein Junge? Ach nein, wie solltest du auch! Wie würde ich verdienen, von dir gekannt zu werden! Ich bin dein Vater, dein armer, alter, von Freude überwältigter Vater! Der dich in jener Winternacht vor vielen Jahren auf dem Marktplatz ließ und dich so deiner großen Bestimmung zugeführt hat. Wie weise ich war, und wie endlos lange traurig, und wie stolz am heutigen Tag! Mein Junge, mein lieber kleiner Junge!« Er brachte keine richtigen Tränen hervor, aber seine Nase lief.

Wortlos riß Lír an den Zügeln seines Pferdes, wollte es rückwärts aus dem Menschenauflauf führen. Der alte Drinn ließ die ausgebreiteten Arme sinken. »Das hat man davon, wenn man Kinder in die Welt setzt!« krähte er. »Du undankbarer Sohn! Läßt deinen Vater in der Stunde der Not schmählich im Stich, wo ein einziges Wort deines Schoßzauberers genügte, alles in die alte Ordnung zu bringen! Verachte mich, wenn du willst; aber ich habe dennoch meinen Teil dazu beigetragen, dich dorthin zu bringen, wo du jetzt bist. Trau dich nicht, das zu leugnen. Auch Schurkerei hat ein Daseinsrecht!«

Schmendrick berührte des Königs Arm und flüsterte ihm ins Ohr: »Das ist wahr. Doch für ihn und für sie alle hätte diese Geschichte einen ganz anderen Ausgang genommen — wer weiß, ob er nicht noch unbarmherziger gewesen wäre! Du mußt ihr König sein, und du mußt so gnädig und freundlich über sie herrschen, wie du es über ein tapfereres und treueres Volk tätest. Denn sie sind ein Teil deines Schicksals.«

Da hob König Lír die Hand, und die Bewohner von Hagsgate stießen einander an, bis alle erwartungsvoll schwiegen. »Ich werde meinen Freunden hier das Geleit bis zur Grenze meines Reiches geben. Meine Krieger lasse ich bei euch; sie werden euch helfen, die Stadt aufzubauen. Wenn ich in kurzer Zeit zurückkehren werde, dann will auch ich mithelfen. Bevor Hagsgate wieder steht, werde ich nicht mit dem Bau meines neuen Schlosses beginnen.«

Sie beklagten sich bitterlich, schrien, Schmendrick könne all das mit den Mitteln seiner Magie in einem Moment vollbringen, doch dieser antwortete ihnen: »Selbst wenn ich das wollte, könnte ich es nicht. Wie es Gesetze gibt, die den Jahreszeiten und dem Meer befehlen, so gibt es auch Gesetze, die der Kunst eines Zauberers gebieten. Magie hat euch einst reich gemacht, als alle anderen Bewohner dieses Landes arm und elend waren. Doch die Tage eures Wohlstandes sind zu Ende, ihr müßt jetzt von vorn anfangen. Was zu Haggards Zeiten wüst und öde lag, wird wieder grün und fruchtbar werden. Hagsgate aber wird Ernten und Erträgnisse hervorbringen, die genau so kärglich sind wie die Herzen derer, die hier leben. Ihr könnt eure Felder bebauen und eure Obstgärten und Weinberge wieder aufrichten, sie werden jedoch nie wieder so üppig blühen und Frucht tragen, wie sie es einmal taten — bis ihr lernt, euch ihrer zwecklos zu erfreuen.«

Er sah das stumme Volk an, und in seinem Blick lag kein Unmut, sondern nichts als Mitleid. »Wenn ich an eurer Stelle wäre, würde ich Kinder in die Welt setzen«, sagte er. Dann fragte er: »Was befiehlt Eure Majestät? Sollen wir die Nacht hier verbringen und uns bei Tagesanbruch auf den Weg machen?«

Doch der König gab seinem Pferd die Sporen und ritt aus den Trümmern von Hagsgate davon, so schnell er nur konnte. Es dauerte lange, bis Molly und Schmendrick ihn eingeholt hatten, und noch länger, bis sie sich zum Schlafen niederlegten.

Viele Tage reisten sie durch König Lírs Reich; und mit jedem Tag kam ihnen dieses Land weniger bekannt vor, freuten sie sich mehr an ihm. Der Frühling lief ihnen feuerschnell voran, bedeckte alles Bloße und öffnete, was lange dicht verschlossen. Der Frühling berührte die Erde, wie das Einhorn Lír berührt hatte. Alle Tiere, vom Bären bis zur Biene, kreuchten und fleuchten, huschten und trippelten am Wegesrand; und der hohe Himmel, der so sandig und trocken wie die Erde gewesen war, blühte jetzt vor Vögeln; in so dichten Scharen flogen sie, daß es fast den ganzen Tag Abend zu sein schien. Fische tummelten sich in den reißenden Flüssen, und auf den Hügeln schossen Blumen dahin wie entflohene Gefangene. Das ganze Land lärmte vor Leben, doch es war das stumme Frohlocken der Blumen, das die Reisenden bei Nacht wachhielt.

Die Bewohner der Dörfer grüßten sie argwöhnisch, kaum weniger mürrisch, als sie bei Mollys und Schmendricks erstem Besuch gewesen waren. Nur die Ältesten unter ihnen hatten schon einen Frühling erlebt, und viele von ihnen hielten das überschäumende Grün und die Frische allenthalben für eine Seuche oder Landplage. König Lír teilte ihnen mit, daß König Haggard tot, der Rote Stier für alle Zeiten verschwunden sei, und er lud sie ein, ihn zu besuchen, sobald sein neues Schloß erbaut sei. »Sie werden einige Zeit brauchen, um Freude an Blumen zu empfinden«, sagte er zu Molly und Schmendrick.

Überall verkündete er den Geächteten und Vogelfreien einen Generalpardon; Molly hoffte sehr, daß diese Nachricht bis zu Captain Cully und seinen fröhlichen Gesellen dränge. Das tat sie auch, und die lieben Gesellen nahmen augenblicklich Abschied vom Leben im schönen grünen Wald. Captain Cully und Jack Jingly aber widmeten sich beide dem Gewerbe des fahrenden Sängers. Es wird berichtet, daß sie in der Provinz eine gewisse Berühmtheit erlangten.

Eines Nachts hatten die Drei ihr Lager im hohen Gras an der entlegensten Grenze von König Lírs Reich aufgeschlagen. Der König wollte ihnen am nächsten Morgen den Abschied entbieten und nach Hagsgate reiten. »Ich werde einsam sein«, sagte er in der Dunkelheit. »Ich ginge lieber mit euch und wäre nicht König.«

»Oh, mit der Zeit wirst du Gefallen daran finden«, meinte Schmendrick. »Die besten jungen Männer aus den Dörfern und Städten werden an deinen Hof kommen, und du wirst sie lehren, Ritter und Helden zu werden. Die weisesten Minister werden dir raten, und die besten Musikanten, Gaukler und Märchenerzähler werden herbeieilen und deine Gunst suchen. Und zur rechten Zeit gibt es dann eine Prinzessin — entweder auf der Flucht vor ihrem unaussprechlich bösen Vater und ihren Brüdern oder auf der Suche nach Gerechtigkeit für dieselben. Vielleicht wird man dir von ihr berichten, wie sie gefangen sitzt und in einer Festung aus Granit und Feuerstein schmachtet, nur in Gesellschaft einer mitleidigen Spinne . . .«

»Das alles kann mir gestohlen bleiben«, sagte König Lír. Er schwieg so lange, daß Schmendrick schon dachte, er sei eingeschlafen. Doch dann seufzte er: »Ach könnte ich sie nur noch ein einziges Mal wiedersehen, ihr alles sagen, was mein Herz erfüllt. Nie wird sie wissen, was ich wirklich sagen wollte! Du hast versprochen, ich würde sie sehen.«

Der Zauberer antwortete ihm unwirsch: »Ich habe nur versprochen, daß du einige Spuren von Einhörnern sehen würdest, und das hast du auch. Dein Reich ist weit über das hinaus gesegnet, was irgendein Land verdient, weil sie es in Freiheit durchstreift haben. Was dich betrifft und dein Herz und die Dinge, die du gesagt hast, und die, die du nicht gesagt hast: Sie wird sich an alles noch erinnern, wenn die Menschen nur noch Märchen sein werden in Büchern, die von Karnickeln geschrieben werden. Denk daran und sei zufrieden!« Lír schwieg, und Schmendrick bereute seine Worte.

»Sie hat dich zweimal berührt«, sagte er nach einer Weile. »Die erste Berührung hat dich zum Leben erweckt, doch die zweite geschah um deinetwillen.« Lír gab keine Antwort, und der Zauberer sollte nie erfahren, ob er ihn gehört hatte oder nicht.

Schmendrick träumte, das Einhorn käme und stünde im Licht des aufgehenden Mondes neben ihm. Der schwache Nachtwind hob und verwehte seine Mähne, und der Mond beschien seinen kleinen Kopf: ein aus Schneekristallen getriebenes Kunstwerk. Er wußte, daß es ein Traum war, dennoch war er überglücklich, es zu sehen. »Wie schön du bist!« rief er. »Ich habe es dir nie gesagt.« Er wollte sich erheben, um die anderen zu wecken, doch die Augen des Einhorns riefen ihm eine Warnung zu, die so deutlich war wie zwei ängstliche Vögel; und er wußte, daß bei der geringsten Bewegung er selbst erwachen und das Einhorn verschwinden würde. Deshalb sagte er nur: »Ich glaube, sie lieben dich mehr als ich, obwohl ich getan habe, was ich vermochte.«

»Darum«, sagte das Einhorn, und er wußte nicht, worauf es antwortete. Er lag, ohne sich zu rühren, hoffte, sich beim Erwachen noch genau an die

Form seiner Ohren erinnern zu können. »Du bist jetzt ein wirklicher, sterblicher Zauberer, wie du es dir immer gewünscht hast. Macht es dich glücklich?«

»Ja«, sagte er mit leisem Lachen. »Ich bin nicht wie der arme Haggard, der seines Herzens Verlangen verlor, weil er es besitzen wollte. Doch gibt es solche und solche Zauberer, schwarze Magie und weiße Magie, und die unendlich vielen Schattierungen dazwischen. Und ich weiß jetzt, daß sie alle einen Ursprung haben. Ob ich mich entscheide, das zu sein, was die Menschen einen guten und weisen Zauberer nennen, einer, der Helden hilft, der Hexen, verruchten Königen und unvernünftigen Eltern das Handwerk legt, der Regen macht, Keuchhusten und Drehkrankheit kuriert, und Katzen von den Bäumen holt — oder ob ich mich für die Retorten entscheide, für Elixiere und Essenzen, für die Pülverchen und Kräuter, Salben und Säfte, die tödlichen Gifte und dreifach verschlossenen Hexenfolianten, in Häute gebunden, deren Herkunft besser ungenannt bleibt, für die in finsterer Kammer gelb sich zusammenziehenden Nebel und die süß darin lispelnden Stimmen: Das Leben ist kurz, und wievielen kann ich helfen oder Harm antun? Ich habe endlich zu meiner Macht gefunden, aber die Welt ist immer noch zu schwer, als daß ich sie bewegen könnte — auch wenn mein Freund Lír anders darüber denken mag.« Und er lachte wieder im Traum, diesmal ein wenig traurig.

Das Einhorn sagte: »Das ist wahr. Du bist ein Mensch, und Menschen vermögen nichts von Bedeutung.« Doch seine Stimme klang verhalten und bedrückt. »Für welche Magie hast du dich entschieden?«

Da lachte der Zauberer zum dritten Mal. »Oh, es wird die gute Zauberei sein, ganz bestimmt, denn sie würde dir mehr Freude bereiten. Ich glaube nicht, daß wir uns jemals wiedersehen, aber ich werde versuchen, das zu tun, was dir gefiele. Und du, wo wirst du für den Rest meines Lebens sein? Ich dachte, du seist schon in deinen Wald heimgekehrt.«

Das Einhorn bewegte sich, und der jähe Sternenglanz seiner Schultern ließ all sein Gerede über Zauberei wie Sand in der Kehle schmecken. Motten und Mücken und andere Nachtinsekten, zu gering, um einen Namen zu tragen, umtanzten spielerisch sein Horn. Das Einhorn sah darob nicht lächerlich aus, sondern die meisten der Geflügelten sahen dieser Huldigung wegen weise und lieblich aus. Mollys Katze strich um seine Vorderbeine.

»Die anderen sind in ihre alten Wälder zurückgekehrt, jedes für sich allein; und die Menschen werden ihrer nicht viel leichter ansichtig werden als zu der Zeit, wo sie im Meer sich tummelten. Ich werde auch in meinen Wald zurückkehren, aber ich weiß nicht, ob ich dort oder irgendwo zufrieden leben werde. Ich bin sterblich gewesen, und ein Teil von mir ist es noch. Ich bin voller Tränen, voller Sehnsucht und Todesfurcht, doch kann ich nicht weinen; ich begehre nichts, und ich kann nicht sterben. Ich bin nicht mehr wie die anderen, denn keinem Einhorn war es je beschieden, zu bedauern. Aber ich tue es, ich bedaure.«

Schmendrick verbarg wie ein Kind sein Gesicht, obwohl er ein mächtiger Magier war. »Es tut mir leid, es tut mir leid«, murmelte er in seine Fäuste. »Ich habe dir Böses getan, so wie Nikos es dem anderen Einhorn getan — in der gleichen guten Absicht, und wie er ohne die Möglichkeit, es ungeschehen zu machen. Mammy Fortuna und König Haggard und der Stier, alle drei haben besser an dir gehandelt als ich.«

Doch das Einhorn antwortete ihm sanft und lind: »Meine Gefährten sind frei, kein Kummer wird so lange in mir sein wie diese Freude — einen ausgenommen, und auch für diesen danke ich dir. Leb wohl, guter Zauberer. Ich will versuchen, heimzugehen.«

Lautlos verließ es ihn, aber er erwachte dennoch. Mollys Katze mit dem verkrümmten Ohr miaute verlassen. Als er nach König Lír und Molly Grue sah, erzitterte auf ihren offenen Augen das Mondlicht. Bis zum Morgen lagen alle drei wach, doch keines sprach ein Wort.

Bei Tagesanbruch erhob sich Lír und sattelte sein Pferd. Bevor er aufstieg, sagte er: »Ich wünschte, ihr würdet mich eines Tages besuchen.« Sie versprachen es ihm, doch zögerte er immer noch, wickelte sich unschlüssig die Zügel um die Finger.

»Ich habe heute Nacht von ihr geträumt«, brachte er dann hervor.

Molly tief: »Ich auch!« Und Schmendrick öffnete seinen Mund und schloß ihn wieder.

König Lír sagte heiser: »Bei unserer Freundschaft, ich bitt' euch, was hat sie zu euch gesagt?« Seine Hände griffen nach den Händen der beiden, sein Griff war kalt und schmerzhaft.

Schmendrick lächelte schwach. »Mein Gebieter, ich erinnere mich an meine Träume so selten. Ich glaube, wir redeten ernsthaft über törichte Dinge, redeten über dies und jenes, gewichtigen Unsinn, leeres und weitschweifiges . . .« Der König ließ seine Hand fahren, richtete seinen wirren und wilden Blick auf Molly.

»Ich werde es dir nie und nimmer sagen«, rief sie ein wenig ängstlich, und errötete gleichzeitig seltsam. »Ich erinnere mich, aber ich werde es niemals einem Menschen sagen, und wenn ich deshalb sterben müßte; nicht einmal dir, mein Gebieter.« Sie sah bei ihren Worten nicht König Lír, sondern Schmendrick an.

Lír ließ auch ihre Hand fallen und sprang so ungestüm in den Sattel, daß sein Pferd sich quer über die aufgehende Sonne bäumte und röhrte wie ein Hirsch. Doch König Lír blieb im Sattel, starrte so finster und grimmig auf die beiden herab, als wäre er schon so lange wie Haggard König gewesen.

»Nichts hat sie zu mir gesagt«, flüsterte er. »Versteht ihr? Sie hat nichts, gar nichts zu mir gesagt.«

Dann wurde sein Gesicht weich, so wie seines Vaters Gesicht ein wenig sanfter wurde, wenn er den Einhörnern im Meer zusah. Für einen Augenblick war er wieder der junge Prinz, der gerne bei Molly in der Küche saß. »Sie hat mich angesehen, in meinem Traum hat sie mich angesehen, aber gesagt hat sie nichts.«

Er ritt ohne Abschied davon, und sie sahen ihm nach, bis die Hügel ihn verdeckten: ein aufrechter, trauriger Reiter, der nach Hause zog, um König zu sein. Nach einiger Zeit sagte Molly: »Der arme Mann, mein armer Lír.«

»Es ist ihm nicht schlecht ergangen«, meinte der Zauberer. »Große Helden brauchen großes Leid und große Lasten, andernfalls bleibt die Hälfte ihrer Größe unbemerkt. Es gehört alles zum Märchen.« Aber in seiner Stimme lag ein kleiner Zweifel, und er legte sanft seinen Arm um Mollys Schultern. »Es ist gewiß kein böses Geschick, ein Einhorn geliebt zu haben. Im Gegenteil, es muß das höchste Glück sein, wenn der Preis dafür auch sehr hoch ist.«

Allmählich löste er sich von ihr, bis er sie nur noch mit den Fingerspitzen berührte; dann fragte er sie: »Sagst du mir jetzt, was das Einhorn zu dir gesagt hat?« Doch Molly Grue lachte nur und schüttelte den Kopf, bis ihr Haar sich löste und herabfiel und sie schöner war als die Lady Amalthea. Der Zauberer sagte: »Wie du willst. Dann werde ich das Einhorn suchen, und vielleicht wird es mir dein Geheimnis verraten.« Er drehte sich gelassen um und pfiff den beiden Rössern.

Sie sagte kein Wort, solange er sein Pferd sattelte, doch als er mit ihrem begann, legte sie eine Hand auf seinen Arm. »Glaubst du, hoffst du wirklich, daß wir es finden können? Ich habe vergessen, ihm etwas zu sagen.«

Schmendrick sah sie über die Schulter hinweg an. Das Licht der Morgensonne ließ seine Augen funkeln wie Tautropfen im Gras. Doch hin und wieder, wenn er in den Schatten des Pferdes trat, regte sich in seinem Blick ein tieferes Grün, das Grün von Tannennadeln, die eine schwache, kühle Bitternis an sich haben. »Ich befürchte es. Das würde bedeuten, daß es nun auch rast- und ruhelos umherzieht, und das ist ein Schicksal für Menschen, nicht für Einhörner. Doch ich hoffe, ich bin voller Hoffnung.« Dann lächelte er sie an und nahm ihre Hand in die seine. »Wie auch immer — da du und ich irgendeinen Weg einschlagen müssen, einen von den vielen, die schließlich doch alle an ein Ziel führen, warum sollte es nicht der sein, den das Einhorn eingeschlagen hat? Mag sein, wir sehen es niemals wieder, aber wir werden immer wissen, wo es sich aufgehalten hat. Komm, komm mit mir.«

So begannen sie ihre neue Wanderung, die sie mit der Zeit in die meisten Falten und Winkel der süßen, bösen, runzligen Welt führte und auch wieder hinaus, bis sie endlich ihre eigene seltsame und wundervolle Bestimmung erreichten. Doch das geschah erst viel später; aber jetzt, keine zehn Minuten außerhalb des Reiches von König Lír, kam ihnen eine Jungfrau entgegengelaufen. Ihr Kleid war zerrissen und besudelt, doch Stoff und Schnitt verrieten die Herkunft, und obwohl ihr Haar aufgelöst und voller Kletten war, ihre Arme verkratzt und ihr schönes Gesicht arg verschmiert, konnte man sie für gar nichts anderes halten als für eine Prinzessin in großer Bedrängnis. Schmendrick stieg ab, um ihr zu Hilfe zu kommen, und sie umklammerte ihn mit beiden Händen, als wäre er eine Pampelmusenschale.

»Zu Hilfe!« flehte sie ihn an. »Zu Hilfe! *Au secours!* Wenn du ein Mann mit Mut und Mitleid bist, so säume nicht und eile zu meiner Hilfe! Ich bin die Prinzessin Alison Jocelyn, die Tochter des guten König Giles, der meuchlerisch von seinem Bruder ward gemordet, dem blutigen Herzog Wolf, welcher meine drei Brüder, die Prinzen Corin, Colin und Calvin, gefangengenommen und in ein unmenschliches Gefängnis geworfen hat, als Geiseln, damit ich seinen fetten Sohn heirate, Lord Dudley, doch ich habe die Wächter bestochen und den Hunden etwas ins Fressen getan . . .«

Da hob Schmendrick der Zauberer die Hand, und sie verstummte, starrte ihn an aus weiten, fliederblauen Augen. »Vielschöne Prinzessin«, sprach er mit ernster Miene, »dein Retter ist soeben dorthin geritten«, und wies auf das Land, das sie vor kurzem verlassen hatten. »Nimm mein Pferd, du wirst ihn einholen, solange dein Schatten noch hinter dir ist.«

Er bot seine Hände dar als Steigbügel für die Prinzessin Alison Jocelyn, und sie stieg mühsam und sehr verwundert in den Sattel. Schmendrick drehte das Pferd herum. »Du wirst ihn mit Leichtigkeit einholen, denn er reitet sehr langsam. Er ist ein guter Mann und ein größerer Held, als irgendeine Sache wert ist. Ich werde alle meine Prinzessinnen zu ihm schicken. Sein Name ist Lír.«

Dann klatschte er dem Pferd aufs Hinterteil und schickte es auf den Weg, den König Lír genommen hatte. Und dann lachte er so lange, daß er hinterher zu schwach war, um hinter Molly aufzusitzen, und eine Weile neben ihrem Pferd hergehen mußte. Als er wieder zu Atem kam, fing er zu singen an, und Molly stimmte mit ein. Und während sie zusammen dahinzogen, aus dieser Geschichte in eine andere, sangen sie:

»Ich bin kein König, bin kein Lord,
bin nicht einmal Soldat«, sprach er,
»ich bin nur ein Harfner, und ein armer dazu,
doch deine Hand, die begehre ich sehr.«

»Und wärst du ein Lord, solltest mein Lord du sein,
und wäre dein Beutel auch leer,
und als Harfner sollst allein mein Harfner du sein,
denn was kümmern mich Gut und Ehr'?
Denn was kümmern mich Gut und Ehr'?«

»Und wenn aus großer Lieb' gelogen ich hätt'?
Wenn gar kein Harfner ich wär'?«
»Dann werd' ich dich lehren, zu spielen und singen,
denn solch eine Harfe bekomm' ich nicht mehr!«

ENDE